N&K

Giorgio Fontana

Tod eines glücklichen Menschen

Roman

Aus dem Italienischen
von Karin Krieger

Nagel & Kimche

Titel der Originalausgabe: *Morte di un uomo felice*

1 2 3 4 5   19 18 17 16 15

Im Carl Hanser Verlag München
Satz im Verlag
Druck und Bindung: CPI – Ebner & Spiegel, Ulm
ISBN 978-3-312-00664-9

FSC
www.fsc.org
MIX
Papier aus verantwortungs-
vollen Quellen
FSC® C083411

Für meine Mutter

«Vergesst nicht», hatte er gesagt: «Wir dürfen keine Menschen des Zorns sein.»

I

SIE WOLLTEN ALSO RACHE. Colnaghi nickte einige Male nachdenklich, als wollte er Gedanken sammeln, die er nicht hatte oder die noch zu verworren waren. Dann stützte er die Hände auf den Tisch und sah wieder zu dem Jungen, der gesprochen hatte.

In dem Raum, den der Kindergarten des Viertels zur Verfügung gestellt hatte, herrschte Schweigen: Schweißflecken unter den Achseln, dazu die sich langsam drehenden Flügel des Ventilators. Alle warteten auf seine Antwort, auf das x-te gute Wort.

Die Verwandten und Freunde des Opfers waren etwa dreißig an der Zahl. Vissani war Chirurg gewesen, ein prominenter Vertreter des äußersten rechten Flügels der Mailänder Christdemokraten, zweiundfünfzig Jahre alt, aschblond, dicklich. Das Foto vor dem Rednerpult war von Blumensträußen umgeben.

Colnaghi mochte ihm in den letzten Jahren ein-, zweimal begegnet sein. Er hatte im «Corriere» etwas über ihn gelesen, vielleicht einen Artikel im Lokalteil, über die Stellung, die er sich damals innerhalb der Partei erobert hatte. Colnaghi hatte für jene DC nichts übrig, doch wer weiß: Vielleicht hatten sie sich in der Vergangenheit sogar einmal die Hände geschüttelt, waren einander von einem Kollegen vorgestellt worden, der Karriere machen wollte, vielleicht an einem Abend Mitte Mai, wenn Mailand von Schwalben durchzogen wird und das Licht eine unfassbare Farbe hat. Vielleicht waren sie damals beide gutgelaunt gewesen, vielleicht hatte Vissani über einen Witz Colnaghis gelacht und sich auf die Schenkel geklopft, und ebenso schnell hatte der Arzt dem Staatsanwalt die gute Laune mit einer unangebrachten Bemerkung verdorben, einer von vielen, die er in den Ermittlungsakten hatte nachlesen können – etwas Unangenehmes über die Jugend von heute oder dass die Regierung hart durchgreifen müsse.

Wie dem auch sein mochte, Folgendes war geschehen: Dieser gewöhnliche, abstoßende, doch unschuldige Typ war am späten Abend des 9. Januar 1981 in der Nähe der Piazza Diaz erschossen worden. Zwei Projektile, Kaliber 38 Special. Vor sechs Monaten. Ein Mord, zu dem sich der Proletarische Kampfverband bekannte, eine Splittergruppe der Roten Brigaden. Ein noch nicht abgeschlossener Fall auf Staatsanwalt Colnaghis Schreibtisch.

Er hatte lange darüber nachgedacht, ob es eine gute Idee sei, an der Gedenkfeier teilzunehmen. Schließlich war seine Aufgabe, sich von solchen Leuten fernzuhalten, und nicht, sich ihnen auszusetzen. Doch am Ende hatte er aufgegeben. Es ging nicht darum, zu beurteilen, was angebracht sei und was nicht. Für ihn gehörte es auch zu den Pflichten der Richterschaft, auf eine recht unorthodoxe Art mit einem Verlust umzugehen. Er war in gewisser Weise ein Parasit des Leids. Ohne Verbrechen gäbe es keine Strafe, und folglich auch keine Staatsanwälte. Es erschien ihm richtig, der Welt noch etwas anderes zurückzugeben – die einfache, reine Frucht seines Verständnisses.

Und so war er nun hier, sechs Monate später, um jener Ereignisse zu gedenken und sich sinnlose, wortreiche Ausführungen über die angebliche Gutherzigkeit dieses Mannes anzuhören und über die Zeiten, die man gerade durchmachte. Und alles war gutgegangen, alles war nach Plan gelaufen, die Erinnerung an die Tat, an die Leere, die jeder Mord hinterlässt, hier und da ein Gähnen (Schmerz wird nach kurzer Zeit langweilig, außer für den, der von ihm verzehrt wird) und schließlich die Versicherung, dass er und seine Kollegen ihre Pflicht tun werden.

Es war gutgegangen, bis der Junge das Wort ergriff, nachdem er artig, doch energisch die Hand gehoben hatte, und Colnaghi mitteilte, er wolle Rache. Als der Sohn von Dottor Vissani wolle er Rache. Wortlos wechselten die Erwachsenen Blicke, jemand drehte seinen Hut in den Händen, und die Frauen setzten ein unangebrachtes Lächeln auf. Dieser Wunsch schien allgemein auf Zustimmung zu stoßen.

Schließlich antwortete Colnaghi: «Für Rache bin ich nicht der Richtige», sagte er schlicht und versuchte nun seinerseits, die Spannung mit einem Lächeln zu lösen.

«Also gut», erwiderte der Junge. Er war blond wie sein Vater, Pagenfrisur, Nase und Mund zuckten. «Nehmen wir mal an, Sie erwischen die, die meinen Vater ermordet haben. Und was dann?»

«Dann wird ihnen der Prozess gemacht.»

«Und dann?»

«Wenn man sie für schuldig befindet, werden sie verurteilt.»

«Und sie kommen lebenslänglich hinter Gitter?»

«Garantiert für viele Jahre. Sie werden niemandem mehr Schaden zufügen können.»

«Das reicht nicht», sagte der Junge kopfschüttelnd. «Das reicht nicht.»

Wieder nickte Colnaghi.

«Du heißt Luigi, nicht wahr?», fragte er.

«Ja.»

«Wie alt bist du, Luigi?»

«Fünfzehn.»

«Fünfzehn. Gehst du aufs Gymnasium?»

«Auf das naturwissenschaftliche, ja. Ich beginne jetzt mit dem zweiten Jahr.»

«Gut. Dann sag mir doch, was sollen wir mit dem Mörder deines Vaters machen?»

Unwilliges Gemurmel. Kopfschütteln. Colnaghi merkte, dass er zu weit gegangen war, doch er hatte jetzt eine Vermutung. Und dieser Vermutung musste er nachgehen. Den Jungen schien die Frage allerdings nicht zu überraschen. Er sah nur zur Tür und kniff die Augen zusammen, um besser nachdenken zu können. Dann wandte er sich wieder dem Staatsanwalt zu.

«Ich würde ihn umbringen», sagte er. «Ich würde ihn auf der Stelle umbringen, mit meinen eigenen Händen.»

Nun gab es ein lautes Raunen, und die Mutter des Jungen zog ihn heftig an der Hand. «Luigi!», zischte sie, doch ohne Nachdruck.

Er achtete nicht auf sie. Er hielt Colnaghis Blick stand, und Colnaghi begriff, dass dies keine Provokation war, sondern etwas sehr viel Größeres, Komplizierteres, das Schicksal einer ganzen Nation, die versuchte, eine Tragödie aufzuarbeiten, eine lange Geschichte voller gegenseitigem Unrecht und Verletzungen. Denn letztlich reduzierte sich alles auf die übliche, absolut simple Frage: Wie erklärst du einem Kind den Tod seines Vaters? Was nützen Erläuterungen und Begründungen angesichts eines solchen Verlustes? Wir ziehen Kinder voller Rachegefühle groß, sagte er sich. Wir ziehen

Waisen groß, die neue Väter brauchen werden, und ich kann nichts tun.

Also seufzte er tief und legte sein Nichts dar.

«Was du da sagst, ist … verständlich», begann er. «Wirklich. Wie würde ich an deiner Stelle reagieren? Diese Frage stelle ich mir immer wieder. Wie würde ich reagieren, wenn ich in eurer Haut steckte?» Er breitete die Arme aus. Jetzt hörten ihm alle aufmerksam zu. Colnaghi sah diese Menschen an, die zwischen Abkehr und Mitgefühl schwankten, und spürte, wie seine Stimme von allein in Fluss kam. Zunächst waren es einzelne Worte, wie die Soldaten eines nächtlichen Spähtrupps, dann die ganze Armee der Argumentationen und zum Schluss alles, was er seit langem mit sich herumtrug. «Rache ist die erste Lösung, die uns einfällt. Das ist naheliegend und nur natürlich: das Recht, Gleiches mit Gleichem zu vergelten, nicht wahr? Auge um Auge, Zahn um Zahn. Aber das funktioniert nicht.» Er atmete tief durch. «Mir ist klar, dass ich mir das alles an eurer Stelle vielleicht nicht einmal anhören würde, doch Rache ist ein unbrauchbares Mittel, zuallererst für euch selbst. Und ja, natürlich, ich weiß, dass einige von euch gar keine besseren Menschen sein wollen, sondern einfach nur den Mann, der euch so viel Leid zugefügt hat, ergreifen und vernichten möchten, ihn spüren lassen möchten, wie viel Schmerz ihr ertragen musstet. Doch ein Komplize dieses Mannes wird seinerseits auf Rache sinnen und einen anderen unschuldigen Menschen töten, und immer so weiter. Am Ende ist da nur noch Tod. Da ist kein Platz mehr für ein Kennenlernen, für die Liebe, für eine Pizza, für einen Spaziergang. Die Welt verschwindet total, die Welt, die du retten wolltest. Es bleibt nichts außer Kälte und Rache. Aus dieser Besessenheit führt kein Weg heraus.» Er blinzelte. «Das sage ich euch als Vater und Christ. Ich weiß, dass meine Pflicht mit einer gerechten Strafe für die Schuldigen endet. Doch ich weiß auch, dass das nicht genügt. Dass nichts das Unrecht wiedergutmacht, das ihr erlitten habt. Nichts wird dir deinen Vater zurückbringen, Luigi, und nichts wird auch nur einen der Menschen zurückbringen, die uns genommen wurden. Das ist entsetzlich. Das ist entsetzlich, und ich weiß wirklich nicht, was ich tun soll, ich habe keine Antwort auf euren Schmerz. Ihr müsst sehr tapfer sein, denn das, was euch passiert ist – das, was dir passiert ist, Luigi –, entzieht sich jeder Erklärung. Ich glaube fest daran, dass Gott eines Tages alles richten wird, jede Verletzung wie auch jede Schuld, doch jetzt, in diesem Augenblick, ist mir bewusst, dass ich nichts weiter sagen kann. Es tut mir leid, dass das geschehen ist», sagte er abschließend. «Es tut mir wirklich leid.»

Beim Hinausgehen schüttelte Colnaghi einige Hände und erwiderte den einen oder anderen Gruß. Einige der Anwesenden waren in Tränen ausgebrochen und bedankten sich für seine Rede. Andere schienen irritiert zu sein oder sogar gereizt. Als er vorüberging, wichen sie aus, senkten den Blick und kramten suchend in ihren Taschen. Luigi hielt sich abseits. Er sah Colnaghi aus dem hinteren Teil des Raumes still an. Ich kenne deine Wut, hätte dieser ihm am liebsten gesagt. Ich kenne sie nur zu gut, ich kann sie entschlüsseln wie eine persönliche Sprache. Doch mein Schmerz ist besser als deiner, dachte er weiter – und schämte sich dafür. Dann schüttelte er den Kopf und ging hinaus, er war erschöpft.

Auf der Straße zog er sich trotz der Hitze das Jackett wieder an, putzte sich die Brille mit dem Zipfel seiner Krawatte und machte sich auf den Weg zur Straßenbahn. Die Anspannung saß ihm noch in den Gliedern, und er wollte jetzt nichts weiter als ein Stückchen Stadt, durch ein Bahnfenster betrachtet.

Er schaute auf, acht Uhr abends, Station Porta Genova: Zwischen den Dealern, den Zuhältern und einigen Stadtstreichern hasteten die letzten Pendler zu ihren Zügen. Über ihnen allen senkte sich die Abenddämmerung herab, und die Luft roch, wer weiß warum, nach Lakritze. Colnaghi zündete sich automatisch eine Pfeife an, und nach wenigen Zügen kam die Straßenbahn, gerade als er zu spüren begann, wie der Rauch seinen Mund füllte.

Der Staatsanwalt sah sich im Wagen um. Drei Frauen seines Alters, eine ältere Dame mit einem rosa Hütchen und zwei junge Kerle in Jeans, die sich lachend einen Haltegriff der Straßenbahn zuwarfen. Vielleicht hatte er sich von selbst gelöst, vielleicht hatten sie ihn abgerissen.

Colnaghi senkte das Kinn auf die Brust. Seit längerem stellte er sich vor, dass auch er so eine Leiche wie Vissani werden könnte oder wie seine in den vergangenen Jahren ermordeten Kollegen. Die Verwandlung war schon im Gange, und es war sonderbar, ganz als würde man ein zweites Ich mit sich herumtragen, einen kleinen Tod, der herankeimte und darauf wartete, aufzublühen. Würde das wirklich geschehen? Und wann, und wo? Einige Monate zuvor hatte ein Kollege aus Turin zu ihm gesagt, ihre Aufgabe bestehe nun darin, zu lernen, wie man eine gute Leiche abgebe. Colnaghi hatte seinen Blick zum Himmel gehoben und geantwortet, dass es doch vielleicht, nun ja, nicht unbedingt nötig sei, so düster zu werden.

Einmal hatte sein Chef ihm Personenschutz angeboten, doch er hatte abgelehnt. Er war noch nicht in der Verfassung, ihn anzunehmen, und offen gestanden war er seit dem Tod von Aldo Moro davon überzeugt, dass Leibwächter nur dazu dienten, noch weitere Leben in Gefahr zu bringen. Außerdem gab es keine konkreten Anhaltspunkte: kein Steckbrief von ihm in den ausgehobenen Schlupfwinkeln, keine Drohungen von dieser oder jener Organisation. Trotzdem eignete er sich gut als Zielscheibe: ein brillanter Staatsanwalt, der seit drei Jahren gegen den bewaffneten Kampf vorging, noch jung, gesprächsbereit, Demokrat und erzkatholisch obendrein.

Die zwei Jungen stiegen an der nächsten Station aus und nahmen den Haltegriff mit. Die Türen klappten zu, niemand war zugestiegen. Colnaghi streckte sich vor, um die nackte Haut über seiner Socke zu kratzen, wo er ein leichtes Jucken spürte. Die Straßenbahn bog ab, und ein kirschrotes Licht erfüllte plötzlich den ganzen Wagen. Denk an was Lustiges, sagte sich Colnaghi. *Treffen sich zwei Anwälte. Fragt der eine: Wie geht's? Sagt der andere: Ich kann nicht klagen.* Nein, nein, das war noch nichts, Giacomino. Das kannst du besser. *Sagt der Untersuchungsrichter zum Angeklagten: Wir haben drei Leute, die bezeugen, Sie gesehen zu haben. Darauf er: Na und, ich kann Ihnen hunderttausend bringen, die bezeugen, dass sie mich nicht gesehen haben!*

Er lachte leise auf. Das war so bescheuert, dass er es nochmal bei der Franz oder bei Micillo anbringen konnte, oder sogar zu Hause beim Abendbrot. Die Alte mit dem rosa Hütchen starrte ihn verdutzt an, und so nahm er sich zusammen. Die Straßenbahn klingelte an einer Kreuzung. Während sie in Richtung Norden weiterfuhren, lehnte Colnaghi seine Wange an die Fensterscheibe und sah zu, wie sich Mailand fächergleich vor ihm ausbreitete: die schienendurchfurchten Straßen menschenleer, zwei Carabinieri vor einem Palazzo, ein Student mit Büchern unterm Arm, die Formen der Stadt, die in der Dämmerung langsam verloschen.

2

SIE SASSEN SCHON DREI STUNDEN um Micillos Schreibtisch herum, wühlten sich durch die Akten und reichten sich von Zeit zu Zeit das Feuerzeug. In der schwülen Hitze des vierten Stocks atmete Colnaghi schwer. Es war Freitag und schon wieder spät. Seit mehr als zehn Minuten schwiegen sie, als wollten sie die Anstrengung von ihren Körpern verdampfen lassen. Er war im Morgengrauen mit dem Fahrrad ins Büro gekommen, als der Tag den Justizpalast noch nicht erhellt hatte. Seitdem hatte er pausenlos gearbeitet, zum Mittag gerade mal ein Brötchen.

Er sah seine beiden Kollegen an, die er für die Zusammenarbeit ausgesucht hatte. Staatsanwalt Micillo, der Spross einer alten Juristenfamilie aus Caserta, der auch im Sommer immer mit einer gebundenen Fliege kam, fächelte sich mit der Hand Luft zu. Und Caterina Franz, die Untersuchungsrichterin aus dem Friaul, las reglos und kein bisschen verschwitzt mit einem Finger an der rechten Augenbraue unverwandt weiter.

«Mir ist übel», sagte Micillo schließlich. «Wirklich übel.» Colnaghi behielt Micillos Kinnlade im Auge. Caterina Franz schnaufte, und eines der Blätter, die sie in der Hand hielt, glitt zu Boden. Bevor es landete, beschrieb es einen kleinen Bogen um sich selbst. Sie schaute ihm nach und kratzte sich ihre lange Hakennase.

«Ich glaube, dir ist da was runtergefallen», sagte Colnaghi. Micillo kicherte und fächelte sich weiter Luft zu. Sie sah ihn scheel an.

«Du bist rot geworden», fuhr Colnaghi lächelnd fort.

Sie presste die Lippen aufeinander.

«Und schon wieder. Schüchterne Menschen erröten noch mehr, wenn man sie darauf anspricht.»

«Bist du bald fertig?», fragte sie.

«Na bitte, jetzt bist du rot wie eine Tomate.»

Caterina Franz schüttelte den Kopf und wandte sich an Micillo. «Wie schaffst du es bloß, mit dem zu arbeiten?»

«Keine Sorge», gab er zurück. «Der kriegt sich schon wieder ein.»

Wieder schüttelte die Friaulerin den Kopf und schnaufte. Colnaghi streckte sich, so dass sein Stuhl auf den zwei hinteren Beinen kippelte, und spähte aus dem Fenster zum Himmel. Dann fiel er wieder nach vorn und schlug mit den Händen auf den Schreibtisch. «Fassen wir noch mal zusammen», sagte er. «Die letzten Aussagen der Berti haben uns auf eine gute Spur gebracht, doch irgendwas übersehen wir. Aber was?»

Anna Berti war siebenundzwanzig Jahre alt und eine Rotbrigadistin, die eingewilligt hatte, mit der Justiz zusammenzuarbeiten. Sie tat es widerstrebend und voller Schuldgefühle, doch zumindest hatte sie ein paar Namen ausgespuckt. Sie redete wortkarg und klar. Colnaghi gehörte zu den wenigen, die den im Vorjahr erlassenen Reue-Paragraphen befürworteten, der den Umgang mit den Pentiti regelte, mit den geständigen Terroristen. Und er stimmte mit Colonnello Bonaventura überein, der der Ansicht war, man müsse die trockenen Äste abschlagen, jedoch einige frische Triebe am Leben erhalten, damit weitere Fährten hervorsprossen – weitere Namen, weitere Verdächtige.

Seinen Kollegen gefiel es nicht, mit Kriminellen zu verhandeln und ihnen Straffreiheit zu garantieren, doch Berti hatte ihnen Informationen geliefert, die sie anders nicht hätten bekommen können. Micillo und Caterina Franz verwendeten sie mit Widerwillen, wie dreckiges Geld, wie Gift, das ihre Arbeit verdarb, während sie für Colnaghi einfach nur Fakten waren. Natürlich fiel es ihm schwer, die Moral aus dem Spiel zu lassen, und allein schon das Wort *Pentito* – Reumütiger – klang falsch. Also sagte er sich erneut, dass es hier nicht um Gewissensfragen ging, sondern nur um ein simples Tauschgeschäft.

Doch in dieser Hinsicht gab es noch viel zu tun. Die Entführung von Roberto Peci, zum Beispiel, hatte ihn erschüttert. Peci war der Bruder von Patrizio, dem ersten Pentito der Roten Brigaden, der ein Jahr zuvor eine Reihe grundlegender Details über die Organisation verraten hatte. Um sich zu rächen, hatten die Roten Brigaden unter Senzani ihn gekidnappt – und wahrscheinlich würden sie ihn demnächst ermorden. Warum hatte im Umgang mit dem Sinneswandel seines Bruders niemand an ihn gedacht? Weil sie alle eine Horde von Idioten waren, schloss Colnaghi und löste das grüne Gummiband von einem weiteren, dicken Aktenordner auf dem Schreibtisch so wütend, dass es beinahe zerriss.

«Ich will sie im Gefängnis noch mal befragen», sagte Micillo. «Im Laufe der Woche rede ich in San Vittore mit ihr. In Ordnung?»

«Perfekt», sagte Colnaghi. «Ich versuche es noch mal mit der Dell'Acqua.» Eine weitere junge Frau, die erst vor kurzem verhaftet worden war. Nach Auskunft von Berti gehörte sie zu der Gruppe, die sich zum Mord an Vissani bekannt hatte. Die beiden Gruppen hatten eine Zeitlang gute Beziehungen unterhalten und untereinander auch Waffen ausgetauscht, doch dann hatten sie sich zerstritten. Das kam häufig vor, und zu jener Zeit immer häufiger, als der bewaffnete Kampf der Linken zunehmend in Chaos und Desillusion versank.

«Die Dell'Acqua wird dir nichts verraten», sagte die Franz.

«Weil sie aus gutem Hause ist», sagte Micillo. «Das sind die Härtesten. Eine wie die Berti kannst du irgendwie kaufen, auch wenn du etwas mehr auf den Tisch packen musst als geplant.»

«Dieses Gerede gefällt mir nicht.»

«Ausnahmen immer, Fehler nie», sagte Colnaghi, der das Gummiband unwillkürlich wieder um den Aktenordner spannte. Das war sein Motto.

Micillo verdrehte die Augen.

«Ich verstehe immer noch nicht, was du damit meinst», sagte Caterina Franz. Sie drehte sich mit ihrem Stuhl zu Colnaghi und verschränkte die Arme. «Erklärst du mir das endlich mal?»

«Ach, bitte nicht», sagte Micillo. «Ich flehe euch an.»

Colnaghi lächelte. «Einmal wurde der Schachweltmeister Michail Botwinnik gefragt, was das Geheimnis seines unglaublichen Erfolgs sei. Die Antwort lautete: Es wird Sie vielleicht enttäuschen, doch ich versuche vor allem, möglichst wenig Fehler zu machen.»

«Du spielst Schach?»

«Nein, das habe ich in einer Zeitschrift gelesen. Aber es ist ein schöner Satz.»

Die Franz schien das nicht zu überzeugen.

«Wir machen alle Fehler», sagte sie.

«Natürlich. Ich habe in den letzten zwei Jahren ein Verfahren gegen mehrere Mitglieder der Mailänder Autonomen eröffnet, die sich dann als vollkommen unschuldig erwiesen. Einer von ihnen, Professor Corno, hat mir einen langen, zutiefst entrüsteten Brief geschrieben, in dem er mir empfahl, nicht alle über einen Kamm zu scheren und tunlichst zu unterscheiden, wer Gewalt anwendet und wer dies nie getan hat.»

«So ein Arsch», feixte Micillo.

«Er hatte recht. Ich habe mir diesen Brief aufgehoben, denn genau da liegt das Problem. Wenn ein Koch einen Fehler macht, wird die Pasta miserabel, wenn wir einen Fehler machen, wandern Unschuldige hinter Gitter.»

«Gieß jetzt bloß kein Wasser auf seine Mühlen», riet Micillo seiner Kollegin.

«Nein, warte, damit ich das richtig verstehe. Was ist mit den Ausnahmen?»

«Ausnahmen sind all die kleinen Feinheiten, die wir vernachlässigen können, wenn wir die Wahrheit finden und Gerechtigkeit in die Welt bringen wollen.»

«Zum Beispiel?»

«Ich kann – für ein höheres Wohl – über eine Schwierigkeit, in die ein Freund geraten ist, hinwegsehen oder jemandem helfen, auch wenn das einigen kleinen Vorschriften zuwiderläuft. Natürlich muss man da extrem vorsichtig sein und höchst verantwortungsbewusst handeln, sonst läuft man Gefahr, alles zu rechtfertigen. Doch allein schon die Tatsache, dass es Ausnahmen gibt, erinnert uns daran, dass wir uns immer irren können, dass die Gesetze nie ein für alle Mal festgelegt oder in Marmor gemeißelt sind.»

«Das ist wirklich die Argumentation eines Christdemokraten, Colnaghi.»

«Mein Freund Mario aus Saronno würde das ein ‹Lob des Zweifels› nennen.»

«Und was hat das mit der Berti und der Dell'Acqua zu tun?»

«Keine Ahnung.» Er lächelte. «Nichts.»

«Und warum hast du dann damit angefangen? Warum hast du das gesagt?»

«Vielleicht weil das eigentlich kein Motto ist, sondern nur ein Kehrreim, der mir gefällt. Und du, warum hast du danach gefragt?»

Sie schwiegen eine Weile. Colnaghi zündete sich die Pfeife an und begann wieder mit dem Stuhl zu kippeln. Die Ecken an der Zimmerdecke waren schwarz verfärbt, obwohl Micillo nicht viel rauchte. Das ging noch auf seinen Vorgänger zurück und war nie übertüncht worden. Ihre Besprechung näherte sich dem Ende, doch Caterina Franz hing noch ihren Gedanken nach. Hin und wieder zuckten ihre Lippen wie bei einem Tick, und ihre Hände ließen sich keine Sekunde in Ruhe. Doch ihr Blick war starr auf Micillos Olivetti Lettera 22 gerichtet. «Du kannst Maschine schreiben?», fragte sie.

«Ja.»

«Ich habe noch nie einen Staatsanwalt gesehen, der Maschine schreiben kann.»

«Ich kenne eine ganze Menge», sagte Colnaghi.

«Wir sollten das alle lernen», konstatierte sie.

Colnaghi stellte seinen Blick unscharf. Es hatte ihn viel Mühe gekostet, diesen kleinen Trupp zusammenzustellen. Von Anfang an hatte man seine Ermittlungsmethoden – alles zusammenzulegen und so eng wie möglich zusammenzuarbeiten, indem man alle Fakten frei austauschte – als einen Angriff auf einen persönlichen Kodex betrachtet, ganz zu schweigen vom geschriebenen Gesetz. Es gab keinerlei Koordinierungsvorschriften. Es gab nichts, was den Informationsaustausch regelte, und folglich praktizierte ihn einfach niemand.

So war Colnaghi fast zwei Jahre lang im Bauch des Justizpalastes herumgewandert und hatte versucht, seine Kollegen davon zu überzeugen, dass die alten Methoden überholt waren, dass dies nicht mehr die Epoche der Ermittlungen im Alleingang war. Dem Verbindungsnetz des Terrorismus mussten sie ein noch viel solideres, stärkeres entgegensetzen. Doch wie oft war er auf eine Mauer der Müdigkeit gestoßen oder sogar auf eine Mauer des Schweigens und der Angst. Bis er schließlich diese beiden gefunden hatte: den Glatzkopf Micillo aus bester Familie in Caserta, der auf Empfehlung gekommen war und deshalb von den meisten wenig geschätzt wurde (dabei verfügte er über eine hervorragende, absolut zwingende Logik), und Franz, die friaulische Kommunistin ohne den leisesten Sinn für Humor, die von wer weiß wo hereingeschneit war und deren Augen wegen des Schlafmangels stets dunkel umrändert waren. Es war nicht leicht, die beiden zur Zusammenarbeit zu bewegen, doch irgendwie schaffte er es.

Sie hörten eine Tür auf dem Gang zuschlagen. Micillo stand auf und tat so, als ordnete er die Unterlagen. Er legte ein Urteil zurück zu den Akten, suchte die Abschriften der Vernehmung Dalla Bona zusammen und knallte sie auf den Schreibtisch, um sie abzugleichen. Der Ventilator verteilte zwischen den dreien das bisschen Luft, das zur Verfügung stand.

Irgendwann murmelte Caterina Franz: «Ich arbeite nicht gern an diesen Fällen. Ist nun mal so.»

Colnaghi und Micillo schauten sich an. Die Gewissenskrise der linken Richter und Staatsanwälte: ein Klassiker, den die zwei nicht ertragen konnten.

«Ich habe ein ungutes Gefühl dabei», rechtfertigte sie sich. Micillo hustete zweimal hintereinander. Es drohte ein langes Bekenntnis.

«Können wir uns darauf einigen, dass keiner von uns noch die Kraft hat weiterzuarbeiten?», fragte Colnaghi schnell.

«Einverstanden.»

«Dann gehen wir jetzt in Frieden nach Hause.»

Die beiden standen auf, doch ihre Kollegin blieb sitzen.

«Du musst dich nicht schlecht fühlen», sagte Micillo und klopfte ihr auf die Schulter. Sie nahm das als Ermutigung, weiterzureden.

«Ich weiß. Ich weiß. Aber ich kann nicht anders.»

«Wir haben doch schon so oft darüber gesprochen, Caterina. Wir sollten nicht über Politik reden.»

«Wir reden doch auch gar nicht über Politik. Aber am Ende läuft es ja zwangsläufig darauf hinaus.»

«Ach, das sind doch private Angelegenheiten.»

«Privat, privat … von wegen das sind öffentliche Angelegenheiten.»

«Nicht in diesem Raum.»

«Gehen wir?», fragte Colnaghi und drehte seine Pfeife in den Händen.

Die Franz starrte ihn an. «Das nervt dich, was?»

«Wie bitte?»

«Ich weiß, dass dich das nervt.»

«Aber was erzählst du denn da?»

«Ich passe dir nicht in den Kram, es ist sinnlos, drum herumzureden. Ich passe euch beiden nicht.» Sie biss sich auf die Lippen. «Ihr wisst, dass wir ein Problem miteinander haben und … Es ist nicht so einfach, jawohl. Und ihr begreift das einfach nicht.»

«Hör mal, Herzchen…», begann Micillo.

«Nenn mich nicht *Herzchen*. Du weißt, dass ich das nicht mag.»

Colnaghi seufzte und mischte sich ein. «Leute, bitte. Es ist schon spät, es ist heiß, und wir sind alle müde. Es hat doch keinen Sinn, sich jetzt zu streiten. Gehen wir nach Hause?»

Die drei musterten sich noch einen Moment und sahen sich plötzlich als das, was sie waren: verhärmte, erschöpfte Gestalten. Das Surren des Ventilators war das einzige, worauf sie sich noch konzentrieren konnten. Dann schüttelten sie gleichzeitig den Kopf und gingen stumm einer nach dem anderen hinaus auf die Flure des Palazzos.

3

COLNAGHI BLIEB NOCH EINE WEILE im Waschraum auf der Etage, mit dem Handtuch und der Zahnbürste, die er im Büro aufbewahrte. Er putzte sich gründlich die Zähne und hielt seine Handgelenke lange unter das kalte Wasser, während er sich im Spiegel betrachtete. Wurde er langsam alt? Seine Wangen waren eingefallener als sonst. Als er sich die Hände abtrocknete, streckte er sich die Zunge heraus. Erst als er sich vergewissert hatte, dass seine Kollegen weg waren, öffnete er die Tür und ging die Treppe hinunter.

Draußen schimmerte noch etwas Licht, und die Gegend rings um das Gerichtsgebäude bekam an diesem Sommerabend eine abstraktere Färbung. Sie war menschenleer, als hätte man den Palazzo plötzlich in ein Morgenland oder in eine unbewohnte Stadt versetzt: die Mailänder vor dem Fernseher in ihren Wohnungen verschanzt und nicht einmal ein Verrückter, der auf der Straße die Hauswände ansang.

Colnaghi schloss auf dem Hof sein Fahrrad los und hielt auf der Straße einige Minuten inne, um wie üblich seine persönliche Theorie zu überprüfen: Dieser Augenblick war ideal für einen Hinterhalt, und wenn sie es nicht jetzt hier draußen taten, war er in Sicherheit. Nichts geschah. Experiment geglückt, ungefähr zum zweihundertsten Mal.

Er fuhr auf dem inneren Stadtring bis zur Porta Venezia und von dort aus den Corso Buenos Aires hinauf bis zum Piazzale Loreto und weiter. An der Piazza Durante bog er rechts ab. Er hatte eine günstige Zweizimmerwohnung in der

Via Casoretto anmieten können, in einer ärmlichen Gegend an der Grenze zu Lambrate. Vor einigen Jahren hatte die Arbeitsbelastung überhandgenommen, was seine ständige Anwesenheit in der Stadt erforderlich gemacht hatte. Daher hatte er sich für die Werktage eine Unterkunft suchen müssen und konnte nur an den Wochenenden nach Hause in die Provinz fahren. Seine Frau war nicht gerade begeistert davon, doch da gab es nicht viel zu diskutieren.

So hatte Colnaghi mit einem Dutzend Jahren Verspätung das Leben eines pendelnden Studenten begonnen – ein Junggesellenleben, wie er es nannte. Und obwohl ihm die Familie und die ländliche Umgebung fehlten, hatte die Sache doch auch ihr Gutes. Vor allem die Isolation. Und die Stadtlandschaft. Man hatte ihn für verrückt erklärt, weil er sich ausgerechnet dort einquartiert hatte. Und natürlich wusste er, dass der Ruf dieser Gegend nicht zu ihm passte. Es war das Viertel der Bellini-Bande, von «denen aus Casoretto», die Zone der roten Schläger.

Doch ihm gefiel es hier. Was sollte er machen? Es gab eine Handvoll unspektakulärer Straßen, die hier und da mit Geschäften, Autowerkstätten und winzigen, an eine Ecke gezwängten Lebensmittelläden durchsetzt waren, dazu Toreinfahrten, die sich sonntags auftaten und wie durch Zauberei den Blick auf einen alten Hof freigaben, auf einen Baum, auf ein Blumenbeet. Und immer saß irgendein Taugenichts an einem der Aluminiumtische einer Bar, immer gab es eine Signorina, die dich anhalten und um Feuer bitten wollte. Da waren die Straßen von der Grenze zu Lambrate bis zum Straßenbahndepot an der Ecke zur Via Teodosio, aus dem im Morgengrauen die Züge kamen, im Nebel oder im ersten Tageslicht klingelnd, und in das sie zur Nachtruhe zurückkehrten.

Colnaghi stellte sein Rad im Hauseingang ab und ging im welken Licht noch ein wenig spazieren, um den Kopf freizubekommen. In der Via Mancinelli, nur ein paar Schritte von seiner Wohnung entfernt, hatten Faschisten zwei Jugendliche des autonomen Sozialzentrums Leoncavallo erschossen, Fausto und Iaio. Colnaghi ging oft an diesen Mauern vorbei – das war ein so schrecklicher, so präsenter Vorfall, dass er von Zeit zu Zeit das Bedürfnis hatte, sich daran zu erinnern – doch diesmal ging er lieber Richtung Süden. Er schlenderte an den Bahngleisen entlang und verlor sich in den Schattierungen des Graus. Im Zickzack folgte er den Straßen, bis er in die Bahnhofsgegend kam, wo sich ein Grüppchen Prostituierter vor dem purpurroten Licht eines Lokals stritt. Er wandte sich nach rechts und ging in entgegengesetzter Richtung durch dasselbe Straßengeflecht zurück.

Ein dumpfer Knall ließ ihn zusammenzucken. Abrupt drehte er sich um, doch da war nur ein Rentner, der den Müll weggebracht und den Deckel des Containers zugeschlagen hatte. Er musste an die Worte seines Kollegen aus Turin denken, über die Möglichkeit, zur Leiche zu werden. Er fuhr sich mit der Hand über den Nacken und lachte in der menschenleeren Straße auf.

Seine Wohnung fand er unberührt und verstaubt vor. Das Zeichen der Einsamkeit, die keine Spuren hinterließ und sich wohl gerade darin offenbarte. Er hatte den Kühlschrank mit Joghurt und Aufschnitt gefüllt und den Vorratsschrank mit Trockenobst und Gemüsekonserven – auch wenn er dann fast immer etwas bei dem apulischen Pizzabäcker an der Ecke aß, einem alten Mann, der (zumindest nach dem, was man so hörte) in Amerika als Sohn von Auswanderern geboren war und nach fünfzehn Jahren Minnesota beschlossen hatte, in die Heimat zurückzukehren. Auf seinem Ladenschild stand *Mailands beste Pizza*. Colnaghi wusste nicht, ob seine Geschichten stimmten, doch er hörte ihm ausgesprochen gern zu, wenn er von seiner verrückten Heimreise erzählte, von den endlosen Ebenen im Norden New Yorks, von der langen Schiffsüberfahrt, die er mit einem Kellnerjob finanziert hatte, und von seiner Ankunft in Genua ohne einen roten Heller in der Tasche.

Colnaghi setzte sich aufs Bett und starrte die gegenüberliegende Wand an. Er hatte keinen Fernseher, er hatte überhaupt nichts. Das ist nun also mein Schlupfwinkel, dachte er. Das ist die Sorte von Orten, an denen sich meine Feinde verkriechen: Auge in Auge im selben Gefängnis, weit weg von denen, die wir lieben, als würde uns das unbeirrbarer machen. Gewiss, die klösterliche Seele dieses Ortes – die abgestoßenen Fliesen, der pflaumenblaue Resopaltisch, das Fenster zum Hof, auf dem sich nur Katzen tummelten – war so etwas wie eine Entschuldigung. Die Kinder und seine Frau fehlten ihm und sogar die ständigen Pendelfahrten mit den Zügen der Ferrovie Nord. Und doch gab es an diesem Leben auch etwas, das ihn unablässig reizte.

Er zog sich aus, mit dem Blick auf das Kruzifix, das er sich übers Bett gehängt hatte, das einzige Detail an einer vollkommen kahlen Wand. Im Pyjama kniete er nieder und betete zwei Vaterunser und zwei Ave-Maria, das gebotene Minimum für einen guten Schlaf, wie Don Luciano es ihn gelehrt hatte. Als Kind hatte er lieber im Stehen gebetet. Das Niederknien war ihm vorgekommen wie ein allzu auffälliges Ritual, es stank geradezu nach Götzendienst. Doch in dieser Wohnung hatte er es wieder schätzen gelernt. Ohne Zuschauer war es ein schlichtes Demutsbekenntnis. Der Schöpfer ist unendlich viel größer, und du – du bist gerade mal ein Klümpchen beseelten Lehms.

Er betete mit Hingabe und andachtsvoll, so wie er immer gebetet hatte: die Formeln halblaut, die Hände im Schoß gefaltet, die Augen geschlossen. Er spürte, wie die Stadt rings um diese Worte kraftlos in die Ferne rückte, jede Silbe eine Stufe, auf der er weiter hinabstieg, in die Tiefe. Und in der nun folgenden Stille – kurz nach dem letzten Amen, kurz vor der zweiten Bekreuzigung – gab es nur noch das, was er sich gewünscht hatte: ein Mensch allein vor seinem Gott.

Wie erklärt man einem Kind, dass sein Vater ermordet wurde?

Gewiss, man kann mit einer langen Vorrede voller Probleme und Perspektiven beginnen, kann die Dinge verwischen, Halt bei vielen geschriebenen Zeilen suchen und auch sagen, dass der Mord zu einem komplexeren Bild gehört. Doch die Tat selbst wird niemals eine Erklärung finden, die dich beruhigen könnte. Und dieser Verlust des einen Menschen, der dir entrissen wurde – dieser Schmerz, der nur dir gehört –, wird niemals wiedergutzumachen sein. Er entzieht sich der Kette aus Ursache und Wirkung und hängt gleichsam im leeren Raum.

Oder man kann die Geschichte erzählen. Bei ihm war das so. Es gab ohnehin keinen anderen Weg, der Krieg hatte alles mit sich fortgerissen, zuallererst die Einzelheiten. Es war, als spitzten sich die Dinge mit der Zeit zu: reduziert auf etwas anderes, auf Teilstücke, die seine Mutter zuweilen zusammensetzte, wobei sie die Fakten mit dem alleinigen Ziel, sie auf eine Moral zu beschränken, auf immer knappere Weise wiederholte. Wichtig für sie war, dass ihr Sohn nachts schlafen konnte, weiter nichts. Die alten Genossen dagegen sprachen stets gern eine andere Sprache. Vor den Gläsern in der Kneipe wollten sie eine andere Gestalt in Stein meißeln: einen Mann, der nicht aufgegeben hatte, ein Opfer, das man ehren konnte.

Sein Leben lang versuchte Giacomo, diese beiden Enden zusammenzufügen, um ein Bild seines Vaters zu erhalten, das möglichst wenig verschwommen war, das möglichst viel mit dem Gesicht in Schwarz-Weiß zu tun hatte, das ihn aus einem Rahmen auf der Anrichte ansah. Und dort, wo die Erinnerungen der anderen keinen Zugang hatten, sollte seine Phantasie walten. Er wollte sich seinen Vater so erfinden, wie es nach seinem Gefühl richtig war, wollte seine Hand ergreifen, ihn der Vergessenheit entreißen, in die er geraten war, und endlich zurück nach Hause holen.

Denn nichts würde ihn nun noch vor dieser Einsamkeit retten oder seinen Schmerz heilen können, doch es gab vielleicht noch etwas, das ihn vor der Wut bewahren konnte.

Nun also die Geschichte.

Ernesto Colnaghi stand bei Bertarelli in Saronno an der Drehbank, in einer Fabrik für Schrauben und andere mechanische Kleinteile. Er war einer von vielen, einer wie alle. Zwanzig Jahre alt, schwarze Haare, und seine blauen Augen, die einzige Besonderheit, die ihn etwas von seinen Kollegen abhob, machten ihn nicht schöner, sondern nur auffälliger. Er kam aus Cassina, bei Solaro: eine Bauernfamilie, drei Schwestern, eine Ehefrau – Lucia Ferrari, die Tochter des Friedensrichters – und ein wenige Monate altes Töchterchen.

Das Ehepaar war auf den Hof im Zentrum gezogen, auf dem die Ferraris wohnten, und das gefiel Ernesto nicht besonders – sein Schwiegervater trank viel und war allzu eng mit dem Podestà befreundet, und seine Verwandten waren widerliche Frömmler –, doch er ließ es gut sein. Seine Tochter Angela, die den Namen der einige Jahre zuvor verstorbenen Großmutter trug, war bei guter Gesundheit.

Es hätte also schlimmer sein können. Ernesto war ausgemustert worden, weil er klapperdürr war und auf einem Bein leicht hinkte (was ihn aber praktisch kaum behinderte). Sein älterer Bruder war zwei Jahre zuvor eingezogen worden und nach Russland gekommen. Ab und an schickte er eine Karte, damit sich die Familie keine Sorgen machte. «Lieber Papà, lieber Ernesto und liebe Schwestern, ich schreibe euch heute Abend in der Hoffnung, dass euch meine Zeilen bald erreichen. Mir geht es gut, ich habe genug zu essen, und es ist nicht sehr kalt, außerdem habe ich einen guten Mantel. Ich denke immer an euch und bete zu Gott, dass ich euch bald wiedersehe.» Mitte 1942 waren die Briefe versiegt. Es gab noch einen letzten ohne Ort und ohne Datum. Dann nichts mehr.

Die Faschisten hatten das Essen für die Armen nach der Arbeit gestrichen, und eines Morgens waren sie zu seiner Mutter gekommen und hatten alles Kupfer verlangt, das im Haus war. Sie hatten ihr vorschriftsmäßig nur den Polentatopf gelassen. Vielleicht begann Ernesto zu dieser Zeit, sich Gedanken zu machen. Bei seiner Familie beschränkte er sich darauf, den guten Vater und Arbeiter abzugeben, so wie immer, daher erfuhr kein Mensch von seiner nächtlichen Unruhe. Er sprach mit niemandem darüber, denn er sprach ohnehin wenig. Außerdem war da ja nicht viel zu machen.

Im Frühjahr 43 kehrten einige Überlebende von der Ostfront zurück, aber nicht sein Bruder. Die Arbeiterinnen bei CEMSA organisierten einen Streik, über den noch lange gesprochen wurde, und in der Fabrikkantine gab es nur noch einen schwarzen, kalten Brei, der einfach widerlich war. Doch es könnte schlimmer sein, sagte sich Ernesto erneut. Sie waren nicht so arm wie, zum Beispiel, die Berettas, die kurioserweise den gleichen Namen wie die Fleischer im Zentrum trugen (und daher noch einen Spitznamen hatten: Cibà die einen und Cibarèll die anderen). Ihre Kinder bettelten heimlich, und die Großmutter schlief im Eingang eines Stalls mit nur zwei Decken, und manchmal sah man sie vor einer Kneipe in der Via San Cristoforo, wo sie sich ein Glas Wein ausgeben ließ und weinte.

Es könnte schlimmer sein. Aber, fragte sich Ernesto dann, stimmte das denn?

Inzwischen war Lucia erneut schwanger und noch schöner als zuvor: wie eine Färbung, die sich zu ihrem Schutz paradoxerweise auf einen leuchtenderen Ton verlegt. Als er sie auf diesem Gehöft, das ihm so verhasst war, nachts, während sie schlief, betrachtete, wuchs seine Unruhe.

Im Sommer fand er ein Flugblatt gegen die Teuerung, das unter einer Drehbank klemmte. Er las es, und ihm schien, dass es freiheraus alles beim Namen nannte, was ihm seit Monaten im Kopf herumgeisterte. Er fühlte sich verstanden, und dieses Gefühl kannte er nicht: Es gab noch andere wie ihn. Er beteiligte sich am nächsten Streik und wurde vom Vorarbeiter verprügelt. Eine Woche lang zog er sich in Gegenwart von Lucia nicht um, damit sie die Blutergüsse auf seiner Brust nicht sah. Alles ging nun sehr schnell. Ernesto fuhr sich mit einem Finger über die blauen Schwellungen, und ihm war, als streichelte er eine Medaille, auch wenn er nicht wusste, welchen Wert sie hatte.

Die Streiks rissen nicht ab, und er versäumte nicht einen. Sein Schwiegervater erfuhr durch einen Streikbrecher aus der Fabrik davon und sagte ihm, dass er ganz bestimmt keinen kommunistischen Schwiegersohn wolle. Ernesto erwiderte, er versuche nur, das Richtige zu tun. Er spulte die Sätze ab, die er und die anderen sich gegenseitig wiederholten, um sich Mut zu machen, wenn sie nachts in der Kantine schliefen und sich zu fünft eine Zigarette teilten, und solange Sommer war, sei zwar alles in Ordnung, aber dann? Lucias Vater antwortete, er sei ein Idiot und er selbst noch viel mehr, weil er seine Tochter einem Strolch wie ihm gegeben habe.

Ende Juli gab es einen zweitägigen Massenstreik, und Ernesto wäre um ein Haar im Gefängnis gelandet. Am Himmel tauchten immer mehr Flugzeuge auf, und weiter südlich explodierten immer mehr Bomben. Manchmal war nur wenig zu hören. Lucia wollte nichts von seinen Reden wissen und bat ihn nur, mit ihr zur Messe zu gehen, damit diese Wut verrauchte, die er ständig im Bauch hatte. War er ein schlechter Ehemann? Aber er trank doch nicht, schlug seine Frau nicht, und er liebte sein Töchterchen. Was also war falsch?

Zu jener Zeit begann er sich mit einer Gruppe aus seiner Heimat zu treffen, in Cassina. Ohne rechte Überzeugung beim ersten Mal, doch dann immer häufiger. Sie waren die einzigen, die ihn verstanden. Er kam aus der Fabrik, verbrachte etwas Zeit mit Lucia und Angela und ging dann auf einen Sprung in die Kneipe – wie er sagte, doch seine Frau wusste genau, dass das nicht stimmte. Ernesto fuhr mit dem Rad quer durch das Dorf und auf die Felder hinaus, bog zwischen den Robinien in einen Pfad ein und kam heimlich, still und leise zu einer verlassenen Bauernhütte, kaum mehr als ein Schuppen für die Feldhacken. Dort hatte Egidio Roveda sein Hauptquartier aufgeschlagen, um seinen Kampf fortzusetzen.

In Mailand war Roveda ein hohes Tier, der Freund eines Anführers der Bewegung. Er war zweiundvierzig Jahre alt und ledig, und seit kurzem war er wie viele andere wegen der Bombenangriffe aus einer großen Fabrik in Sesto San Giovanni evakuiert, einen Monat lang hatte er beim Vieh eines mit seinem Vater befreundeten Bauern geschlafen. Als junger Mann hatte er sich in eine Revolutionärin aus Como verliebt, aus reichem Hause und halb Französin, mit der er Pläne für eine Flucht nach Paris geschmiedet hatte, weg von den Faschisten und weg aus diesem Scheißland. Sie hatten sich 1926 davongemacht und durch einen anderen Flüchtling schnell eine Unterkunft gefunden. Die Nächte verbrachten sie damit, Volksaufstände und die Gründung neuer Zeitschriften zu planen, um dann im Morgengrauen einer in den Armen des anderen einzuschlafen. Doch nach einigen Monaten verließ ihn die Signorina – ach, die Revolution war nach einer Weile ja doch recht langweilig, nicht wahr! –, und er kehrte ohne Geld und ohne Liebe nach Italien zurück. Also stürzte er sich grimmig auf die Bücher, auf alle, die er, unter der Hand, bekommen konnte. Lenin natürlich, und auch Trotzki. Und schließlich Marx, der als letzter kam, zunächst in Cafieros «Kompendium» und dann im Original. Mit einiger Mühe konnte er auch Französisch lesen, wobei er auf seinen Dialekt zurückgriff, der einige Ähnlichkeiten aufwies. Für Ernesto waren diese Wörter wie noch unverständliche Zaubersprüche, die wer weiß was für Türen öffnen konnten. Er erkannte sie am Klang: plötzliche Spitzen in der schroffen Landschaft der Monologe dieses Mannes.

Ernesto betrachtete ihn: hochgewachsen, rasiert, mit schon fast völlig weißen Haaren und tiefschwarzen Augen, die einen leichten Silberblick hatten. Von Zeit zu Zeit brach Roveda ab, um einen Schluck Ziegenmilch zu trinken, und des Öfteren hob er die Stimme, um sich die Aufmerksamkeit der Gruppe zu sichern. Doch das war gar nicht nötig. Er sprach mit einfachen Worten, die alle verstehen konnten, und schilderte das Leid besser als jeder andere, garantiert besser als ein

Priester. Es könnte schlimmer sein, und wisst ihr was? Dieses Schlimmere wird kommen, und wie. Zu ihnen, zu allen. Dunkles, verschimmeltes Brot und Tritte in den Hintern. Der Bauer, bei dem er geschlafen hatte, erzählte er, ging nun nachts in den Wald, um mit einer Lampe in der Hand Stachelschweine zu jagen. Seine Frau kochte sie tags darauf in einem großen Topf, und das war dann ihr Fleischgericht. Doch auch Stachelschweine waren knapp. Alles war knapp, da gab es nichts zu hoffen, und der Krieg lief schlecht.

Und jetzt?

Und jetzt, sagte Roveda und zog einen Stapel Flugblätter hervor, müssen wir kämpfen.

4

DANIELE WAR KRANK, und seine Frau wollte mit ihm zu Hause bleiben, also ging Colnaghi, der nach Saronno gekommen war, am Sonntag allein zur Messe. Die Predigt war banal, doch voller Inbrunst – gerade in einer persönlichen Krise, in den schwierigsten Zeiten, zeige sich der wahre Glaube –, und Colnaghi wechselte den Friedensgruß mit einem gelangweilten Mädchen hinter ihm. Er bewunderte den Ernst des Abendmahls, die Art, wie es ihn zu einer schlichteren, angemessenen Ordnung zurückführte: Glaube, und du wirst erlöst werden, der einfachste Glaube seines Geschlechts. Der Glaube der Bauern. Während des Abendmahls beobachtete er zwei Alte, die einander untergehakt stützten und mühsam zum Altar schlurften. Nachdem sie die Hostie empfangen hatten, stolperte die Frau und wäre gefallen, wenn der Mann hinter ihnen sie nicht rechtzeitig aufgefangen hätte. Ein Kind in der vierten Reihe kicherte.

Auf dem Heimweg machte Colnaghi am Milchladen halt. Pinuccia schimpfte hinterm Ladentisch gerade mit ihrer Verkäuferin. Als sie ihn sah, wedelte sie mit der Hand. «Dottore!», rief sie: «Dottore, wie geht es Ihnen?»

«Gut, Pinuccia, und Ihnen?»

«So lala. Ein Kaffee?»

«Ja, danke, und ein Dutzend Stückchen Gebäck. Mein Ältester ist krank, und ich will ihm eine Überraschung mitbringen.»

«Da freut er sich bestimmt. Gemischt?»

«Halb Früchte und halb Schokolade.»

«Ich mach's Ihnen gleich fertig. Bitte, setzen Sie sich doch. Und du», schimpfte sie weiter auf die Verkäuferin ein, «kannst was erleben, wenn du mir noch mal das Eis ruinierst.»

An seinem Tisch zündete sich Colnaghi eine Pfeife an und begann die Zeitungen durchzublättern. Er übersprang den Nachrichtenteil und konzentrierte sich gleich auf die Sportseiten. Die Meisterschaft war seit einem Monat vorbei, doch die Tour de France hatte endlich begonnen: Am dritten Juli war Wijnands Etappensieger geworden, doch Hinault blieb vorn. Colnaghi war eher für Knetemann – der Moser während der Straßenweltmeisterschaft von 78 beim Fotofinish abgehängt hatte –, doch der Franzose schien gut in Form zu sein.

Er trank seinen Kaffee, nahm das Kuchenpäckchen und ging nach Hause. Er wohnte am Rand von Saronno. Als er durch die Via San Giuseppe ging, sah er kleine Jungen auf einer schäbigen Wiese Fußball spielen, Mütter am Fenster, die sie zum Mittagessen riefen, einen alten Mann auf einem Fahrrad, der zu schnell vorbeiflitzte, als zwei Hunde ihn anbellten. Und plötzlich, wie um dem Vormittag den letzten Schliff zu geben, löste sich ein trockenes Unterhemd von einer Wäscheleine und segelte wenige Schritte vor ihm im Wind sanft auf die Straße, ein weißer Fleck auf dem schattigen Gehweg.

Zu Hause spielten Mirella und seine Mutter im Wohnzimmer Karten. Colnaghi legte das Gebäck auf den Küchentisch und sah ihnen zu. Keine der beiden machte Anstalten, ihn zu begrüßen. Die Pendeluhr in der Ecke schlug halb zwölf. Es war sehr heiß.

«Na?», sagte er.

«Was, na?», fragte seine Mutter.

«Guten Tag, wie geht's, was gibt's Neues. Oder?»

«Giacomo, wir haben uns erst heute Morgen vor der Messe gesehen.»

«Aber guten Tag kann man sich ja wohl noch sagen.»

Seine Mutter schüttelte den Kopf. «Herrjemine.»

Gutgelaunt zog Colnaghi seine Pfeife hervor und zerlegte sie in ihre Einzelteile, die dann wacklig auf seinen Beinen lagen. Er reinigte das Pfeifenrohr mit dem Bürstchen und kratzte den Pfeifenkopf aus. Als er damit fertig war, hielt er die Pfeife gegen das ins Zimmer fallende Licht und betrachtete die geflammte Maserung des Bruyèreholzes. Die Frauen spielten schweigend die letzten Karten aus. Dann klaubte Mirella sie zusammen und mischte neu. Sie legte den Stapel vor sich hin, die alte Frau hob achtlos ab, und sie teilte wieder aus.

«Was gibt's Schönes zu essen?», erkundigte sich Colnaghi.

«Pasta al forno», sagte seine Mutter. «Und als Hauptgang Braten mit Kartoffeln.»

«Ein frisches, sommerliches Menü, na toll.»

«He, wenn's dir nich' passt, kannste ins Restaurant geh'n.»

Colnaghi lachte.

«Nein, nein, schon gut. Wer gewinnt denn?»

«Sie», sagte Mirella und wies mit dem Kinn auf ihre Schwiegermutter. Colnaghi betrachtete die beiden einen Moment lang: die Mutter mit ihren nicht zu ihrer Herkunft passenden, edlen Zügen, die trotz der Falten und der Müdigkeit immer noch schön war, und seine Frau, jung und farblos, mit zwei dicken Leberflecken auf der rechten Wange.

«Beim Briscola ist sie unschlagbar», kommentierte Colnaghi.

«Wir spielen eigentlich Scopa.»

«Auch beim Scopa ist sie unschlagbar.» Er schlug mit den Händen auf seine Knie. «Na, ich sag mal den Sprösslingen guten Tag.»

Er ging hoch in den ersten Stock. Im Zimmer mit dem blauen Stern an der Tür waren Daniele und Giovanni. Colnaghi gab seinem Kleinsten einen Kuss – der saß ruhig in seinem Bettchen und spielte mit seiner alten, bunten Klapper – und ging dann zu Daniele, der mit zur Decke gerichtetem Blick hustete. Das Bett war zerwühlt, und am Matratzenrand lagen ein paar Mickymaus-Hefte.

«He, hallo», sagte er.

«Hallo», sagte Daniele.

«Geht es dir besser?»

«Nicht viel.»

«Ach, komm, heute Morgen hattest du nur 37,5.»

Daniele zuckte mit den Schultern.

«Also wirklich, darf man erfahren, wie du es angestellt hast, dir bei dieser Hitze eine Bronchitis zu holen?»

«Pff.»

Colnaghi streichelte ihm die Stirn.

«Du wirst geschwitzt und dich dann erkältet haben», mutmaßte er.

«Keine Ahnung. Vielleicht.» Er richtete sich auf und lehnte sich gegen das Kopfkissen. «Papa, ab wann wohnst du denn endlich wieder bei uns zu Hause?»

«Was? Ich weiß nicht. Ich habe doch noch so viel Arbeit, das hängt nicht von mir ab.»

«Aber du bist schon so lange weg.»

«Freitags komme ich doch immer nach Hause. Und manchmal sogar früher.»

«Diesmal bist du erst am Samstag gekommen. Am Samstagabend», präzisierte er.

«Da hast du recht.»

«Das ist nicht dasselbe.»

Colnaghi lächelte.

«Ach, komm», sagte er. «Dafür bringe ich dich bald nach Ligurien, und dann bist du mit Mama und deinen Freunden am Meer. Danach versuche ich, mir meine Zeit besser einzuteilen, versprochen.»

«Fahren wir wieder dahin, wo wir letztes Jahr waren?»

«Ja.»

«Und kommt Oma auch mit?»

«Nein, die bleibt hier.»

Daniele nickte ernst vor sich hin. Jedes Mal wenn Colnaghi ihn ansah, staunte er über die Reife seines Sohnes, nicht so sehr wegen dem, was er sagte, sondern wegen seines stets nachdenklichen Tonfalls. Selbst in seinen Beschwerden oder in seinen Launen lag etwas Sachliches.

Der Junge hustete heftig in seine Hand und zog die Nase hoch. «Papa?»

«Was ist?»

«Kaufen wir im September die Jahreskarte fürs Stadion?»

«Mal sehen.»

«Du hast es aber versprochen!»

«Ich habe dir versprochen, dass ich es mir überlege.»

«Tommaso sagt, er geht immer hin, er ist mit seinem Onkel im ersten Ring.»

«Ja, aber Tommaso ist Milan-Fan.»

«Na und?»

«Und Milan-Fans trauen wir nicht. Stimmt doch, oder?»

Daniele beschränkte sich auf ein Lächeln.

«Na also. Jetzt geh dich waschen, in einer Viertelstunde ist das Essen fertig. Ich habe dir was mitgebracht.»

An der Wand neben der Treppe entdeckte Colnaghi ein neues Detail: die x-te Reproduktion einer Beatles-Titelseite, die Mirella irgendwo ausgeschnitten hatte, um sie zu rahmen und aufzuhängen. Er schüttelte den Kopf und ging weiter. In der Küche öffnete seine Mutter gerade eine Flasche Wein. Er trat in den kleinen Garten hinter ihrem Haus. Mirella goss die Kräuter und die zwei Bäumchen, die sie gepflanzt hatten.

Colnaghi verschränkte die Arme vor der Brust. Dieses Haus war ein Kompromiss für alle gewesen. Zur Zeit ihrer Hochzeit hatte es andere Pläne gegeben. Seine Mutter sollte eigentlich nach Rescaldina zu seiner Schwester ziehen (die einen Vermessungsingenieur geheiratet hatte, der demnächst die Familienfirma erben würde), aber am Ende hatte sie beschlossen, dass so ein «Tapetenwechsel» doch gar nicht nötig sei, obwohl es sich nur um wenige Kilometer handelte. Also hatten Colnaghi und Mirella Hals über Kopf dieses etwas abgelegene Haus kurz vor den Feldern gekauft. Für diese Gegend war der Kredit nicht einmal schlecht gewesen, und durch seine Beförderung hatte Colnaghi ja auch eine Gehaltserhöhung bekommen.

Seine Mutter hatte sich im Erdgeschoss einquartiert und ihr kleines Reich aus Knöpfen, Garnen und Nadeln wiedererrichtet, das sie auf dem Gehöft gehabt hatte, auf dem Colnaghi geboren war: die mit Stoffballen und, wenn sie Lust zum Stricken hatte, mit Wollknäueln ausgefüllte Abwesenheit ihres Mannes; die Schneiderpuppe der Näherin, die gern Modistin geworden wäre; das gelbe Metermaß, das Colnaghi mit seiner Schwester zum Tauziehen benutzt hatte; und immer lauerte im Wohnzimmer eine Stecknadel.

Der Kauf dieses Hauses hatte zum Bruch mit den Verwandten auf dem Gehöft im Zentrum geführt, wo er und seine Schwester aufgewachsen waren. Angeführt von Onkel Carlo, der wie der Großvater ein halber Säufer war und bei allen Geschäften in der örtlichen Gemeinde seine Finger im Spiel hatte, hatten die Verwandten in diesem Wegzug einen Angriff auf den Zusammenhalt der Familie gesehen. Es folgten endlose Streitereien, Schlichtungsversuche seitens der Mutter, ein getrenntes Weihnachtsessen und schließlich Colnaghis Entschluss, nie wieder an diesen Ort zurückzukehren. Es war, als hätte er einen Strich unter seine Kindheit gezogen, die aus Wettläufen und Fußballspielen auf dem Hof bestanden hatte, ein vernebeltes Durcheinander aus Schotter, an den Viehwagen parkende Fiat Topolinos, zu Unterkünften umfunktionierte Heuböden, Tischrunden mit zwölf Personen, und jeder steckte seine Nase in die Angelegenheiten aller anderen. Es tat ihm ein wenig leid, auch wenn dieser Ort immer nach Mist gestunken hatte.

Colnaghi ging die wenigen Meter durch den Garten und sog den Duft des Rasens ein, den er am Sonntag zuvor gemäht hatte. Er lehnte sich an einen Holzstuhl und schirmte mit der Linken sein Gesicht ab, um seine Frau im Gegenlicht zu betrachten. Sie verbog die Äste des Aprikosenbaums, vielleicht um sie nach Schädlingen abzusuchen. Dann nahm sie die grüne Plastikkanne und goss Wasser rings um die Wurzeln.

«Und?», fragte er von weitem.

«Nichts und», antwortete sie.

«Ganz sicher? Du siehst unzufrieden aus.»

«Ach, geh.»

«Ganz sicher?», wiederholte er.

Sie stellte die Gießkanne auf den Boden und fuhr sanft über ein Blatt, dann drehte sie sich um und lächelte kurz:

«Ganz sicher.»

«Weißt du was», sagte Colnaghi und trat zu ihr. «Nächste Woche lade ich dich zum Essen ein. Du kommst nach Mailand, und wir gehen irgendwohin ins Zentrum. Hast du Lust?»

Sie nickte. Er küsste sie flüchtig aufs Haar und schloss sie in die Arme. Sie war klein und fast reglos, und er spürte nur ihre Fäuste, die sich hinter seinem Rücken schlossen, als wollte sie ihn nie wieder fortlassen.

5

MARIO SASS VOR DER BAR an einem der Steintische. Er las ein Buch mit grünlichem Umschlag. Colnaghi schlich sich von hinten an und schlug ihm auf die Schulter. Mario fuhr auf.

«Hast du noch alle Tassen im Schrank?», schrie er. Zwei alte Männer schauten auf und senkten ihren Blick wieder auf ihr Tressette-Nullspiel. Eine Karte flog durch die Luft und landete auf dem Tisch.

«He, was für ein Griesgram!», lachte Colnaghi. «Also, was nimmst du?»

«Was soll ich schon nehmen. Einen Espresso.»

Durch die Tür winkte Colnaghi dem Mann hinterm Tresen und hob zwei Finger. Der Mann nickte.

«Na?», sagte er dann.

«Na, wie geht's?»

«Wir schuften wie die Tiere, mein Chef kann mich nicht leiden, und keiner versteht mich, also alles wie gehabt.»

«Irgendwas Neues?»

«Nichts Konkretes, aber ich habe eine heiße Spur. Sag deinen Journalistenfreunden, dass Mailands Staatsanwaltschaft eben doch nicht schläft.»

«Ich habe keine Journalistenfreunde.»

«Und dieser Typ da von ‹Prealpina› …»

«Wer? Torcato? Der ist ein Volltrottel, vergiss ihn.»

Colnaghi kaute Luft und trommelte mit den Fingern auf Marios Buch.

«Neulich hat er in seinem Artikel geschrieben, im Justizpalast fehlten bloß noch die Matratzen.»

«Ich sag's ja, er ist ein Volltrottel. Außerdem ist er mutterseelenallein, noch einsamer als ich. Den kannst du links liegen lassen.»

Am Tisch der Kartenspieler ertönte ein Fluch. Eine Frau ging an der Bar vorbei und roch an ihren Händen.

«Was macht die Familie?», fragte Mario.

«Alles in Ordnung. Ein ruhiges Mittagessen.»

«Geht es Daniele besser?»

«Na klar, nur eine kleine Bronchitis. Gib ihm noch zwei Tage, und er geht wieder ins Gemeindehaus spielen.»

«Ich glaube, der Junge spielt da nicht gern, in diesem Jugendzentrum.»

«Was verstehst du denn davon? Und wo bleibt eigentlich unser Espresso?»

«Er ist in sich gekehrt. Und er liest gern, genau wie Onkel Mario. Er versucht ein guter Fußballspieler zu sein wie alle Knirpse in seinem Alter, doch das macht er bloß dir zuliebe.»

«Ich wusste gar nicht, dass du unter die Psychologen gegangen bist.»

«Ich versuche dir nur zu sagen, dass du das im Kopf behalten solltest.»

Colnaghi registrierte den Einwand und kniff die Lippen zusammen. Marios Gesicht verdüsterte sich ebenfalls, wie immer, wenn es um die Kinder anderer Leute ging. Er steckte sein Buch wieder in die Tasche, schnaufte und schimpfte auf die Hitze. Der Espresso kam, sie tranken ihn schweigend und griffen sich ab und zu an den Hals, um die Mücken abzuwehren, dann gingen sie hinein. Die zwei Ventilatoren an der niedrigen Decke surrten träge. Durch die matten Fenster wehte kein Lufthauch herüber. Colnaghi zahlte am Tresen für beide. Als er aufschaute, sah er ein Spiegelschild, auf dem eine attraktive Krankenschwester ihnen ein Gläschen für die Gesundheit anbot: *Amaro Isolabella!*

Mario schaute auf die Uhr. «Komm doch mit in den Buchladen, Giacumìn. Ich muss ein bisschen aufräumen.»

Marios Geschichte war traurig, doch auch schön, und das war das Problem. Sie war eine dieser romantischen Geschichten, durch einen eigenwilligen Geist ausgelöst, der sich einfach ein Happy End verdienen wollte.

Als Sohn eines Großkaufmanns aus der Gegend gehörte Mario zu der Sorte junger Katholiken, die Geisteswissenschaften studiert hatten und von einer Zukunft irgendwo zwischen großen Reformen und der guten alten Zeit träumten. Er wollte zu einem neuen Typ von Intellektuellen gehören, engagiert und gebildet, der je nach Bedarf Mallarmé oder Wordsworth zitieren konnte – und nicht nur Don Sturzo.

Seit Ende der sechziger Jahre hatte er auf jede erdenkliche Weise versucht, einen Weg in die Lokalpolitik zu finden (mit der recht offensichtlichen Absicht, Bürgermeister zu werden), doch gerade als sein Ziel in greifbare Nähe gerückt war, ließ er sich von seiner Frau scheiden. Er war einer der ersten, die so etwas taten, und ganz sicher einer von verschwindend wenigen Katholiken. Dieser Skandal sorgte in der gesamten Provinz für Aufsehen, und mit den Christdemokraten von Saronno hatte er es sich nun gründlich verscherzt. Eigentlich hatte er aus Liebe gehandelt – seine Ehe war eine Katastrophe gewesen, sowohl er als auch seine Frau hatten das schon früh erkannt – doch für eingefleischte Christdemokraten blieb die Liebe etwas Fernes, Unverständliches.

(Und vielleicht war sie das auch für Colnaghi, der bis zum Schluss versucht hatte, seinen Freund zu überreden, sich nicht scheiden zu lassen. Endlose Abende in der Bar, an denen der beschwipste und verzweifelte Mario erklärte, dass sich die Zuneigung zwischen ihm und seiner Frau Giovanna auf einen Hungerhappen reduziert hatte, von dem keiner der beiden satt werden konnte: Nach drei Jahren schon fanden sie sich unausstehlich. Sie waren sich nicht fremd geworden – wenn es doch so gewesen wäre, das war immerhin das Schicksal vieler Paare, die sie kannten. Doch nein, in gewisser Weise waren sie sich noch vertrauter geworden, allerdings im Hinblick auf Müdigkeit und Frust. Die Liebe hatte, wie von einem bösen Zauber getroffen, die Vorzeichen gewechselt, und nun schlief Mario auf der Couch, um das Gesicht nicht mehr zu sehen, das er so sehr begehrt hatte: Gab es ein größeres Unglück? *Wir haben alles falsch gemacht!*, brüllte er und zog die Blicke der Leute auf sich. Und je mehr Colnaghi argumentierte, die Ehe sei eine Verbindung vor Gott, und ihre Reserven seien größer, als sie dächten, umso stärker spürte Mario Trostlosigkeit und Wut in sich aufsteigen. Bis er seinen Freund schließlich am Arm packte und sagte: *Ach du, was weißt du denn schon? Was weißt du schon von Liebe? Was weißt du von Verzweiflung?* Da tat Colnaghi das einzige, was ein Freund tun konnte: Er schwieg und stand ihm im Unglück bei bis zuletzt.)

Die dann folgende Hilflosigkeit und die Tatsache, dass er plötzlich ohne politische Verbindungen dastand, veranlassten Mario, sich zum Bruder seiner Mutter nach Deutschland zu verziehen. Sein Onkel hatte in den fünfziger Jahren in München eine Familie gegründet und führte ein großes Importgeschäft für Lebensmittel. Mario lebte einige Monate lang in einem melancholischen Exil, vormittags als Aushilfe im Lagerraum zwischen Kisten mit Tomaten, Zwiebeln und Konservendosen und nachmittags auf Streifzügen durch den kalten, bayerischen Regen, auf denen er an seine Frau und an alles dachte, was er verloren hatte, und in Bierstuben einkehrte, wo er jedoch mit niemandem sprechen konnte.

Am Ende war er zurückgekehrt, hatte von seinen Eltern ein großes Darlehen angenommen und einen Buchladen in der Via San Giuseppe eröffnet, direkt neben dem Kino von Saronno. Dafür schlüpfte er in dem alten Haus seiner Familie unweit des Bahnhofs in die Rolle des zurückgekehrten verlorenen Sohnes. Im Laufe der Zeit wurde aus ihm ein nicht mehr so attraktiver Vierzigjähriger, der im Winter auf dem Mottarone Ski fuhr und die Mamma zur Diabeteskur brachte. Nicht eine neue Liebe. Hin und wieder eine Prostituierte, ein Laster, das er sich in Deutschland angewöhnt hatte und das er nur dem entsetzten Colnaghi gebeichtet hatte.

Auch in der Politik hatte er sich wieder versucht, die alten Freunde schienen ihm vergeben zu haben (eine Gnade, die sie gewiss für außergewöhnlich hielten). Doch nun war er es, der alle Lust verloren hatte. Umgang hatte er allein mit den wenigen Kunden im Buchladen und mit seinem Hund, einer mittelgroßen Promenadenmischung mit einem Fleck über dem rechten Auge. Und mit Colnaghi, natürlich.

Das Kinoplakat kündigte *Ein Ehemann auf Urlaub* an. Ein Bild der halbnackten Lilli Carati, umringt von atemlosen Männern. Kopfschüttelnd warf Mario einen Blick darauf. An der Hausnummer daneben schloss er die Tür auf und verpasste einem leeren Karton, den er im Eingang hatte stehenlassen, einen Tritt.

«Ein einziges Chaos», brummte er.

«Du solltest dir einen Gehilfen nehmen.»

«Klar, und wie bezahle ich den?»

«Na, wie immer, mit dem Geld deines Vaters.»

«Ach, leck mich doch, Giacomo.»

Colnaghi lachte und angelte sich ein Buch vom nächstliegenden Stapel. Auf dem Umschlag war eine Frau zu sehen, die einen Tonkrug auf der Hüfte trug.

«Insel der Leidenschaft», las er. «Was Neues?»

«Tecchi? Nein, das ist ungefähr zehn Jahre alt.» Er nahm es ihm aus der Hand, ließ die Seiten schwirren und steckte die Nase hinein. «Wie, zum Teufel, ist das denn hierhergeraten ...»

«Kannst du es mir empfehlen?»

«Es ist nicht schlecht, aber empfehlen möchte ich dir was ganz anderes. Hast du den Bernanos gelesen, den ich dir geschenkt habe? Offenbar nicht, du brauchst gar nichts zu sagen. Ich sehe es dir an.»

«Mariètt, versteh doch, ich komme einfach nicht dazu. Ich habe nicht mal mehr Zeit für meine Familie, geschweige denn für einen Roman.» Er nahm zwei weitere Bücher vom Stapel, ohne sie anzusehen. Schon sie zu berühren war angenehm. Hätte er als Junge genug Geld gehabt, hätte er eine ganze Wand voller Bücher gekauft, nur zu dem Zweck, mit der Hand darüberzufahren und ihre Unebenheiten, ihre Unterschiede abzuschätzen wie ein Bergsteiger an einer unbekannten Felswand, die ihm jeden Tag einen anderen Weg offenbarte – einen neuen Spalt, an dem er ansetzen konnte.

«Ich hab einfach keine Zeit», sagte er noch einmal.

«Aber du sitzt doch immer in deiner Höhle in Mailand», sagte Mario. «Schön bequem, wie ein Pascha.»

«Ich arbeite auch abends. Oder ich falle todmüde ins Bett. Es ist nicht leicht.» Er seufzte, wobei er die beiden Bücher auf den Handflächen hielt, als wollte er sie gegeneinander aufwiegen. «Vielleicht hätte ich in der Bank bleiben sollen. Dann wäre ich jetzt ein böser Vizedirektor, würde so gut wie gar nicht arbeiten und könnte Mirella und die Kinder jeden Tag sehen.»

«Du hast es so gewollt.»

«Tja.» Er zuckte mit den Schultern. «Ich habe es so gewollt.»

Die Stadt dämmerte noch im Mittagsschlaf vor sich hin. Mario hatte keine Lust zum Aufräumen, und Colnaghi hatte keine Lust, nach Hause zu gehen. Sie begannen, in den Büchern zu stöbern. Von Zeit zu Zeit tauchten alte Sachen auf, die sie vor knapp fünfzehn Jahren ausgetauscht hatten, wie etwa der «Brief an eine Lehrerin», ein Werk, durch das Mario begriffen hatte, dass er für den Lehrerberuf nicht geschaffen war. Ein Buch führte zum nächsten, ein Zitat zum nächsten, und Colnaghi dachte, dass sein Freund wohl gefunden hatte, wozu er berufen war. Er war ein außergewöhnlicher Buchhändler und hätte für diese Entdeckung dankbarer sein sollen, anstatt sie als traurige Notlösung zu betrachten.

«Sieh mal einer an», sagte Mario, der zu dem Bücherstapel spähte, den Colnaghi zur Seite gelegt hatte. «Was für einen Mist hast du dir denn da gegriffen? Die Geschichte der Tupamaros?»

«Ist doch nicht meine Schuld, wenn du so was bestellst.»

«Und es ist auch nicht meine Schuld, wenn die Jugend dieses Landes danach fragt. Wozu willst du das haben?»

«Ich brauche es für meine Arbeit. Um das alles besser zu verstehen», erklärte er.

Mario schüttelte den Kopf. «Du brauchst eher ein bisschen Poesie. Ich warte gerade auf eine schöne Eliot-Gesamtausgabe, falls man die Güte hat, sie mir endlich mal zu schicken.»

«Ich mache mir nicht viel aus Gedichten.»

«Ach, was du nicht sagst.»

Eine Frau in einer zitronengelben Bluse kam herein. Beim Anblick der Unordnung blieb sie einen Moment verwirrt auf der Schwelle stehen. Mario richtete sich abrupt auf und ging auf sie zu, um ihr zu sagen, dass sie geschlossen hätten, und bei der Gelegenheit verabschiedete sich Colnaghi. Er nahm die Bücher und legte das Geld an die Registrierkasse. Als er hinausging, fiel ihm ein Ratgeber für Hundepflege ins Auge, mit einem Belgischen Schäferhund auf dem Umschlag. «Ach, übrigens, wie geht es denn Schwänzelfiffi», fragte er.

Mario und die Frau sahen ihn an.

«Er heißt Blitz. Kannst du mal damit aufhören, ihn immer so zu nennen?»

«Aber er wedelt mit dem Schwanz wie kein anderer Hund auf der Welt.»

«Jedenfalls geht es ihm gut.»

«Bitte, grüß ihn von mir.»

«Das mache ich.»

Colnaghi wandte sich nach Osten und ging in der Nachmittagssonne weiter bis zum Friedhof. Er wusste, dass um diese Zeit niemand dort sein würde, es war zu heiß. Die Witwen und alten Frauen würden auf die kühlere Luft des Sonnenuntergangs warten. Auf einem kleinen Grasstück an der Zypressenallee stand eine Schubkarre. Hier und da sprossen winzige blaue Blumen aus den Fugen des Gehwegs.

Der Schuppen des Friedhofswärters stand offen. Ein entrollter Wasserschlauch, zwei Eimer, eine Harke. Im ersten Abschnitt lag frisch aufgeworfene Erde. Colnaghi ging weiter. Er staunte über die vielen neuen Gräber, zu denen jedes Mal neue hinzuzukommen schienen.

Wie er vermutet hatte, war der Friedhof menschenleer. Er blieb vor einem Grab ohne Engel und ohne einen unter dem Kreuz gebeugten Jesus stehen: nur ein Rechteck aus hellem Stein und ein Flämmchen, das mit einem fast unsichtbaren Licht brannte. Colnaghi ordnete die Handvoll halbverwelkter Blumen auf dem Marmor und nahm sich vor, neue zu kaufen. Dann richtete er sich auf dem Kies auf. Keine Gebete, die waren hier nicht nötig. Nicht bei ihm. Unter dem Foto – eines jungen Mannes mit schmalem Kinn und blauen Augen, der lächelnd zur Seite schaute – stand nur: *Ernesto Colnaghi. 1921–1944.* Ein Lufthauch wehte heran und drapierte einen herben, nahezu feindseligen Geruch.

Colnaghi zog ein kleines Papier aus seiner Brieftasche, das einzige, was er neben seinem Dienstausweis ständig bei sich trug. Es war ein vergilbter, abgenutzter Zettel mit verblasster Tinte, einem unten eingerissenen Rand und der Spur einer jahrealten Falte, die ihn noch brüchiger machte. Doch er hielt. Colnaghi las ihn erneut. Dort stand nur ein Satz, immer derselbe, doch er wog so viel wie sämtliche Worte der Welt.

«Na, mein Alter?», sagte er dann. «Wie läuft es heute?»

Am 25. Juli wurde Mussolini gestürzt, und Egidio Roveda fuhr zu einem Treffen seiner Gruppe nach Mailand. Auf dem Rückweg kam er am Hauptbahnhof vorbei und schloss sich einigen Leuten an, die mit Stemmeisen bewaffnet die faschistischen Symbole an den Mauern demolierten. Den ganzen August lang erzählte er unentwegt von diesem Tag.

Doch ein noch größeres Wunder schien der 8. September mit der Ausrufung des Waffenstillstands zu sein. Im Dorf informierte Roveda alle, dass am folgenden Tag ein Generalstreik stattfinden sollte. Ernesto verteilte Flugblätter, viele schlossen sich an, und am Abend fuhr er wie üblich zur Bauernhütte. Ein junger Bursche holte zwei Flaschen Roten hervor, und Pagani – ein seltsamer Kerl, der von allen am gefährlichsten aussah – öffnete sie mit einem Messer. Es sah aus wie Zauberei. Er stach in den Korken und zog, die Flasche fest zwischen den Beinen. Ernesto Colnaghi sah entgeistert zu, bis Egidio ihn aus dem Winkel zog, in den er sich zwischen morsche Bretter gesetzt hatte. «Heute Abend wird nicht diskutiert, Genosse. Heute Abend wird gefeiert.»

Leicht beduselt und aufgewühlt kam er nach Hause. Er weckte Lucia, indem er sie leicht an der Schulter rüttelte, und erzählte ihr, dass es vorbei sei. Sie liebten sich stürmisch, so dass der Schwiegervater ihm am nächsten Morgen auf dem Hof einen Tritt in den Hintern gab und nur seinen Zeigefinger an die Lippen legte: Haben wir uns verstanden? Ernesto stob lachend zur Fabrik davon.

Aber nichts war vorbei. Im Gegenteil.

Innerhalb weniger Wochen waren die Faschisten zurückgekommen, und, schlimmer noch, jetzt waren die Deutschen da. Sie übernahmen das Militärkommando in der Stadt, und man sah sie bis an die Zähne bewaffnet mit ihren Hunden patrouillieren. Einige von ihnen sprachen gut Italienisch, manche waren sogar höflich – vor allem zu den Alten und zu den Frauen. Zusammengeschlagene Stiefelhacken, militärische Grüße und Lächeln.

Der Herbst brach an, ein grausamer Herbst, und die Genossen redeten am hinteren Ende des Wegs zur Bauernhütte miteinander, damit Egidio sie nicht hörte: Waren sie wirklich überzeugt? Natürlich war es schwer, hart. Aber was, wenn sie schießen mussten? Flugblätter na gut, auch Streiks waren in Ordnung und sogar, dass man Prügel bezog. Aber Schießeisen, Kinder, das war doch was anderes …

Die Besorgnis jener Tage schien sich wie eine Krankheit auszubreiten. Sie drang in die Häuser und verschärfte die Auseinandersetzungen. Familien begannen auseinanderzubrechen. Der Vater von Pizzi, von einem ihrer Gefährten, hatte noch einen Sohn, der jedoch als Gefreiter zu den Faschisten der Repubblica di Salò ging. Ende November klopfte er an ihre Tür, um sich zu verabschieden, doch der alte Pizzi – ein Sozialist, dem sie während eines Streiks 21 ein Auge ausgerissen hatten – ließ ihn nicht mal ins Haus.

«Gib mir wenigstens ein sauberes Taschentuch!», schrie der Sohn durch die geschlossene Tür. «Wir haben nämlich auch nichts!»

Pizzis Frau sah den Alten mit Tränen in den Augen an. Dieser zischte: «Soller sich den Rotz doch an sei'm Schwarzhemd abwischen, der Hornochse.»

Wenige Tage später wurde der Junge im Val d'Ossola ermordet. Es war eine der ersten Partisanenaktionen in dieser Gegend, und er war einer der ersten Faschisten, die fielen. Sein Bruder ging zu der Beerdigung, und als er zur Bauernhütte zurückkehrte, erzählte er allen, dass sein Vater nicht gekommen sei. Er sagte es ohne Bedauern und ohne Hass, als wäre es selbstverständlich. Und als müsste er sich dafür entschuldigen.

Ernesto war verwirrt, wie alle. Jemand sagte leise zu ihm, jetzt sei es an der Zeit, sich zu entscheiden und in die Schweiz zu fliehen. Doch schon allein wenn Egidio dieses Wort – Schweiz – hörte, setzte es Ohrfeigen. Einer entschied sich tatsächlich: Eines Sonntags ging der alte Nava verstört über den Kirchplatz und hielt jeden an, den er traf. Mit einem fassungslosen und eher ungläubigen als wütenden oder betrübten Gesicht erzählte er, sein Sohn habe nachts eine Tasche gepackt und sei über die Grenze geflohen. Er habe auch das Geld mitgenommen, das sie hinter der Anrichte verwahrt hatten.

«Einen wie den verloren zu haben, darüber kann ich nur froh sein», erklärte Egidio. Doch Ernesto Colnaghi war flau im Magen: Was für Zeiten brachen da an? Zeiten, in denen Väter und Söhne Krieg gegeneinander führten. Schlimme Zeiten, sagte er sich. Entsetzliche Zeiten.

Der Winter war mit immer häufiger werdenden Streiks durchsetzt. CEMSA, wo die Arbeiterinnen zu Jahresbeginn die Produktion gestoppt hatten, wurde nun von den Deutschen zur Waffenproduktion genutzt: ein Faustschlag ins Herzstück des Kampfes. Die Kräfte organisierten und polarisierten sich. Die Zeit des Redens war vorbei, das war allen klar.

An einem dieser Abende fragte Ernesto Egidio, was denn Kommunismus eigentlich genau bedeute, dieses Wort, das für ihn richtig klang und sicher, das er jedoch, ehrlich gesagt, nie so ganz verstanden hatte. Seine Schulung war in aller Eile und nur mündlich vor sich gegangen, denn zunächst hatte er den Kollegen zugehört, die gegen die zermürbenden, von Benelli auferlegten Schichten murrten – einem Fabrikbesitzer, der seit jeher auf einer Linie mit den Faschisten war, und dann hatte er vor Egidio auf dem Boden gesessen, der jedoch vor allem die Details des Kampfes liebte, die Verteilung der Aufgaben: hektographieren, hemmen, blockieren, sabotieren, Sand im Getriebe des Systems sein. Also kurz und knapp für den armen Ernesto Colnaghi, der nicht studiert hatte: Was bedeutete Kommunismus?

Egidio seufzte. Er hockte leicht vorgebeugt auf den Fersen, die Arme auf die Knie gestützt. «Mein Junge», sagte er. «Ich verrate dir mal was, aber es bleibt unter uns: Das wissen nicht mal die Russen so genau. Das weiß, glaube ich, überhaupt keiner so genau.»

Diese Offenheit verwirrte Ernesto nur noch mehr. «Ich verstehe», sagte er. «Aber im Allgemeinen …»

«Im Allgemeinen, im Allgemeinen. Also.» Er fuhr sich mit der Hand übers Gesicht. «Ein Kommunist strebt danach, dass es keine Herren mehr gibt und keine Knechte. Er will, dass alle frei und glücklich sind und dass das, was einer erarbeitet, dem ganzen Volk zugutekommt und den Bedürfnissen entsprechend verteilt wird. Eigentlich ist es ganz einfach. Findest du es vielleicht richtig, dass sich einer bereichert, indem er dich ausbeutet, während du mit Müh und Not Mittag- und Abendessen zusammenlegst?»

«Nein, natürlich nicht», sagte Ernesto.

«Findest du es richtig, dass der Podestà Kalbsfilet isst und du nach Milch für dein Töchterchen anstehen musst?»

«Nein.»

«Ein Kommunist kämpft gegen das alles. Kurzum: Wir glauben an die Menschen, nicht an die Macht. Wir glauben, dass wir alle zusammen etwas Schönes aufbauen können. Ohne König, ohne Krieg, ohne Eigentum. Eine Verschwörung der Anständigen. Verstehst du?»

Ernesto nickte und glaubte, seine persönliche Erklärung in dem Stolz zu finden, den er manchmal empfand: Etwas in ihm ging von Aufregung in Bewusstsein über.

Er verließ die Hütte als letzter. Der Wald war im Nebel begraben. Ein kalter Schauer. Mit dem Fahrrad in der Hand suchte er sich langsam seinen Weg durch Robinien, tote Maulbeerbäume und die Gräben des Heidelands, und ohne es mit Worten ausdrücken zu können, sah er so etwas wie eine Unberührtheit in der Natur, die wenigen, stillen Dinge, die die Welt des Menschen noch nicht angetastet hatte. Er war Maschinenschlosser, er konnte auseinanderbauen und zusammenmontieren, doch die Natur blieb ihm ein Rätsel. Bedeutete das vielleicht Kommunismus? Zuzulassen, dass die Dinge wieder in ihren natürlichen Zustand zurückkehrten? Er war sich nicht sicher. Doch während er in der Nacht verschwand, um nach Hause zu kommen, wobei er wie immer die Ausgangssperre ignorierte und im Kopf die sichersten Wege durchging, hatte er das Gefühl, dass all sein Tun zum Reich der Gerechten gehörte. Dass er nicht von ungefähr hier war, nicht aus einer Laune heraus: Er war hier, weil auch er, der junge Ernesto Colnaghi, an die Menschen glaubte.

6

ALS ER IN DER VIA CASORETTO AUFSTAND, schwamm er durch ein wundervolles Licht. Er hatte einen langen Traum gehabt, an den er sich nur noch bruchstückhaft erinnerte – unbekannte Verwandte, die von irgendeiner Reise zurückkehrten, er, der im Schatten einer Tanne mit einem Füllfederhalter schrieb. Er träumte viel seit einem Jahr an diesem Ort. Merkwürdige, verworrene Träume. Ein Zimmer, vollgestopft mit vertrauten Gegenständen – Schlüssel, Schachteln, Bücher, Kämme, Gabeln – deren Verwendungszweck er jedoch vergessen hatte oder nicht verstand. Flüge über fremde Landstriche. Träume, die die ohnehin schon kurzen, fiebrigen Nächte in ein noch rätselhafteres Reich verwandelten, aus dem es schnell zu entkommen galt.

Ein neuer Montag. Die hochgezogenen Rollläden gaben den Blick auf das Hin und Her einer menschenüberfüllten Straße frei. Der Sommer, der ihn hätte ermüden müssen, wirkte anregend auf ihn. Er nahm trotz der Hitze ein heißes Bad. Seine Hände und Füße röteten sich, und auf seinen Fingerkuppen bildeten sich längliche Furchen. Benommen stieg er aus der Wanne und wäre fast in den Spiegelschrank gestolpert. Er rasierte sich in aller Ruhe, nachdem er ein neues Stück Seife ausgewickelt und es mit dem Pinsel aufgeschäumt hatte, den er von Mario geschenkt bekommen hatte. Statt des Fahrrads nahm er die Straßenbahn. Er hatte keine Lust, in die Pedale zu treten, und wollte auch nicht allzu verschwitzt im Gefängnis San Vittore ankommen.

Fabiana dell'Acqua – Deckname: Emilia – empfing ihn im Verhörraum mit dem üblichen grimmigen Blick, die rötlichen Haare zu einem Pferdeschwanz gebunden, dazu Augenringe, die sich in ihr rundes, sommersprossiges Gesicht gruben.

Colnaghi konnte das Gefängnis nicht ausstehen und auch die Verhöre im Gefängnis nicht, doch das Gespräch sollte noch kürzer werden als angenommen. Seine Fragen beantwortete das junge Mädchen zunächst nur mit einem nervösen Schweigen, wobei sie sich den Handrücken kratzte, dann überhäufte sie ihn mit Beschimpfungen.

«Du Scheißspießer! Du Faschist!», schrie sie. «Warte nur, meine Genossen werden dich schon erwischen!»

«Signorina», setzte er an.

«Das gefällt dir, was? Es gefällt dir, herumzukommandieren und die Schwachen in den Knast zu bringen, stimmt's?»

«Signorina, bitte», versuchte er es mit erhobener Stimme noch einmal.

«Für wen, zum Teufel, hältst du dich?», schrie sie daraufhin noch lauter. Der Gefängniswärter, der die Tür bewachte, trat ein und packte sie an der Schulter, doch sie riss sich los. «Scheißkerl!»

Da merkte Colnaghi, dass sie nicht einfach so daherschimpfte: Sie wollte ihn wirklich fertigmachen. Sie hasste seine Funktion, doch vor allem hasste sie ihn, Giacomo Colnaghi, weil er sie im Gefängnis festhielt, weil er Macht über sie ausübte, weil er ein Teil des Staates war, der sie und ihresgleichen verraten hatte und dem sie den Krieg erklärt hatten. Dieses Geschrei raubte ihm alle Kraft. Er hatte im Gegenzug keinen Hass zu bieten, nur eine Traurigkeit, die wahrscheinlich sentimental wirkte. «Warum müssen wir denn …?», fragte er, doch ihre ganze Antwort bestand darin, dass sie ihn anspuckte. Sie stellte es ungeschickt an, so dass Colnaghi nur am Hemdrand getroffen wurde. Nun ging der Wärter dazwischen. Er hielt ihr mit einer Hand den Mund zu und wollte sie mit der anderen ohrfeigen, doch Colnaghi hielt ihn zurück. Das Mädchen wurde aus dem Raum geführt. Die letzten Schreie drangen aus dem Flur zu ihm, immer die gleichen Wörter.

Als er allein war, wischte er sich mit dem Taschentuch die Spucke ab und schloss zitternd vor Wut die Augen. Er fühlte sich vollkommen ausgelaugt, von einem Gefühl der Ungerechtigkeit übermannt (ein kurioses, poetisches Paradox). Er, Colnaghi, war ein Beweis dafür, dass man es in Italien zu etwas bringen konnte, dass auch der Sohn eines Arbeiters, den die Faschisten ermordet hatten, und zwar die wirklichen Faschisten, studieren und etwas werden konnte. Das war es, was er durch die großen Protestwellen gelernt hatte, von den Massen junger Menschen, die ganz anders waren als er und die in den letzten fünfzehn Jahren auf der Straße für eine bessere Welt die Fäuste gereckt und Plakate hochgehalten hatten. Doch er verstand nicht, warum viele von ihnen es nicht schafften, abzuwarten oder die Dinge mit Geduld zu ändern. Hatten sie vielleicht keine Gelegenheit dazu? Oder hatten alle diese protestierenden jungen Menschen sie vielleicht nur nicht gesehen?

Colnaghi war auf jenem Gehöft aufgewachsen, mit seiner Schwester und seiner Mutter. Der Krieg hatte so vieles weggerissen, und die Schuld war auf seinen Vater gefallen. In der Öffentlichkeit galt er als Held, doch zu Hause genügte es schon, seinen Namen zu erwähnen, um sich vom Großvater eine saftige Ohrfeige einzufangen. (Der war es auch, der dafür gesorgt hatte, dass auf Ernestos Grab kein Hinweis auf seinen Partisanenkampf zu finden war.)

Colnaghi hatte schnell begriffen, dass er diesem Albtraum entkommen musste, und begann sofort durchzustarten. Das fiel ihm leicht, denn in der Schule war er immer der Klassenbeste gewesen. In der Mittelschule hatte er angefangen, sich bei Don Luciano, dem Gemeindepfarrer, etwas Geld zu verdienen. Dieser hatte in der Sakristei in einem Raum unter der Treppe eine Werkstatt für die Jungen eingerichtet, wo er ihnen zeigte, wie man Holz und Eisen bearbeitete. Sonntags nahm er sie auf seinem Traktor mit, wenn er die Stücke an die verschiedenen Auftraggeber auslieferte.

Dann hatte Colnaghi sich am Crespi-Gymnasium in Busto Arsizio angemeldet, gegen den Willen seines Großvaters, der ihn sofort arbeiten sehen wollte. Nachmittags büffelte er über seinen Büchern, und abends ging er weiterhin zu Don Luciano, um Bretter zu sägen. In der Hoffnung, den Streit um seine Zukunft befrieden zu können, schenkte er seiner Familie nach dem Abschluss der gymnasialen Unterstufe einen bildschönen Schrank. (Seine Schwester sollte ihn später beim Spielen mit dem Hund ruinieren.) Da er so gute Leistungen hatte, gelang es dem Gemeindepfarrer, einem respektablen DC-Mitglied, ein Empfehlungsschreiben zu entlocken, und so wurde er nach dem Abitur bei der örtlichen Cariplo-Bank angestellt.

In seiner Erinnerung erwachte erst da etwas ganz in ihm: Er schrieb sich für Jura ein und musste sich des Öfteren freinehmen, um die Examen ablegen zu können und sein Studium abzuschließen. Er erreichte einen Notendurchschnitt von exzellenten 29 Punkten, und seine Abschlussarbeit brachte ihm die Bestnote. Seine Mutter lag ihm weiter in den Ohren, doch bei der Bank zu bleiben und dort keinesfalls wegzugehen: Das Gehalt sei hoch, und er könne doch Karriere machen – und überhaupt, alle sagten das: Richter werden wollten nur die Bauerntrampel aus'm Süden. Sein Weg war jedoch längst vorgezeichnet. 1970 erhielt er eine ausgeschriebene Stelle als Staatsanwalt, als bester von allen Bewerbern. Seinem Großvater sagte er schlicht und einfach die Wahrheit: In seinem Beruf wollte er sich für die Schwachen und für die einfachen Leute einsetzen, wie sie selbst welche waren. Und kein Mensch sollte in seinen Augen weniger wert sein als ein anderer, so wie Jesus es gelehrt hatte. Der alte Mann wirkte unschlüssig, doch das Alter und seine Krankheit hatten ihn milder werden lassen. Er umarmte seinen Enkel mit Tränen in den Augen und starb wenige Monate später.

Colnaghi ging seine Geschichte nochmals durch, um sich zu schützen, doch in ihm krampfte sich alles zusammen, ihm war, als hätte er eine zerstörte Stadt in sich. Unversehens rüttelte ein Wärter ihn an der Schulter. «Dottore», sagte er. «Dottore.»

«Was?», stammelte Colnaghi.

«Dottore, alles in Ordnung?»

Er rappelte sich auf. «Ja. Ja, entschuldigen Sie, ich war mit meinen Gedanken woanders.»

«Möchten Sie ein Glas Wasser? Es ist furchtbar heiß, vielleicht hat Ihr Kreislauf schlappgemacht.»

«Nein, danke, alles in Ordnung. Gehen Sie ruhig wieder.»

«Wie Sie wünschen.»

Auf dem Weg zum Justizpalast machte er an einer Bar halt und trank einen doppelten Espresso, um sich zu stärken. Doch es wurde noch schlimmer, und binnen kurzem fand er sich auf der Toilette des Lokals wieder, wo er sich übergeben musste. Er beschloss, nicht mit den öffentlichen Verkehrsmitteln zu fahren, sondern langsam zu Fuß zu gehen. Erst auf Höhe des Palazzo Reale war er sich sicher, dass er die Übelkeit unter Kontrolle hatte.

An diesem Nachmittag arbeitete er hinter verschlossenen Türen, er wollte weder Micillo noch die Franz sehen. Er verfasste eine kurze Notiz, in der er bestätigte, dass Dell'Acqua nicht zur Zusammenarbeit bereit gewesen sei, und konzentrierte sich dann auf das Berufungsverfahren, an dem er gerade arbeitete, ein schlimmer Raubüberfall in Dergano, eine Verurteilung zu fünf Jahren, die er für zu gering hielt. Sorgfältig rollte er den Fall auf und schloss den Schriftsatz mit der für ihn typischen Eleganz ab. Sein Stil war im Gegensatz zu dem vieler Kollegen kurz und bündig. Doch er war nicht zufrieden. Er war nur müde.

Er ging früher als sonst, gegen acht. Mailand lag unter einem staubigen, unnötig feierlichen Sonnenuntergang. Von Osten häuften sich Wolken auf, Colnaghi hoffte auf ein Gewitter. Die Hitze war drückend. Er nahm die U-Bahn in San Babila und stieg in Loreto aus. Er bog in die Via Porpora statt in die Via Andrea Costa und gestattete sich einen Umweg durch den Viale Lombardia. Während er unter dem Gewölbe der Bäume eilig weiterging, fasste er wieder etwas Mut. Er spürte, dass er kurz vor dem Ziel war. Lange Jahre der Arbeit, aber nun war er kurz vor dem Ziel. Er musste durchhalten: Er war immer näher dran und, so überlegte er weiter, in immer größerer Gefahr. Doch er war nicht allein.

Je weiter er in die Höhle vordrang, die ihn zu den Verantwortlichen für diesen Mord führte – für diesen und für andere Morde –, indem er die Akten und Bekennerschreiben nochmals durchlas, indem er sich in diese Jugendlichen hineinversetzte, ihnen zuhörte und sich jeden ihrer Ortswechsel vorstellte, desto tiefer stieg er in die Abgründe hinab und desto undurchsichtiger wurde alles, und obwohl seine Gewissheiten felsenfest waren, begann der Efeu des Unbehagens an diesem Felsen zu wachsen; er zersetzte ihn nicht, riss ihn nicht nieder, doch er gab ihm eine andere Farbe. Colnaghi war nicht blind. Er sah den Druck, der seit vielen Jahren von oben kam: den Hunger nach Macht, das Streben nach Einfluss seitens der Armee, das Gerede von einer ständigen Bedrohung, die Notstandsgesetze ... Auch deshalb war auf der anderen Seite ein so großer Hass aufgekeimt, eine so grausame, brutale Gegenwehr, die trotzdem durch nichts zu rechtfertigen war. Colnaghi ging eine Frage nicht aus dem Sinn: Was hatten sie, sie alle, unternommen, um das zu verhindern?

Erschöpft und wohl auch überdrüssig betrat er die Pizzeria des Apuliers und bestellte ein Stück Margherita.

«Dottore, wie schön, Sie zu sehen!», rief der Alte. «Na, was verzapft Inter wohl nächstes Jahr?»

Der Tag ging zur Neige.

7

DER LEITENDE STAATSANWALT neigte zu Predigten und Ermahnungen, hinter denen verhüllte Vorwürfe steckten. Er hielt nicht viel von Colnaghi, weil der ein frommer Katholik und zudem für seinen Geschmack zu ironisch war. In einer Zeit, da alle damit zu tun hatten, die eigenen Sympathien genauer abzustecken, wurde seine Unabhängigkeit nicht gern gesehen; und vor allem gefiel ihm die Gruppe mit Caterina Franz und Micillo nicht, die Colnaghi zusammengestellt hatte (die er jedoch aus verschiedenen Gründen unterstützte). Colnaghi hatte mit der Zeit gelernt, ihn zu ignorieren.

Wegen einer solchen Predigt also kam Colnaghi am folgenden Dienstag zwanzig Minuten zu spät zu der Verabredung mit seiner Frau, die extra nach Mailand gekommen war. Sie wartete an der Ecke Viale Majno und Via Cappuccini mit verschränkten Armen auf ihn. Als er näher kam, gab sie ihm einen Kuss auf die Wange und tat, als ob nichts wäre, doch sie war verärgert.

Colnaghi hatte auf Micillos Empfehlung ein sizilianisches Restaurant ausgesucht. Der Wirt – ein kleiner, etwas finster wirkender Kerl – erklärte stolz, dass der Fisch ganz frisch gefangen sei. Sie bestellten zweimal Spaghetti mit Schwertfisch und Tomaten, dazu eine Flasche Weißwein.

«Da wären wir also», sagte Colnaghi. «Endlich.»

Mirella lächelte.

«Hattest du Schwierigkeiten herzufinden?»

«Nein, gar nicht. Ich bin in Palestro ausgestiegen, wie du es mir gesagt hast, und dann war ich ja gleich hier.»

«Gut.»

«Ach übrigens, heute war deine Schwester da.»

«Ja? Wie geht's ihr denn?»

«Wie immer. Sie blieb zum Mittag, und deine Mutter stritt mit ihr, weil ihr nicht passte, wie sie das Geschirr abwusch. Aber ihr Mann hat jetzt eine Gehaltserhöhung.»

«Die Sache mit dem Geschirr ist ein Klassiker. Seitdem wir Kinder waren immer die gleiche Leier.»

«Sie sagt übrigens, dass du sie nie anrufst.»

«Sie ruft mich auch nie an.»

Mirella zuckte mit den Schultern und trank noch einen Schluck Wein. Colnaghi fiel auf, dass sie beim Trinken schlürfte. Hatte sie das schon immer getan? Ihm ging durch den Kopf, dass sie schon seit mehr als sieben Monaten nicht miteinander schliefen. Zum einen hatte Colnaghi Angst, sie könnte erneut schwanger werden (ein drittes Kind hätten sie sich nicht leisten können), und zum anderen war ihm einfach die Lust vergangen. Er rückte seine Brille zurecht, indem er gleichzeitig Nase und Ohren anspannte.

«Geht es Daniele besser?»

«Ja, er ist wieder mopsfidel.»

«Hatte er noch mal Ärger mit diesen Typen aus dem Jugendzentrum?»

Anfang Juni hatten sie ihm das Fahrrad geklaut, nachdem sie ihn verprügelt und blutend auf dem Boden liegengelassen hatten. Kinder in seinem Alter. Colnaghi hatte eine unruhige Nacht verbracht und sich wütend das Hirn darüber zermartert, was er nur tun könnte, um ihm zu helfen, damit das nicht noch einmal geschah. (Doch eigentlich hatte er sich wegen dieses kleinen, immer stillen und nachgiebigen Jungen, der sich nicht selbst aus der Affäre ziehen konnte, auch etwas unbehaglich gefühlt – und dafür hatte er sich entsetzlich geschämt.)

«Nein, alles in Ordnung», sagte Mirella. «Ich habe auch mit dem Pfarrer und mit Don Giuseppe gesprochen. Die behalten ihn im Auge.»

«Na, hoffentlich.»

«Er ist so sensibel. Weißt du noch, wie er seinen ersten Asthmaanfall hatte und es ihm die ganze Nacht über schlechtging, er sich aber nicht traute, uns zu wecken, weil er uns nicht *stören* wollte?»

«Na, und ob. Der Ärmste.»

«Er muss kräftiger werden. Im September, bevor die Schule losgeht, lasse ich ihm eine schöne Kur verschreiben. Vitamine. Das ist es, was er braucht.»

«Und Giovanni?»

«Dem geht's gut. Er schläft viel.» Ein strahlendes Lächeln. «Allerdings hat er angefangen, den Kopf ein bisschen nach links zu neigen, wenn er sich was ansieht. Ich weiß nicht, ob dir das schon aufgefallen ist.»

«Ja, und?»

«Ich weiß nicht, aber ich habe irgendwo gelesen, das sei ein Zeichen für Kurzsichtigkeit.»

«Kann man denn in dem Alter schon Kurzsichtigkeit feststellen?»

«Ich glaube, ja. Jedenfalls nehme ich ihn im September auch mit zu Borroni.»

«Borroni taugt als Arzt gar nichts. Ich werde mich bei einem Kollegen nach einem guten Augenarzt erkundigen.»

Die Pasta kam. Sie war etwas zerkocht. Mirella beschwerte sich leise und goss Wein nach, sie trank ihr Glas in einem Zug aus und füllte es erneut.

«He», sagte Colnaghi. «Trink nicht so schnell.»

«Der Wein ist gut. Schön erfrischend.»

«Ja, aber trink nicht so schnell.»

«Ich muss doch nicht fahren.»

Colnaghi versuchte zu lächeln. «Wie läuft's mit den Nachhilfestunden?», fragte er.

«Überhaupt nicht. Es ist Sommer, wer soll denn da Nachhilfe brauchen?»

«Tja, keine Ahnung. Jemand, der im September eine Prüfung hat, zum Beispiel.»

«Wo denkst du hin. Es ist schon besser so, heutzutage ist ein Schüler schlimmer als der andere. Die Vorstellung, wieder in der Schule zu arbeiten, macht mir, ehrlich gesagt, ein bisschen Angst.» Sie traktierte ihr rechtes Ohrläppchen mit der linken Hand, mit der anderen rollte sie die Spaghetti um die Gabel.

«Was ist denn mit dem Ohrring?», fragte Colnaghi.

Sie zog die Hand zurück. «Er stört mich.»

«Warum nimmst du ihn dann nicht ab?»

«Nein, nein, ist schon gut.»

Mirella unterrichtete Englisch an der Realschule im Viertel. Als Daniele geboren wurde, hatte sie erwogen, aufzuhören und zu Hause zu bleiben. Doch das Geld reichte nicht, der Kredit war gerade erst aufgenommen, und so hatte sie wieder angefangen zu arbeiten. Sie war nicht gern Lehrerin, schwärmte jedoch sehr für England, oder jedenfalls für das, was sie dafür hielt. Sie hatte das Haus mit Beatlespostern und Fotos vom Buckingham Palace tapeziert und im Schlafzimmer eine Karikatur von drei Jungen im Stil jener Zeit aufgehängt – Stiefel, bunte Jacken, lange Haare. Sie träumte davon, wenigstens noch einmal nach London zurückzukehren (sie war dort nur während des Studiums gewesen, zwei Monate Bildungsurlaub, *mit die schönste Zeit ihres Lebens*). Colnaghi hatte es ihr schon lange versprochen, und er hatte vor, den Flug für den kommenden Dezember zu buchen.

Der Kellner räumte die Teller ab, und eine Minute später fragte der Besitzer, ob sie einen zweiten Gang wünschten – er habe eine ganz frische Bernsteinmakrele, die er mit Öl und Zitrone in der Pfanne zubereiten oder grillen könne, ganz wie die Herrschaften es wünschten. Colnaghi war satt. Mirella bestellte eine Schillerlocke, die sie nicht ganz aufaß.

Beim Kaffee bemerkten sie, dass ihnen der Gesprächsstoff ausgegangen war, doch das war noch nie ein Problem gewesen. Ihre Ehe kreiste um einen Kern kristallklarer, respektvoller Stille, die für Colnaghi der Spiegel dessen war, was eine Verbindung ausmachte. Doch dieses Mal sagte Mirella, während sie den Zucker in der Tasse verrührte, etwas mehr als sonst.

«Du hast dich etwas verändert, weißt du», sagte sie leise.

«Ich?»

«Ja. Besonders in den letzten Monaten.»

«Ach, komm.»

«Ich weiß nicht, wie ich es erklären soll.»

Colnaghi trank einen Schluck Kaffee. «Na, versuch's doch mal.»

«Sagen wir mal so. Ich verstehe nicht, wie du so zufrieden sein kannst.»

«Inwiefern?»

«Na, insofern als … Mir ist klar, dass ich hier ein heikles Thema anspreche, doch du führst ein Leben, das nicht in Ordnung ist.»

«Mirella, bitte. Das haben wir doch schon ausdiskutiert.»

«Der Punkt ist, dass es dir so *gefällt*, Giacomo. Dir gefällt dieser Job, dir gefällt es, in Gefahr zu sein und allein zu sein. Dir gefällt das alles.»

«Gott im Himmel», platzte Colnaghi lachend heraus. «Ich versteh' nicht ganz. Das sieht ja so aus, als wäre es ein Verbrechen, zufrieden zu sein!»

«Nein, das ist kein Verbrechen. Aber es ist ... Ich weiß nicht. Es ist merkwürdig, ja.»

«Merkwürdig? Was ist merkwürdig?»

«Dass du seltener als sonst nach Hause kommst. Zum Beispiel.»

«Ich bin letzten Sonnabend gekommen.»

«Ja, wunderbar!»

«Mirella, ich muss arbeiten. Das ist nicht meine Schuld. Ich habe Kollegen, die ihre Familien verlassen haben, um in diese verdammte Stadt zu ziehen, und die Frau und Kinder nur alle drei, vier Monate sehen. Ich habe Kollegen, die ...»

«Ist ja gut.»

«Was ich sagen will: Es ist *wirklich* kompliziert, und ich habe *wirklich* jede Menge zu tun, immerzu. Und vieles, was mir durch den Kopf geht. Und Probleme, die gelöst werden müssen. Meinst du etwa, ihr fehlt mir nicht? Meinst du, es macht Spaß, ständig zwischen Akten zu hocken und Angst zu haben, dass was passiert?» An dieser Stelle verzog Mirella das Gesicht. Er fuhr fort. «Nein, das macht keinen Spaß. Zugegeben, manchmal lasse ich mich zu sehr von der Arbeit auffressen, das ja. Aber was soll ich denn machen?»

«Schon gut, schon gut. Wechseln wir das Thema, ja?»

Sie seufzten beide. Doch nun gab es wirklich nichts mehr, worüber sie noch reden konnten. Schlimmer noch, Colnaghi wusste, dass all dem etwas Ungesagtes zugrunde lag, etwas Schwerwiegendes: Mirella befürchtete, so zu enden wie ihre Schwiegermutter – die sie übrigens nicht ausstehen konnte, mit der sie aber zusammenleben musste, wobei sie ihre Abneigung hinter langen Kartenspielen und kleinen, gereizten Gefälligkeiten verbarg, die auf Gegenseitigkeit beruhten. Sie konnte den Scharfsinn dieser Frau nicht ausstehen und beneidete sie um ihre Schönheit und ihr Auftreten. Darum war der Gedanke, wie sie zu enden, für Mirella besonders beängstigend: mit einem toten Ehemann und zwei Kindern, die großgezogen werden mussten, doch ohne einen ihrer Vorzüge. Bei diesen Gedanken fühlte Colnaghi sich unbehaglich. Seine persönliche Geschichte, die Tatsache, einen Vater gehabt zu haben, der Partisan gewesen war, und selbst Staatsanwalt zu sein, verursachte ihm ein schlechtes Gewissen. Er hatte das Gefühl, für ein richtiges Verhalten und für heldenhafte Aktionen beschuldigt zu werden, und das war entsetzlich.

Der Kellner erkundigte sich, ob das Essen zu ihrer Zufriedenheit gewesen sei, und Colnaghi nickte mit einem Lächeln. Als die Rechnung kam, bekam Colnaghi unwillkürlich schlechte Laune, weil er mehr ausgab als unbedingt nötig. Es war zwar nicht viel, aber eben doch nur so zum Spaß, und er hatte sich noch nicht daran gewöhnt, Geld ausgeben zu können. Außerdem war da noch die Miete für seine Zweizimmerwohnung. Und die Putzfrau. Und im nächsten Jahr kam Giovanni in den Kindergarten … Er schüttelte den Kopf, und um seine Sorgen zu verscheuchen, gab er sogar ein kleines Trinkgeld.

Draußen lebte Mirella wieder auf und hakte sich bei ihm ein. Colnaghi schlug einen Spaziergang in der Umgebung von Porta Venezia vor. Das Licht der Dämmerung war zart und eintönig. Die Hitze des Tages verlor sich allmählich, und als die ersten Laternen brannten, duftete die Luft geradezu. Schweigend gingen sie unter den Platanen die Straße entlang. Colnaghi musste daran denken, was Mario ihm zuweilen sagte: dass er in Liebesdingen denkbar ungeschickt war.

Er bereute es, nicht mit dem Fahrrad gekommen zu sein. Gern hätte er Mirella auf der Stange mitgenommen, wie er es mal in einem Film gesehen hatte.

«Willst du nicht hierbleiben?», fragte er unvermittelt, doch mit wenig Überzeugung.

Sie lachte. «Bist du verrückt geworden?»

«Ach, komm, Mirella. Ein Anruf zu Hause, und meine Mutter kümmert sich um alles. Du kannst doch morgen früh zurückfahren.»

«Aber das kann ich nicht machen!»

«Wieso denn nicht? Lass uns noch mal jung sein!»

Sie dachte einen Moment nach, und ihr Gesicht blühte unversehens auf, ihre Lippen waren leicht geöffnet, und gedankenverloren sah sie an ihm vorbei. Dann atmete sie tief durch und schüttelte den Kopf, doch ihr Lächeln war geblieben. «Nein, wirklich, das geht nicht. Aber ich komme mal einen Tag in der Woche vorbei, um bei dir sauberzumachen. Wer weiß, wie es bei dir aussieht.»

«Es kommt schon eine Putzfrau, das weißt du doch.»

«Ja, aber wer weiß, wie die ist.»

Colnaghi war enttäuschter, als er gedacht hätte.

«Willst du wirklich nicht?»

«Ich habe nur gesagt, dass ich nicht kann.» Sie streichelte seine Wange. «Hör mal, was ich vorhin gesagt habe, tut mir leid.»

«Was hast du denn gesagt?»

«Dass du ein falsches Leben führst. Dass du öfter bei uns sein sollst.» Sie kniff die Lippen zusammen. «Du weißt, dass ich das nicht so meine. Du weißt, dass ich stolz auf dich bin.»

Er nahm sie in die Arme und küsste sie.

«Danke», sagte er.

«Du musst dich nicht bedanken.»

«Ich tue es trotzdem. Ich weiß, dass das alles nicht leicht für dich ist.»

Sie zuckte mit den Schultern und umarmte ihn fester. Colnaghi begleitete sie in der U-Bahn bis Cadorna und dann weiter bis zum Bahnhof. Er kaufte ihr eine Fahrkarte, da sie es noch nicht getan hatte, und half ihr übertrieben charmant in den Zug. Sie lachte und schüttelte den Kopf. Als sie sich hinsetzte, hob sie leicht das Kinn und streckte ihm hinter der Fensterscheibe die Zunge heraus wie ein kleines Mädchen. Er lächelte und schaute ihr nach, als der Zug davonfuhr.

Er verließ den Bahnhof, ging in Richtung Largo Cairoli und weiter bis zur Piazza dei Mercanti. Auf den Stufen spielte ein Typ Xylophon. Er setzte sich, um ihm einen Moment zuzuhören, dann wandte er sich zum Dom und erfreute sich am Anblick der Madonnina dort oben, die, von den Fialen beschützt, trotz der Dunkelheit strahlte. Er bekam Lust, wieder einmal hinaufzusteigen. Das letzte Mal war er vor einigen Jahren auf dem Dom gewesen, mit einem ehemaligen Studiengefährten, einem alten Freund, der nun Staatsanwalt beim Amtsgericht in Ancona war – Roberto Doni. Er erinnerte sich vage, dass er bald in die Lombardei versetzt werden sollte, und nahm sich vor, ihn mal anzurufen. Ein Stadtstreicher unterbrach seine Gedankengänge und bat ihn um etwas Kleingeld. Colnaghi kramte in seinen Taschen und gab ihm dreihundert Lire. Der Mann presste das Geld an seine Brust und verbeugte sich leicht, ohne etwas zu sagen.

Colnaghi zog seinen Zettel aus der Brieftasche, las ihn und ließ ihn vorsichtig über sein Gesicht und seine Lippen gleiten. Alles andere war unwichtig: Diese wenigen Worte genügten, um ihm jedes Mal aufs Neue zu bestätigen, dass sein Vater ein besserer Erzeuger und Ehemann gewesen war als er selbst.

Er blieb noch eine Weile so, bevor ihm klar wurde, dass er nicht die geringste Lust hatte, nach Hause zu gehen. Er überquerte die Piazza und schlug den Weg zum Justizpalast ein.

8

ZWEI STUNDEN SPÄTER betrachtete er vom Fenster aus die schwere Sommernacht und die schwachen Pulsschläge Mailands. Diese Schwüle. Das Haus gegenüber war hier und dort erleuchtet, und hinter einem Fenster konnte er deutlich eine leicht gekrümmte Gestalt hin und her gehen sehen, vielleicht ein Rentner. Er drehte sich um und musste beim Anblick seines unter den Akten begrabenen Schreibtischs lächeln. *Colnaghis Nächte*: ein guter Titel für einen Film im Kino von Saronno.

Im letzten Jahr hatte er eine Übersicht von den Roten Brigaden, von Prima Linea und von all den anderen Gruppierungen angefertigt, die im Laufe der Zeit dazugekommen waren. Bewaffneter Kampf für den Kommunismus. Kommunistische Kampfbrigaden. Arbeiterkampfgruppen. Kommunistische Kampfkomitees. Proletarische Abteilungen der kommunistischen Befreiungsarmee. Und schließlich die Gruppe, die Vissani ermordet hatte: der Proletarische Kampfverband. Zahllose Variationen über ein Thema, zahllose Banden, die versuchten, die eigene Linie durchzusetzen, welche jede von ihnen als die einzige, hochheilige ansah.

Colnaghi hatte alles auf einer großen Wandkarte vermerkt. Er fuhr mit einem Finger darüber, um die letzten Verbindungen zu überprüfen: Datumsangaben, Orte, Namen, alles war zu einem Labyrinth von Indizien verflochten, die behutsam und geduldig entschlüsselt werden mussten. Er trat einen Schritt zurück. In solchen Momenten fühlte er sich eher wie ein Maler und nicht so sehr wie ein Staatsanwalt. Er malte das Fresko einer Kriegsszene an die Wand, deren Details noch ungewiss waren, ihre ganze Bedeutung jedoch schon bald offenbaren würden.

Er verließ das Büro und schloss die Tür ab, dann ging er durch den ausgestorbenen Palazzo. Kein Mensch zu sehen. Sicherheit auf dem Minimum.

Colnaghi sah, dass sich die Zeiger der Uhr auf Mitternacht zubewegten, und setzte sich mit übergeschlagenen Beinen in den Hof zwischen Via Manara und der Einfahrt der Via Freguglia. Was für ein absurdes Jahr, dachte er. Im Februar hatten die Faschisten der NAR einen Polizeiwachtmeister und einen Carabiniere ermordet. Auf der anderen Seite hatten die Roten Brigaden den Leiter der Poliklinik umgebracht. Im März waren sämtliche Angeklagten im Zusammenhang mit dem Anschlag auf der Piazza Fontana freigesprochen worden – ein Urteil, bei dem er hätte schreien mögen. Dann schien sich die Lage plötzlich beruhigt zu haben, und ein paar seiner Kollegen meinten, es sei fast vorbei: Die Verhaftung Mario Morettis war ein schwerer Schlag für die Roten Brigaden gewesen, und im Mai starb niemand, weder durch die Schwarzen noch durch die Roten. Doch er traute dem Frieden nicht. Im Gegenteil. Zu viel Blut war vergossen worden.

Oh, gewiss, es lag eine neue Hoffnung in der Luft, da keimte etwas auf, ein Jahrzehnt war zu Ende gegangen, und ein neues begann. Doch Colnaghi sah nur seinen Schreibtisch, der noch immer voller ungelöster Mordfälle war, voller Betrug, Ausbeutung und bewaffneter Raubüberfälle, ein gewaltiges Gewirr aus Fakten, aus Toten und Unschuldigen, die an die Tür klopften, um einen Namen zu erhalten, ein Urteil, eine Wiedergutmachung, den Ausdruck einer menschlichen und somit immer auch ungenügenden Gerechtigkeit, die das Unrecht nicht auslöschen konnte und sich unter der Wucht des Bösen dahinschleppte. Er musste an die Mühen des heilenden Christus denken, der Gott um neue Arbeiter für die Ernte bat, weil die Massen müde und erschöpft waren – und sie ebenso. Doch niemand kam, nicht mal im Evangelium, und der arme Jesus blieb allein mit seiner Bürde.

Er putzte seine Brille mit der Krawatte und hustete nur deshalb, um den Nachhall dieses Geräuschs im ganzen Palazzo zu hören. Am Ende des Ganges tauchte ein Carabiniere mit einer auf ihn gerichteten Taschenlampe auf. Colnaghi erhob sich unbeholfen, der andere erkannte ihn (wer sonst würde sich auch um diese Zeit in den Hof setzen?) und deutete einen Gruß an. Sie lächelten sich wortlos zu. Colnaghi ging zum Ausgang.

Was für ein absurdes Jahr. Und das Jahr davor? Noch schlimmer. Die fünfundachtzig Toten des Anschlags am Bahnhof von Bologna, die ihn daran erinnert hatten, wie weit die schwarzen Terroristen in ihrer Grausamkeit gingen. Dann Mario Amato, der Richter aus Rom, der gegen die NAR ermittelt hatte und mit einem Schuss in den Nacken von ihnen ermordet worden war. Wie es aussah, hatte ihn die Staatsanwaltschaft vollkommen im Stich gelassen. Dabei hatte er sogar um Personenschutz gebeten, ihn jedoch nicht erhalten …

Und dann die Opfer der Roten: Vittorio Bachelet, Girolamo Minervini, Nicola Giacumbi (getötet vor den Augen seiner wie durch ein Wunder unverletzt gebliebenen Frau) und viele andere. Doch zwischen allen ragte für ihn wie ein Felsen die Ermordung von Guido Galli auf.

19. März 1980. Colnaghi war in einer Gerichtsverhand-

lung und hatte gerade sein Plädoyer beendet. Micillo war es, der auf ihn zukam, während sich die Nachricht wie ein Lauffeuer im Hof verbreitete. Noch bevor Colnaghi sie hörte, hatte er sie bereits körperlich wahrgenommen: schmerzverzerrte Mienen, Leute, die abrupt stehengeblieben waren, die Hände vor dem Gesicht. Micillo hatte ihm eine Hand auf den Arm gelegt. «Sie haben Galli ermordet», sagte er.

«Was?», schrie Colnaghi.

«Galli. Guido Galli. In der Universität.»

Sie waren zusammen auf die Via Freguglia hinausgerannt, hatten die Via Larga durchquert und gelangten auf die Via Festa del Perdono. Vor der Universität herrschte ein großes Gedränge – die Wiederholung der üblichen Bilder, an die sie schon zu lange gewöhnt waren: Polizei, Absperrungen, versteinerte Blicke und das plötzlich zu einem Kriegsschauplatz gewordene Zentrum einer westlichen Stadt.

Galli war siebenundvierzig Jahre alt geworden und hatte an der Statale Kriminologie gelehrt. Colnaghi hatte ihn nur flüchtig gekannt, obwohl sie auch kurzzeitig zusammengearbeitet hatten. Er hatte ihn sehr geachtet und bewundert. Reglos stand er da, hin und wieder aufgestört durch einen Schrei oder durch jemanden, der aus der Menge rannte, und konnte nicht fassen, dass auch Galli tot war.

Micillo war mit ihm in ein kleines Café in der Via Laghetto gegangen, wo sie schweigend ihren Kaffee tranken, mit fahlen Gesichtern und jeder allein mit seinen Gedanken. Erst eine Stunde später machten sie sich auf den Weg zum Leichenschauhaus. Es dunkelte bereits. Unterwegs schüttelte Micillo in einem fort den Kopf: *Heilige Maria*, sagte er. *Das ist schlimm, das ist wirklich schlimm.* In dem kalten Raum ging Colnaghi langsam auf den Leichnam zu. Da liegt nun also ein guter Mensch, dachte er. Da liegt ein guter, unschuldiger, ermordeter Mensch. Wie viele davon sollte er noch sehen? Er bekreuzigte sich, betete mit gesenktem Kopf und ging ohne ein Wort hinaus.

In der Aula des Justizpalastes schrien während der täglichen Sitzung alle durcheinander. Eine Stimme über der anderen in einem Sturm, der an Intensität noch zuzunehmen schien, eher die Versammlung einer Gruppe von Kriegern als von Dienern der Gerechtigkeit. Sie hatten Angst. Wie schon im Vorjahr bei Emilio Alessandrini war dies der zwingende Beweis dafür, dass jeder Einzelne von ihnen zu einem Hindernis werden konnte – oder bereits eines war –, das aus dem Weg geräumt werden musste. Jemand schrie, sie müssten unbedingt ein Ersuchen an den Staatspräsidenten Pertini senden, um bessere Sicherheitsmaßnahmen zu erhalten. Ein anderer setzte noch einen drauf, indem er behauptete, man habe sie im Stich gelassen.

Colnaghi saß in einer Ecke und versuchte, sich nicht anstecken zu lassen, doch dann hatte ein Kollege ihm das Bekennerschreiben von Prima Linea gegeben, der Gruppe, die Galli ermordet hatte. Es klang fast wie ein Loblied auf den Professor, wie eine Zusammenfassung seiner Vorzüge, was umso entsetzlicher war, als es die Strategie aufzeigte, der die Terroristen nun folgten: die Guten treffen, die Besten, diejenigen, die ihrer Logik zufolge dem Staat als Alibi dienten:

Galli gehört zur reformistischen, rechtsstaatlichen Fraktion der Richterschaft, in vorderster Front engagiert im Kampf für die Umgestaltung der Dienststelle der Mailänder Untersuchungsrichter zu einem effizienten Zentrum richterlicher Arbeit entsprechend den Erfordernissen einer Umstrukturie-

rung und einer neuen Arbeitsteilung im Justizapparat sowie der Notwendigkeit, auf die wachsenden Widersprüche in der Arbeit der Richter und Staatsanwälte zu reagieren angesichts der Ausweitung ihrer Befugnisse und der gegenwärtig zunehmenden Lähmung der gesetzgebenden Arbeit der Kammern …

Da brach Colnaghi in Tränen aus.

Er hatte seit seiner Kindheit nicht mehr geweint, seit er gehört hatte, wie sein Großvater betrunken aus der Kneipe gekommen war und seinen toten Vater als ein Stück Scheiße beschimpft hatte. Er hatte seit dem Tag nicht mehr geweint, als er ihn schließlich beiseitegenommen und ihm damit gedroht hatte, ihn zusammenzuschlagen, falls er den Namen Ernesto Colnaghis noch ein einziges Mal auf diese Weise aussprach. Er hatte nicht mehr geweint seit jener Nacht, als seine verzweifelte Mutter ihn zusammen mit seiner Schwester bis zum Morgengrauen im Bett fest an sich gedrückt und ihr Leben verflucht hatte, ihre Sippe, den Krieg, den Tod und jeden einzelnen Augenblick auf Erden.

Er hatte um keines der Opfer geweint, die er gekannt hatte. Nicht einmal um Alessandrini hatte er geweint, bei dem er doch oft stehengeblieben war, um zu lachen und ein paar Witze zu reißen. Es war, als wäre der Schmerz für ihn etwas zu Privates, als müsste das Leid eine innere Feuersbrunst nähren, müsste die Landschaft, die er in sich trug, verschlingen und erst dann verlöschen. Doch in jenem Augenblick war etwas aufgebrochen.

Während er schluchzte, empfand er eine solche Wut, dass er sich nicht mehr beherrschen konnte. Mit der rechten Hand schlug er gegen die Wand hinter sich, und der Schmerz explodierte auf seiner Handfläche: Sollte man sie doch alle umbringen! Sollte man doch die Armee schicken! Im Strudel jener Jahre starben Gesuchte und Ermittler, Angeklagte und Ankläger zusammen. Es war ein Stellungskampf, und keiner an der Frontlinie schien die Oberhand zu gewinnen. Keiner hatte eine Antwort auf die eigenen Fragen. Es starben immer nur Menschen, wieder und wieder.

Doch da drangen die Worte eines Kollegen zu ihm, die einzigen, an die er sich später noch erinnern sollte. Eine kurze Lektion, die ihn rettete, die schwierigste und wichtigste.

Generoso Petrella war es, der da sprach. Inmitten von Schreien und Tränen, inmitten von schlechten Vorsätzen – sie wollten Rache, auch *sie* wollten Rache, und es schien das Normalste von der Welt zu sein, diese Rache auch zu nehmen – hatte er den Finger erhoben.

«Vergesst nicht», hatte er gesagt. «Wir dürfen keine Menschen des Zorns sein.»

Nichts weiter. Seine Mahnung war im Chaos untergegangen, doch einige hatten sie gehört und aufgegriffen. Darunter auch Colnaghi. Es war ein denkbar schlichter Imperativ, klar und kompliziert zugleich. Er hatte an sich als Kind zurückgedacht, voller Kummer beim Anblick eines mit Steinwürfen getöteten Tieres oder eines Klassenkameraden, der grundlos verprügelt worden war: erschüttert über die Leere, die von den Gebeten nicht ausgefüllt wurde, über diesen der Willkür überlassenen Raum, gegen die nicht einmal Gott, jetzt und hier, etwas ausrichten konnte, und die irgendwie erlöst werden musste. Und gerade dann, wenn alles in die Brüche ging, durfte man sich nicht dem Zorn hingeben.

Das war eine schreckliche Aufgabe. Und ein idealer Grund, zu leben, hatte Colnaghi gedacht.

Er verließ den Palazzo in der Hoffnung, etwas Abkühlung zu finden, doch die Stadt war rußverhüllt. Der Geruch, der in der Luft lag, erinnerte ihn an eine sardische Frittenbude aus seiner Zeit als Staatsanwalt beim Amtsgericht Cagliari, und so in Hemdsärmeln sah er wirklich aus wie ein noch jugendlicher Junggeselle, jedoch mit einem etwas welken Gesicht, auf der Suche nach einem letzten Abenteuer.

Er ging Richtung Westen, Piazza San Babila, Corso Vittorio Emanuele, hier und da ein geschlossenes Kino in der Straße. Er umging den Dom, wandte sich nach rechts und kam am Piazzale Cordusio heraus. Als er an der Ecke zu einer Gasse eine Telefonzelle sah, kam ihm die Idee, Doni anzurufen, seinen früheren Studienkameraden. Er war der einzige Mensch, mit dem er damals so etwas wie Freundschaft geschlossen hatte.

Sie hatten sich beim Examen in Steuerrecht kennengelernt, das viel länger dauerte als vorgesehen. Colnaghi war der letzte Prüfling gewesen, und während er auf die Fragen des Professors antwortete, bemerkte er, dass jemand im Saal geblieben war, um ihm zuzuhören. Genervt hatte er das Examen hinter sich gebracht – Bestnote, mit Auszeichnung –, und nachdem er hinausgegangen war, blieb er kurz im Flur stehen und überlegte, ob er in der Stadt noch ein Brötchen essen oder sofort nach Saronno zurückkehren sollte. Da machte ihn ein junger, spindeldürrer Student, der kleiner war als er und einen unnötig ernsten Blick hatte, darauf aufmerksam, dass seine Nase blutete. Colnaghi fuhr mit beiden Händen zum Gesicht und zog sie mit einem kleinen Aufschrei wieder weg. Der Junge ging mit ihm in den Waschraum, erklärte ihm, dass er den Kopf nicht in den Nacken legen durfte – ein weitverbreiteter Irrtum –, sondern ihn übers Waschbecken beugen und sich mit eiskaltem Wasser abspülen sollte, und lud ihn schließlich zu einem Kaffee in eine Bar in der Via Festa del Perdono ein. Colnaghi war etwas irritiert (was, zum Teufel, wollte der von ihm?), ließ sich aber doch helfen.

«Leidest du oft unter Epistaxis?», hatte ihn der Junge gefragt.

«Unter was?»

«Epistaxis. Nasenbluten.»

«Nein, das hatte ich noch nie.»

«Na ja, so was kommt vor. Ist vielleicht die Hitze. Wir haben die ganze Zeit in einem fast luftleeren Raum gesessen.»

Sie kamen ins Plaudern. Der Junge – Roberto Doni aus Mailand – war derselbe, der dageblieben war, um bei seinem Examen zuzuhören, und zwar «beeindruckt» von seinem Wissen, wie er sagte. Er hatte nur die Note Siebenundzwanzig erzielt. Er war ein Jahr jünger und schien so gut wie keinen Sinn für Humor zu haben.

Die Sonne war untergegangen, und sie redeten immer noch: *Wieso ausgerechnet Jura? Und dann? Willst du dich als Staatsanwalt bewerben? Ich glaube nicht, vielleicht lieber Rechtsanwalt. Oh nein, nicht Rechtsanwalt, das könnte ich niemals …* Als sie vom Tisch aufstanden, hörten sie, wie sich ein Typ am Tresen über den Streik der Ferrovie Nord aufregte: kein Zug mehr nach 19 Uhr. Colnaghi sah auf die Uhr und schlug sich an die Stirn.

«Stimmt ja», sagte er. «Das habe ich vollkommen vergessen. So ein Mist!»

Woraufhin ihm Doni nach ein paar Sekunden Schweigen einen Schlafplatz in der Wohnung seiner Eltern anbot. Am nächsten Tag hatten sie aus reiner Höflichkeit ihre Telefonnummern ausgetauscht, und damit schien die Sache ein Ende zu haben. Sie hatten nicht viel gemeinsam, und Doni war Colnaghi noch immer nicht ganz geheuer. Doch in den folgenden Monaten bereiteten sie sich zusammen auf die letzten Examen vor, gingen jeweils zu den Diplomprüfungen des anderen und machten mit ihren Freundinnen ein paar gemeinsame Ausflüge ins Umland. Nachdem sie ihre Laufbahn als Staatsanwälte eingeschlagen hatten, wurde ihre Beziehung noch enger. Ihr Herangehen an die Ermittlungen – und gewissermaßen auch ans Leben – war grundverschieden, doch gerade diese Unterschiede beflügelten sie. Doni würde für ihn nie wie Mario sein, ein brüderlicher Freund. Sie würden nie viel miteinander teilen. Und doch hatten sie sich in gewisser Weise gefunden.

Colnaghi zog sein Adressbuch hervor, fand Donis Nummer und kramte in seiner Hosentasche nach ein paar Telefonmünzen. Während er wartete, betete er, dass nicht Donis Frau abnehmen würde. Doch Doni kam an den Apparat – seine Stimme klang besorgt.

«Hallo?»

«Roberto, ciao, hier ist Giacomo.»

«Wer?»

«Giacomo. Colnaghi. Der Schauspieler, weißt du, nicht der Staatsanwalt, der auch so heißt. Alles klar, ja?»

Ein kurzes Schweigen und ein Knacken in der Leitung. Dann hatte Doni begriffen. «Bist du verrückt geworden, um diese Zeit anzurufen?»

«Ich war gerade unterwegs. Und da dachte ich mir: Warum nicht mal Doni auf den Wecker gehen?»

«Ich dachte schon, das ist die Staatsanwaltschaft.»

«Nun bilde dir bloß nichts ein. In den Marken passiert doch nie was.»

Doni lachte leise.

«Weißt du, wir hatten im März in Macerata einen Riesenprozess gegen die Rotbrigadisten.»

«Ja, und du hast da nicht mitgemischt.»

«Ist ja gut, was spielt denn das für eine Rolle. Wie geht's dir?»

«Ich komme zurecht.»

«Wie geht's Mirella?»

«Alles in Ordnung. Und Claudia?»

«Bestens. An den Wochenenden fahren wir jetzt immer ans Meer, an die Riviera del Conero. Ein traumhafter Ort.»

«Was für ein Luxus!»

«Du dagegen sitzt immer noch wie angenagelt in deinem Büro, stimmt's?»

«Du wirst es nicht glauben, aber ich rufe dich aus einer Telefonzelle an der Piazza Cordusio an. Ich habe bis eben gearbeitet.»

«Im Ernst?»

«Tja. Du machst dir keine Vorstellung davon, was hier los ist, Roberto.»

Doni hüstelte.

«Gibt's schon Neuigkeiten im Fall Vissani?», fragte er.

«Ja, ein paar. Ich versuche gerade, die Puzzleteile zusammenzusetzen. Jedenfalls vertrauen wir auf die Effektivität unserer Arbeit und gehen davon aus, dass der Fall in Kürze erfolgreich abgeschlossen sein wird», fuhr er fort, wobei er einen offiziellen Ton imitierte. Dann seufzte er: «Aber seine Frau und sein Sohn … Ich habe sie vor kurzem gesehen. Sie sind am Boden zerstört.»

«Das glaube ich gern.»

«Ich habe überlegt, ob ich sie besuchen sollte.»

«Also, das scheint mir keine so gute Idee zu sein.»

«Und wieso?»

«Weil du Staatsanwalt bist und nicht der Freund der Familie. Außerdem – war Vissani für deinen Geschmack nicht auch ein bisschen zu weit rechts?»

«Nun ja … Na gut, ich überleg's mir noch mal. Es ist nicht leicht, Roberto, aber wir müssen dranbleiben: Ausnahmen immer, Fehler nie.» Er stützte sich mit einem Arm am Telefon ab. «Und du?»

«Da gibt's nicht viel. Die letzten Tage hier, dann fahren wir in die Berge. Mein Schwiegervater hat ein Haus in den Dolomiten, die Gelegenheit nutzen wir. Zumal es die erste Großzügigkeit seinerseits ist, seit ich ihn kenne. Der alte Halunke.»

Colnaghi kicherte, dann schwiegen sie beide, als wäre das Gespräch schon beendet. «Hör mal», begann er erneut.

«Ja?»

«Erinnerst du dich noch, als die Roten Brigaden Sossi entführt haben?»

«Was soll das denn jetzt?»

«Erinnerst du dich oder nicht?»

«Natürlich erinnere ich mich. April 74», sagte Doni.

«Genau. Was hast du gedacht, als das passierte?»

«Na, was schon? Das Schlimmste.»

«Ja, aber Sossi? Gefiel er dir?»

«Was stellst du bloß für Fragen … Nein, ich würde sagen, ganz und gar nicht. Aber was spielt das für eine Rolle?»

«Keine, ich dachte nur so. Vor ein paar Tagen fand ich einen Zeitungsausschnitt mit dem Verhör wieder, das die Roten Brigaden mit Sossi veranstalteten, in ihrem «Gefängnis des Volkes». Eine hochinteressante Bezeichnung übrigens. Jedenfalls stand dort – warte, ich habe es auswendig gelernt: *Wir sagen nicht, dass uns der Richter nicht dem Gesetz gemäß verfolgen sollte, doch man kann das Gesetz so oder so auslegen.*»

«Ja. Und weiter?»

«Was hältst du von diesem Satz?»

«Ich halte ihn für einen Riesenblödsinn. Den größten Schwachsinn, den ich je gehört habe, so was kann wirklich bloß ein Rotbrigadist verzapfen.»

Colnaghi schwieg. Er merkte plötzlich, dass er dem nichts mehr hinzufügen konnte, nichts als ungeordnete Gedanken.

«Geht es dir auch gut, Giacomo?», fragte Doni.

«Ja, klar. Ich bin nur etwas müde.»

«Du rufst mich mitten in der Nacht an, hältst seltsame Reden …»

«Ich will nur, dass du auf der Hut bleibst. Soldat Doni, immer auf der Hut!»

«Ja, ja, schon gut. Und? Was macht der Rest der Familie? Alles in Ordnung?»

Colnaghi seufzte leise, dann lächelte er ins Leere.

«Alles in Ordnung. In ein paar Tagen bringe ich sie alle nach Ligurien ans Meer, außer meiner Mutter, dann erholen wenigstens sie sich.»

«Wie lange bleiben sie denn?»

«Drei Wochen. Wieder dieselbe Pension, inzwischen machen sie uns einen guten Preis, und Daniele tut es sehr gut. Er hat ein bisschen Asthma.»

«Macht sich Mirella Sorgen?»

«Wegen des Asthmas? Nein, das ist nichts Ernstes.»

«Um *dich*, Giacomo.»

«Ach so. Ein wenig. Du weißt ja, wie sie ist.»

«Hast du Drohungen erhalten?»

«Nein … Nichts Konkretes.»

«Verstehe.»

Erneutes Schweigen. Colnaghi lief ein Schauer über den Rücken, und er lehnte sich mit der Stirn gegen das Telefon.

«Hör mal», sagte Doni. «Ende des Monats komme ich auf einen Sprung hoch in eure Gegend, ich muss mir Wohnungen ansehen für den Umzug nach Gallarate.»

«Stimmt ja. Das hatte ich völlig vergessen. Wann fängst du denn an?»

«Ich denke, im Oktober. Wollen wir dann zusammen essen gehen?»

«Na, und ob. Ruf mich doch an, wenn du da bist.»

«Gut.»

«Ich suche uns ein schönes Plätzchen aus.»

«Bloß nicht, darum kümmere ich mich. Auch wenn du jetzt in Mailand sitzt, bleibst du doch immer einer aus Varese. Wer weiß, was für eine Kaschemme du aussuchen würdest.»

«Einverstanden», sagte er lächelnd. «Also, bis dann. Und entschuldige mich bei deiner Frau, falls ich euch aus dem Bett geklingelt habe.»

«Lass es gut sein. Pass lieber auf dich auf. Ciao.»

«Ach, Roberto?»

«Ja?»

«Kennst du schon den mit den zwei Richtern, die …?»

«Gute Nacht, Giacomo.»

Colnaghi lachte allein, mit dem Hörer in der Hand, dann hängte er ein, trat aus der Telefonzelle, zündete sich seine Pfeife an und schaute zum Himmel. Ihm fiel ein, dass der nächste Tag ein Mittwoch war, und mittwochs war Kneipenabend. Er war zu müde, um zu Fuß zu gehen. Am Largo Cairoli nahm er ein Taxi und ließ sich nach Hause fahren.

Colnaghis Mutter wusste nicht so recht, wie sie es erklären sollte. Es war ein wichtiger Punkt, und um eine Geschichte, die einen Sohn zufriedenstellen konnte, kam sie nicht herum. Doch sie musste sie verdünnen, damit sie nicht gefährlich wurde. Jedenfalls musste sie einräumen: Ernesto war nicht nur stolz auf das, was da geschah – auf seine Nächte, von denen er ihr nun doch erzählte, leise und mit der Bitte, sie möge es für sich behalten. Und er hatte sich verändert, von Grund auf. Seine Genossen waren seine Brüder, und das Italien der Fabriken war ein besseres Italien. Ein neues Licht hatte sich seiner bemächtigt.

Er begann sich auch für die jungen Burschen einzusetzen, die die letzten Einberufungsbefehle erhalten hatten. Er brachte sie zu Mariani, dem Besitzer einer Textilfabrik, der sie häufig zum Schein anstellte, um sie dem Militärdienst zu entziehen, oder er besorgte ihnen einen Unterschlupf bei der Familie eines Freundes.

Eines Tages nahm sein Schwiegervater ihn im Stall von Volonté zur Seite und drohte ihm damit, ihn aus dem Haus zu werfen, wenn das so weiterging. Er höre zu viele Gerüchte von zu vielen Leuten, und ihm gefielen diese Gottlosen nicht, mit denen er Umgang hatte. «Kümmer' dich gefälligst um dein' eig'nen Scheiß, klar? Denn wenn die Faschisten kommen und mir auf die Nüsse geh'n, zahl'n wir alle drauf.»

Ernesto senkte den Kopf und massierte sich das Kinn wie ein Boxer, ohne etwas zu sagen.

«Du hältst mich für'n miesen Kerl, stimmt's?», redete sein Schwiegervater weiter. «Das denken alle. Aber das is' nich wahr. Ich will bloß die Familie zusammenhalten, basta. Wir müssen jetzt hier so denken, ein jeder für sich und Gott für uns alle, und wenn du willst, dass deine Kinder was zu beißen haben, musst du lernen, die Klappe zu halten. Geh zum Pfarrer und lass dir da das Leben erklär'n, na los.»

Doch auch dem Pfarrer schmeckten die Faschisten nicht. Einmal sah er, wie eine Gruppe junger Burschen in einem Gässchen hinter dem Pfarrhaus verprügelt werden sollte, und warf sich furchtlos zwischen die Schwarzhemden. «Rührt sie nicht an!», schrie er. Er fing sich einen heftigen Stoß ein und fiel zu Boden, so dass er sich an der Hand verletzte, doch immerhin hatte er sie gerettet.

Egidio lobte dieses Verhalten, so wie er auch die ersten Zusammenkünfte der Weißen Partisanen in der Kirche lobte. Doch er schärfte seinen Jungs ein, der Kirche fernzubleiben.

«Die Pfaffen gehen von Natur aus mit der Macht», erklärte er. «Man kann ihnen nicht über den Weg trauen, so war das schon immer, seit Anbeginn der Menschheitsgeschichte. Einer wie Don Michele muss euch natürlich wie eine Ausnahme vorkommen, aber auch wenn er ein guter Priester ist, bleibt er doch immer noch ein Priester. Und wir Kommunisten schicken die Priester zum Teufel.»

Inzwischen ging der Winter ins Land. Im Dezember wurde Giacomo geboren. Ganz der Papà, hieß es. Ernesto war vollkommen vernarrt in ihn und hielt ihn ununterbrochen auf dem Arm. In der Kälte, im Licht einer Kerze sah er noch kleiner und schwächer aus als seine Schwester. Als er den schlafenden Kleinen betrachtete, spürte er wieder diesen unein-

geschränkten Urinstinkt: Beschütze ihn. Beschütze ihn, koste es, was es wolle, und mach die Welt zu einem Ort, an dem er gut leben kann.

Einige Tage später bat er Enrico Crespi, ihm in der Schweiz ein Geschenk zu besorgen. Crespi betätigte sich als Schmuggler und hörte auch damals nicht damit auf. Im Morgengrauen lud er sich die Kiepe auf den Rücken und ging hoch zur Grenze, inmitten von Flüchtlingen, Verrückten und Partisanen. Mit allen verbrachte er etwas Zeit, alle bat er um etwas Brot, und bei allen blieb er eine Weile, um Geschichten zu erzählen. In der Nacht kehrte er zurück, die Kiepe voller Sachen, die es längst nicht mehr gab – Schokolade und Weißbrot und Salami –, und ließ sie bei seiner Mutter, einer Kriegswitwe, die sie hinter dem Dreschplatz verkaufte. Drei Monate später sollte er erwischt werden und im Gefängnis landen und danach wer weiß wo, verschollen wie so viele in jenen Jahren. Doch damals operierte er stets ohne Furcht, und wer ihn fragte, warum er denn nicht aufhöre, bekam von ihm zur Antwort: Und was dann?

Am 18. Dezember, zwei Wochen nach Giacomos Geburt, kam Crespi mit einer bunten Klapper aus Holz und Metall zurück, für die Ernesto sogar mehr bezahlte als nötig. Angesichts der Proteste Lucias und seines sich die Haare raufenden Schwiegervaters sagte er nur, sie sei für seinen Sohn, und damit war jede Diskussion beendet.

So ging das Weihnachtsfest von 43 irgendwie vorüber, und irgendwie hielten alle den Atem an. Doch mit Beginn des neuen Jahres wurden die Proteste fortgesetzt. Die Deutschen zeigten nach der Peitsche nun das Zuckerbrot. In der Fabrik gab es einige Zusatzrationen, die Ernesto stets mit nach Hause brachte.

Was seine subversiven Aktivitäten anging, hatte er sich auf die Verteilung von Flugblättern spezialisiert. Mit Pagani – seinem hochgewachsenen, wortkargen Genossen, der an dem bewussten Septemberabend die Weinflaschen mit dem Messer entkorkt hatte – begab er sich zur Druckerei Croci in der Nähe der Wallfahrtskirche. Der Besitzer, ein Sozialist der alten Garde, ließ sie ins Hinterzimmer ein und trug seinem Gesellen auf, den Hektographen in Gang zu setzen. Während sie darauf warteten, dass die Blätter vertausendfacht wurden, bot Croci ihnen Zigaretten an und äußerte sich begeistert von den geheimen Treffen in der Bauernhütte.

«Ach, wenn ich doch bloß jünger wäre!», seufzte er. «Das macht ihr richtig. Ich bin stolz auf euch.»

Nun bestand das Problem darin, den Packen in die Fabrik zu bringen. Das taten sie am Sonntagnachmittag nach dem Essen, wenn kein Mensch unterwegs war. Sie flitzten mit ihren Fahrrädern dorthin, einer neben dem anderen, und vergruben ihren Schatz hinter einem Stein wenige Schritte vom Zaungitter entfernt, nachdem sie ihn sorgfältig verpackt hatten, damit er nicht feucht wurde. Ernesto sollte ihn vor Schichtbeginn am nächsten Morgen bei Tagesanbruch wieder herausholen. Und ihn dann von Hand zu Hand gehen lassen, um einen Streik anzukündigen oder die Gefährten zum Aufstand aufzurufen oder so manchen Skeptiker zu überzeugen.

Er wurde nur einmal erwischt, Ende Januar. Der Abteilungschef, der Ernestos Mutter in jungen Jahren vergeblich den Hof gemacht hatte, war unschlüssig, ob er sich für dieses Schicksal rächen oder ihn im Namen der guten alten Zeiten begnadigen sollte. Er entschied sich für einen Mittelweg: Er sperrte ihn eine Stunde in eine Abstellkammer, verpasste ihm eine gehörige Tracht Prügel und zog ihm einen Tageslohn ab.

Als Ernesto das ein paar Tage später Egidio erzählte, antwortete der nur: «Da hattest du ja eine schöne Sonderbehandlung.»

Ernesto atmete tief durch und schluckte.

9

DIE BAR HATTE KEINEN NAMEN. Sie war einfach die Bar. Eine Glastür mit roten Vorhängen, die vollkommen unpassend zwischen zwei Hochhäusern hinter der Eisenbahnbrücke hervorstach. Kein Schild, kein Hinweis. Nur ein großer Raum mit einem links hingeklemmten Billardtisch, schräg herabfallendem Licht, einem Metalltresen und einer Handvoll Tische. Durch die Hintertür gelangte man auf einen winzigen Boccia-Platz, an dem ein Bäumchen stand.

Colnaghi hatte sie zufällig entdeckt, bei der allmählichen Erweiterung seiner Spazierrunden. Die hätte er überall beenden können, an weitaus hübscheren und näher gelegenen Orten, als dieser Treffpunkt für Kommunisten es war. Doch er hatte sich aus zwei Gründen für dieses Lokal entschieden.

Der erste war der übliche – er ging dorthin, wohin auch sein Vater gegangen wäre, obwohl er sich dort ein bisschen fehl am Platz fühlte.

Der zweite hing eng mit dem ersten zusammen. Er ging wegen der Geschichten dorthin. Ihm hatte niemand je welche erzählt, und jetzt hatte er nur die, die er von Berufs wegen zusammentrug: schlimme Geschichten von Mord und Diebstahl, von Gewalt und Verzweiflung, Geschichten von Mordopfern und von Kreidelinien, die für ein paar Tage die Umrisse der Leichen markierten, und dann nichts mehr – keine Spur, keine Erinnerung auf dem Boden. Geschichten von Unheil und Betrug. Vor allem Geschichten von blindem Entsetzen angesichts einer Justiz, die die meisten als abstrakt und weit weg empfanden, ein Stern, der keinerlei Wärme ausstrahlte. Leute, denen es vor dem grauste, was auf sie zukam, Papierkrieg, Jahre des Wartens, Geld, das bezahlt werden musste, und dann Gerichtsprozesse, die nichts in Ordnung brachten. Keine einzige Geschichte, die ihn ruhig einschlafen lassen konnte.

Doch in dieser Bar war das anders. In einer Ecke vergraben konnte er dieser Welt verstohlen nachspüren, ihren Stimmen lauschen und dabei versuchen, sich unter diesen korpulenten, lärmenden Männern auch Ernesto vorzustellen – und auch sich selbst. Was für ein Kind wäre er gewesen, mit seinem Vater an der Seite? Ihm vielleicht viel ähnlicher. Vielleicht ohne Glauben, vielleicht viel glücklicher. Oder vielleicht hätten sie sich gehasst, wer weiß. Und Ernesto? Was hätte der von ihm gehalten? Wenn er auf ein Glas Roten aus dem Totenreich zurückgekehrt wäre, als was hätte er ihn gesehen? Als einen Spießer und Diener der Mächtigen oder als einen Sohn, auf den man stolz sein konnte?

Vor zwanzig Jahren hatte er aufgehört, seiner Mutter und den Alten im Städtchen Fragen zu stellen, weil er erkannt hatte, dass niemand ihm geben konnte, wonach er suchte: einen Mann, dem er zeigen konnte, was aus ihm geworden war. Und das fragte er sich jedes Mal, wenn er in die Bar kam, und er hätte wer weiß was darum gegeben, es zu wissen. Vielleicht, weil dies der richtige Ort auch für seine Geschichte war. Hätte er den Mut gehabt, den Mund aufzumachen, hätte ihm jemand zugehört. Und je älter er wurde, umso stärker reifte in ihm die Überzeugung, dass einem Menschen zuzuhören bedeutete, seine Rettung einzuleiten.

Er hätte sie Franco Benelli erzählen können, dem schwerhörigen Tankwart, der für Lancias schwärmte (er verbrachte seine Zeit damit, die Schönheit der alten Modelle zu beschreiben, besonders des Flavia). Oder der Rinetta, der Bäckerin mit der Sopranstimme, die manchmal leise eine Arie sang, während sie allein vor ihrem Campari saß. Oder den beiden, die wie Geschwister aussahen, sich nur zu zweit unterhielten und in einer Ecke Scopa spielten. Oder vielleicht dem zwölfjährigen Jungen, der dem Wirt half und immer mit einer Sonnenbrille herumlief. Und auch noch anderen.

Er kam seit mehr als einem Jahr hierher und gehörte langsam zum Interieur. Der Wirt wusste, was er ihm bringen sollte – im Sommer eine Limonade, im Winter einen Punsch –, und der eine oder andere grüßte ihn mit einem kurzen Rucken des Kinns.

Der einzige, mit dem er manchmal ein paar Worte wechselte, war ein alter Straßenbahner, Giovanni Ferri. Er kam nach der Schicht mit seinen Kollegen auf ein Glas vorbei, bevor sie zu ihren Frauen nach Hause gingen (die Colnaghi sich potthässlich, müde und mit Faltengesichtern vorstellte, Ehefrauen, die sich in den neunstöckigen Hochhäusern von Sesto, Cinisello oder Cologno zum Rauchen auf dem Gemeinschaftsbalkon trafen und auf die Verkrustungen der feuchten Wände an den Außentreppen starrten). Ferri war ein Hüne, unter dessen Dienstmütze, die er niemals abnahm, zwei weiße, leicht fettige Lockenbüschel hervorschauten. An diesem Abend saß er allein da, das Kinn in die Hände gerammt, die Ellbogen auf den Tresen gestützt. Colnaghi stellte sich neben ihn, um zu bestellen.

«Dottore, guten Abend», sagte Ferri und drehte sich ihm zu.

«Guten Abend. Wie geht's?»

«Geht so. Das Übliche. Haben Sie die Tour gesehen?»

«Ja, was für ein Jammer. Ich war für Knetemann.»

«Ach, wirklich?»

«Ja.»

Ferri wirkte überrascht und sagte nichts mehr. Colnaghi nahm seine Limonade und setzte sich wieder auf seinen Platz. Für gewöhnlich gingen die Gespräche mit Ferri nicht viel weiter, doch Colnaghi faszinierte dieser Mann. Hinter seinem Äußeren verbarg sich etwas Sanftes, das er nicht genau erfassen konnte. Er hatte aufgeschnappt, dass Ferris Enkelin große Probleme hatte, er sprach häufig mit seinen Kollegen darüber, doch Colnaghi hatte nie mehr in Erfahrung gebracht.

Die andere Gestalt, die ihn beeindruckte, war ein Maler. Auch er war bei Colnaghis Anwesenheitskontrolle an diesem Abend da, und wie so oft hatte er ein Gemälde dabei. Er hielt es, gegen sein Bein gelehnt, am Rand fest und trank mitten im Raum ein Bier im Stehen. Auch für ihn hatte Colnaghi eine maßgeschneiderte Geschichte parat: dreißig Jahre alt, vormittags Lehrer für Kunst, nachmittags und abends ein verkannter Künstler; in Venedig – wo er vielleicht ein Jahr studiert hatte? – eine kleine Freundin, die er an den Wochenenden besuchte oder die zu ihm kam, in eine Wohnung, die sich gar nicht so sehr von Colnaghis unterschied, vielleicht noch ein Stück weiter im Osten.

Drei junge Männer, klein von Statur und sich sehr ähnlich – sie sahen aus wie Brüder –, kamen herein und begrüßten den Wirt. Ein Typ weiter hinten stand auf und ging zur Toilette. Colnaghi spähte zu dem Bild hinüber. Eine Gebirgslandschaft: ein Dorf, das sich an den oberen Rand eines Tals schmiegte und im Nebel oder in einer tiefstehenden Wolke versunken war. Der Dunst gab den Blick nur auf einige Details frei: eine Handvoll bunter Häuser, der dunklere Rauch der Schornsteine, ein Gebäude mit einem grünlichen Dach – vielleicht eine Schule jüngeren Datums – und ein paar schwarze Flecken auf dem Hügel. Die dahinterliegenden Berge waren nicht zu erkennen, doch der Betrachter konnte sie sich trotzdem vorstellen. Im Zentrum stand ein Kirchturm mit einer roten, zwiebelförmigen Spitze, wie sie für die Alpenkirchen typisch ist. Er überragte das Dorf in seiner vollen Größe, und dort, wo die Glocken hingen, herrschte ein sonderbares Flimmern.

Am Tresen wollte ein Mann noch ein Glas Wein anschreiben lassen. Der Wirt ging mit dem Finger das Heft durch und schüttelte den Kopf. «Ich finde dich hier gar nicht», sagte er.

«Dann setz mal deine Brille auf», antwortete der andere.

Jemand lachte. Für Colnaghi war der Abend zu Ende. Als er die Bar verlassen hatte, ging er wie immer zu Fuß durch die Straße an der Bahnstrecke. Auf der abrupt auftauchenden Erhebung neben ihm verliefen die Schienen, und dahinter sah er nach dem Bremsen und dem Quietschen eines Zuges die Konturen und die Farben der riesigen Hochhäuser – orange, zitronengelb, mauve.

Colnaghi atmete tief durch und ging weiter. In einer Querstraße entdeckte er einen kleinen, improvisierten Kiosk, zwei mit schwarzem Klebeband verbundene Tische und zwei Metallstühle. Ein altes Männchen im Unterhemd schenkte Bier an seine Freunde aus, während aus dem Radio in voller Lautstärke Musik dröhnte, die gegen das Geschnarre der überforderten Lautsprecher ankämpfte. Überfüllte Müllcontainer schickten einen süßlichen Geruch in die schwüle Luft. Die Fassade des nächsten Hauses war so schmutzig und heruntergekommen, dass sie schon fast unecht wirkte. Colnaghi blieb stehen und sah sie sich von oben bis unten an, so wie man Ruinen aus der Vergangenheit betrachtet.

Hätte er genug Mut gehabt, wäre er umgekehrt, wäre mit seiner Geschichte in die Bar zurückgegangen und hätte folgendermaßen angefangen: Ich, Giacomo Pietro Colnaghi, bitte um Vergebung für meine Unzulänglichkeit und meine Fehler. Ich bitte um Vergebung dafür, dass ich seit sieben Monaten nicht mehr mit meiner Frau schlafe. Ich bitte euch alle um Vergebung, doch jetzt erzähle ich euch, wo ich geboren und wie ich aufgewachsen bin, ich erzähle euch von meinem Vater. Und ihr werdet mich retten.

10

DER TYP AN DER ECKE VIA FREGUGLIA und Corso di Porta Vittoria machte himmlische Brötchen. Colnaghi biss in seines hinein und ließ die Mozzarella in seinem Mund zergehen. *Himmlische* Brötchen, stellte er erneut klar. Das sei nicht nur eine Frage des Geschmacks, sondern vor allem der Ästhetik, der Ausgewogenheit.

Caterina Franz hörte ihm gelangweilt zu. Sie saß neben ihm auf einer Bank an der Piazza San Pietro in Gessate und fächelte sich mit einem Flyer Luft zu. Der Sommer in Mailand war eine Plage, von der alle hofften, dass sie schnell vorüberging.

«Warum isst du denn nichts?», fragte er.

«Ich habe keinen Hunger.»

«Aber du bist zu dünn. Arbeit zehrt.»

«Ich habe gesagt, ich habe keinen Hunger.»

«Wie du meinst.»

«Du weißt doch, dass ich mittags fast nie was esse. Warum hast du mich gebeten, mitzukommen?»

«Das tut dir gut. Die Luft im Palazzo vernebelt euch das Hirn. Sieh dir das doch an.» Er zeigte auf das Gerichtsgebäude vor ihnen, auf die graue Wucht des Gebäudes vor dem Himmel und den Häusern des Stadtzentrums. «Durch das viele Drinnensitzen vergesst ihr völlig, wie die Welt eigentlich ist. Du wirst noch so enden wie ein sowjetischer Bonze, Genossin.»

Sie sah ihn eine Weile an, dann zog sie eine Zigarette hervor. Sie machte sich nichts aus Feuerzeugen und bat Colnaghi um Streichhölzer. Schließlich nahm sie den ersten Zug und blies den Rauch gereizt in den Himmel.

«Hör mal», sagte sie. «Was ich dich schon immer mal fragen wollte ...»

«Ja?»

«Du gehörst doch der demokratischen Richterschaft an, nicht?»

«Ja, der Magistratura democratica.»

«Fühlst du dich dabei denn wohl?»

«Warum sollte ich nicht?»

«Weil die von der Magistratura democratica rot sind», sagte sie im Tonfall eines Menschen, der mit einem Kind spricht.

Colnaghi aß sein Brötchen auf und tupfte sich die Mundwinkel mit der Papierserviette ab.

«Das stimmt doch gar nicht. Und eigentlich interessiert es mich auch nicht besonders. Ich denke sogar, ich sollte eine neue Strömung gründen: Magistratura plastica, eine Art Plastische Richterschaft. Hättest du Lust beizutreten?»

Sie sah ihn an und zog eine Augenbraue hoch. «Du bist wirklich sonderbar», sagte sie.

«Was soll ich sagen. Mir gefallen diese ganzen Querelen nicht, und ich glaube ernsthaft, dass die Richter und Staatsanwälte in Italien ein großes Identitätsproblem haben.»

«Und das heißt?»

«Wir lassen uns von der Politik unter Druck setzen, obwohl wir uns um Menschen und Fakten kümmern sollten – und mehr und viel besser arbeiten sollten.» Er hustete. «Du bist noch jung, das verstehe ich. Doch du wirst sehen, wenn du mal Kinder hast, wird dir vieles nicht mehr so wichtig erscheinen.»

«Warum klingt das für mich bloß so machohaft?»

«Das sage ich dir eigentlich, weil es mir selbst so ergangen ist.» Er zerknüllte das Brötchenpapier und sah sich nach einem Papierkorb um. «Hör mal», sagte er. «Da du so an meiner Person interessiert bist, verrate ich dir noch ein Geheimnis, das dir das Blut in den Adern stocken lassen wird. Nach jeder wichtigen Entscheidung bete ich.»

«Für deine Seele?»

«Nein. Ich bete zu Gott, dass ich keinen Fehler gemacht habe. Ausnahmen immer, Fehler nie. Und frag mich jetzt nicht, was das heißt. Ich habe es dir schon erklärt.»

«Ich sag's noch mal, Colnaghi. Du bist wirklich sonderbar.»

Er entdeckte hinter sich einen Papierkorb und stand auf, um das Papier wegzuwerfen.

«Jetzt könnten wir ein schönes Eis gebrauchen», sagte er, als er zurückkam. «Was hältst du davon?»

«Wofür hast du bei dem Volksentscheid über die Abtreibung gestimmt?», fragte sie.

«Erdbeere oder Zitrone?»

«Wofür hast du gestimmt?»

«Wie ich sehe, hast du nicht ein Wort von dem beherzigt, was ich dir gesagt habe.»

«Wie hast du abgestimmt?», fragte sie erneut.

«Dagegen», seufzte er.

Kopfschüttelnd verzog sie das Gesicht. «Das wundert mich nicht. Aber verrate mir doch mal, wie kommt so einer wie du dazu, eine wie mich zu bitten, mit ihm und dem schmierigen, zuverlässigen Micillo zusammenzuarbeiten?»

Colnaghi kicherte. «*Schmierig*? Du findest ihn schmierig?»

«Ich mag ihn nicht, und das weißt du genau. Aber antworte mir auf meine Frage.»

«Ich habe es dir schon gesagt: Weil ich glaube, dass du ausgesprochen gut bist.»

Sie öffnete den Mund und blinzelte zwei, drei Mal. Ihre Hakennase – im Stillen nannte Colnaghi seine Kollegin «die Habichtsnase aus dem Nordosten» – schien ihr förmlich aus dem Gesicht zu springen. Da saß sie nun, die marmorharte Friaulerin, vor einem Jahr nach Mailand hereingeschneit und ruckzuck hochgeschätzt von ihrem Chef: Ein Nichts genügte, und auch sie kam ins Schleudern.

Verlegen stammelte sie ein paar Worte. Zu ihrer Rettung tauchte in dem Augenblick Micillo auf, der mit großen Sprüngen die Straße überquerte. Er kam aus dem Haupteingang des Justizpalastes und wedelte mit einer Handvoll Papier.

«Wir haben ihn!», rief er. «Wir haben ihn.»

«Was?»

«Die Berti hat ausgepackt», sagte er keuchend im Näherkommen. «Wir haben einen Namen.»

In seinem Büro las Micillo die Aussage von Berti vor: «*Bei einem Treffen von Genossen (wir waren zu fünft oder zu sechst)* – dann zählt sie die Namen auf – *ein paar Tage vor meiner Verhaftung war auch ein junger Typ dabei, den ich vorher nie gesehen hatte.* Sie beschreibt ihn genau. Dann fährt sie fort: *Dieser sehr autoritäre Typ sagte kaum etwas. Nach einer Weile ging er wieder. Ich fragte, ob jemand wisse, wer das gewesen sei. Zwei der Anwesenden sagten, das sei Gianni Meraviglia gewesen, der Anführer des Proletarischen Kampfverbandes und einer von dem Erschießungskommando, das Vissani hingerichtet hatte.*»

An dieser Stelle hob Colnaghi, der den Blick gesenkt und die Augen geschlossen hatte, um besser zuhören zu können, unvermittelt den Kopf und setzte ein Lächeln auf, das die anderen erwiderten.

«Lies weiter», sagte er.

«*Ich fragte, ob von den Anwesenden noch jemand zum Erschießungskommando gehört habe. Ich bekam keine Antwort.* Das ist alles.»

«Ich wusste es», sagte Colnaghi. «Ich wusste, dass Meraviglia was damit zu tun hat. Er ist kürzlich zweimal umgezogen und derzeit unauffindbar. Bisher war er raffiniert genug und hat sich nie schnappen lassen. Einmal haben sie ihn zwar festgenommen, doch das war vor dem Mord. Ich hatte schon erwogen, ihn erneut unter die Lupe zu nehmen, doch jetzt haben wir endlich die Bestätigung, die wir brauchten, um weiterzuhandeln.»

«Dann steht das also fest», sagte Micillo.

«Haben wir noch mehr Informationen?»

«Zwei Adressen: eine in Bovisia, die andere in Giambellino.»

«Ausgezeichnet. Caterina, bitte stell sofort die Haftbefehle aus. Zusammen mit dem übrigen Material, das ich gesammelt habe, sind das endlich genügend Indizien.»

Die Untersuchungsrichterin und Micillo nickten. Colnaghi trat auf den Flur – merkwürdigerweise brannten die Neonlampen schon, vielleicht ein Versehen der Pförtner –, ging zu den Toiletten, wusch sich das Gesicht und kehrte in sein Zimmer zurück.

Er öffnete das Fenster, zündete sich eine Pfeife an und baute sich vor dem Plan an der Wand auf. Strahlenförmig gingen von dem Namen GIANNI MERAVIGLIA grüne Pfeile ab, an denen jeweils in einem Kästchen ein Name und eine Aktennummer standen, die auf Colnaghis Privatarchiv verwiesen. Jede Akte enthielt die Kopien von Prozessunterlagen, Berichte von Observierungen und Beschattungen, Gerichtsurteile, Hinweise von Strafanstalten, in denen die Betreffenden zusammen inhaftiert gewesen waren, und sei es auch nur für wenige Tage, Protokolle von Hausdurchsuchungen, von Festnahmen, von Beschlagnahmungen, Telefonbucheinträge, Kopien von Fahrzeugpapieren, Mietverträge, Fotos von Demonstrationen, Stichprobenkontrollen: jedes zweckdienliche Dokument und jede Notiz, die Meraviglias wichtigste Kontakte verrieten. Die meisten dieser Namen stimmten mit den von Berti genannten überein.

Und schließlich neben den grünen Pfeilen der Name Anna Bertis in einem roten Kreis zusammen mit ihrer Aktennummer, doch auch mit einem Fragezeichen dahinter.

Meraviglia: ein Abtrünniger unter Abtrünnigen, vielleicht ein ehemaliges Mitglied der Mailänder BR-Kolonne Walter Alasia von Vittorio Alfieri.

Die Berti: eine scheinbar harmlose Frau, mit einer Tochter, für gewöhnlich Namensgeberin für die Anmietung von Wohnungen, ursprünglich verbunden mit den alten Roten Brigaden unter Moretti.

Colnaghi kratzte sich aufgeregt an der Nase und strich das Fragezeichen durch. Diese Ecke der Karte war nun frei von Zweifeln, und seine Vermutung – nur eine kleine Gruppe von höchstens acht bis zehn Mitgliedern, mit einem noch kleineren Erschießungskommando, dazu Gianni Meraviglia als Anführer und praktischer Vollstrecker – schien sich bestätigt zu haben.

Er steckte die Kappe zurück auf den Stift, legte ihn auf die

Bücherkonsole und umrundete den Schreibtisch. Dann blieb er stehen. In einer Schublade bewahrte er einen Ordner mit vielen Bekennerschreiben, Kampfresolutionen und weiteren Dokumenten der wichtigsten linksterroristischen Gruppen auf. Er nahm ihn heraus und las einige Schriftstücke durch. Bei dem Bekennerschreiben zum Mordanschlag auf Vissani, das er inzwischen fast auswendig kannte, hielt er sich besonders lange auf. *Die Gewalt der Bourgeoisie gegen die proletarische Revolution manifestiert sich nicht nur in der Politik des Staates oder in der Ausnutzung der Regime-Presse für ihre Zwecke, sondern speist sich auch aus allen Personen, die ihr scheinbar unschuldig dienen, vorrangig in den regionalen und lokalen Institutionen. Dort muss die revolutionäre Aktion zuschlagen.*

Er legte das Blatt in den Ordner zurück und klappte ihn zu. Als einer von nur wenigen hielt er es für wichtig, die Sprache dieser Kommuniqués zu studieren, die denkbar bürokratisch und steril war, losgelöst von jeder Realität und paradoxerweise der Sprache der Politiker sehr ähnlich, gegen die sie kämpften. Mit unzähligen Wiederholungen und Appellen (nie ein Zweifel, nie eine Frage) hatten sie sich ein Vokabular zurechtgehämmert, das für sich selbst sprach. Das Wort erhellte nichts mehr. Es warf nur noch Schatten.

Colnaghi zog an seiner Pfeife, doch sie war aus. Er zündete sie mit einem Streichholz und einigen Zügen wieder an und setzte sich an seinen Schreibtisch. Dann nahm er ein leeres Blatt Papier, spitzte einen Bleistift an, während er sich in Rauch hüllte, und schrieb in einem Zug:

Das Problem des Linksterrorismus ist, dass er in dem alten Körper Italiens einen Zustand jugendlicher Unreife offenbart.

Die Republik hat keine Antikörper, weshalb sie an Glaubwürdigkeit verliert. (Schlichter und radikaler Einwand: Wie kann man jemandem vertrauen, der die «Strategie der Spannung» ins Spiel gebracht hat? Das kann man nicht. Also Kampf bis aufs Messer; also Revolution.)

Doch wer sich entschließt, zu schießen, ist von dem Wunsch geblendet, alles zu bekommen, und zwar sofort, koste es, was es wolle: eine Perversion. (Das «Alles und zwar sofort» entspricht immer etwas Grausamem und nie dem, was man sich erträumt.) Daraus folgt: Das ist keine Revolution, sondern Rache. (Die ihrerseits wieder den Wunsch nach Rache hervorruft: vgl. die Ereignisse auf der Gedenkfeier für Vissani.)

Und doch bekundeten (bekunden noch immer?) viele Leute ihre Sympathie für sie, für ihre Ziele und für dieses Sich-zum-«Rächer»-Aufschwingen. Das ist der springende Punkt. Wenn die Menschen an sie glauben, wenn sie in den Fabriken Unterstützung finden, muss es einen Grund dafür geben. (Jedenfalls wenn man sie nicht alle für verrückt erklären will.)

Also: Wie kann es sein, dass man von oftmals extremen, doch teils zu befürwortenden oder zumindest nachvollziehbaren Voraussetzungen (dem Engagement der außerparl. Linken für soziale Gerechtigkeit, der Kritik am Machtmissbrauch, dem Kampf gegen die Unterdrückung etc.) dahin kommt, einen kaltblütigen Mord zu rechtfertigen, der noch dazu gar nichts bewirkt? Wo ist da der Faden der Logik gerissen?

Er hielt einen Moment inne, dann drückte er regelrecht wütend mit dem Stift auf und schrieb weiter:

WIE KANN MAN DENN DA «DIE ANDERE WANGE HINHALTEN»? WIE DENN?

Er machte sich häufig solche Notizen, und fast immer fanden sie das gleiche Ende: im Papierkorb. Er starrte noch eine Weile auf diese Sätze, ohne sie zu lesen, wie auf bloße Zeichen, als wollte er seine runde, kindliche Schrift überprüfen. Schließlich zog er seinen Zettel aus der Brieftasche, las ihn, küsste ihn und verstaute ihn wieder.

Es klopfte. Es war noch einmal Micillo. Colnaghi stand auf und schirmte seinen Schreibtisch ab, doch dieser Impuls weckte erst recht die Aufmerksamkeit seines Kollegen, er ging um ihn herum und erspähte sofort das bleistiftbeschriebene Blatt. «Was ist denn das?», fragte er. «*Das Problem des Linksterrorismus …*»

«Bloß ein paar Notizen, die sind nicht für dich», fuhr Colnaghi dazwischen, doch Micillo las weiter, und als er fertig war, schaute er ihn mit einem düsteren Lächeln an. «Sieh mal einer an. Die Republik ohne Antikörper? Die andere Wange hinhalten?»

«Ich habe dir doch gesagt, das ist nicht für dich.» Colnaghi riss ihm das Blatt aus der Hand. «Wühle gefälligst nicht in meinen Unterlagen.»

«Ich habe nicht gewühlt.»

Colnaghi verzog das Gesicht und wandte sich ab, er trat ans Fenster. Unten auf der Straße kamen und gingen die Anwälte mit schnellen Schritten. Ab und zu tauchte auch ein Student auf. «Diese Sache bringt mich noch um den Verstand.»

«Der Fall Vissani, meinst du?»

«Alles. All … das», sagte Colnaghi, drehte sich zurück

und öffnete die vorgestreckten Hände, als wollte er auf die ganze Welt zeigen. «Die Art und Weise, wie ...» Er schüttelte den Kopf. «Ach, lassen wir das. Ich bitte dich nur, dem Chef und seinem Vize nichts davon zu erzählen. Ich gehe den beiden schon genug auf den Wecker.»

«Machst du Witze? Als würde ich so was je tun.»

«Dem Chef gefalle ich nicht, weil ich ein unabhängiger Katholik bin», erklärte Colnaghi. «Und dem Vize gefalle ich nicht, weil ich Lombarde bin, während er aus Neapel kommt, wie du.»

«Aus Caserta, bitte schön.»

«Aus Caserta und aus gutem Hause. Mailand regiert von den Bauerntrampeln aus dem Süden.» Er lächelte. «Was soll bloß aus uns werden!»

Doch Micillo lachte nicht. «Na los», sagte er. «Wir müssen uns um ganz andere Dinge kümmern.»

Sie arbeiteten im Stehen, die Fäuste auf den Schreibtisch gestützt, und glichen ihre Daten ab, um die Anträge auf den Haftbefehl vorzubereiten, die sie der Franz zukommen lassen mussten. Micillo wirkte die ganze Zeit über verstimmt und nervös. Als sie fertig waren, verabschiedete er sich mit einem Klaps auf Colnaghis Arm. Er öffnete die Tür, blieb mit der Klinke in der Hand stehen, drehte sich um und sagte: «Ehrlich gesagt verstehe ich nicht, warum du dich davon so runterziehen lässt. Diese Typen verdienen nichts weiter als den Tod. Wer, zum Teufel, hat dir das alles bloß in den Kopf gesetzt?»

11

TJA, WER HATTE IHM das alles in den Kopf gesetzt?

Mit zwanzig war er nur ein Bankangestellter gewesen, der abends gelernt hatte, statt in die Bar zu gehen. Er hatte sich für Jura entschieden, sagte er, weil er überzeugt davon war, damit eine gute Anstellung zu finden, doch eigentlich hatte er längst angefangen, sich zusammen mit Mario für ganz andere Dinge zu interessieren: von den Rechten der Arbeiter bis zur Reform des Klerus nach dem Vatikanischen Konzil, vom Elend im Süden bis zum Engagement für wohltätige Zwecke. Mario kaufte sich Bücher, die er dann seinem Freund lieh, und zusammen träumten sie von einem System, das allen Menschen ein glückliches Leben ermöglichte. Nicht nur ein angemessenes, nicht nur ein gerechtes: nein, ein glückliches. Und sein Studium würde ein ausgezeichneter Beitrag dazu sein: In den Augen des jungen Colnaghi war das Gesetz ganz einfach ein für die Macht des Stärkeren unüberwindlicher Schutzwall.

Irgendwann hatte ihm Mario von einem Treffpunkt in Quarto Oggiaro erzählt, den er durch einen Mailänder Freund kennengelernt hatte: den Circolo Perini. Er sagte, es handele sich um «linke» Christen, ein bisschen so wie sie, mehr oder weniger. Leute, die das suchten, was Mario als *Basis des Volkes* bezeichnete, eine grundlegende Ethik, die ihrer Ansicht nach alle teilten, selbst wenn sie es nicht wussten: Kommunisten und Liberale, Anhänger von Don Sturzo und Sozialisten der alten Schule. Die endlosen Streitreden zählten nicht, was zählte, war nur die Tatsache, dass jeder Mensch guten Willens im Grunde weiß, was gut ist und was schlecht.

Die zwei jungen Männer verkehrten nun regelmäßig dort, und sie waren begeistert. Einige Jahre lang fühlte sich Colnaghi als Teil einer größeren Bewegung, und es war, als wollte die ganze Stadt, die ganze Nation, die ganze Welt darüber diskutieren, wie herrlich es war, das eigene Leben zum Besseren zu wenden. Da war Raum für jeden, und alle stritten sich in einem fort, waren sich in vielem jedoch auch einig, vor allem darin, dass es überall einen unbändigen Bedarf gab, wieder über das Gute zu reden: das Gute zwanzig Jahre nach dem Krieg und zehn Jahre nach den Mühen des Wiederaufbaus, das Gute für die Alten und die Jungen und die Verwirrten und die Einsamen, das Gute für ein Italien, aus dem noch alles werden konnte.

Im Perini waren keine Kirchenfunktionäre, weshalb der Circolo vom offiziellen Katholizismus scheel angesehen wurde, noch so etwas, was dem jungen Colnaghi sehr gefiel (Mario dagegen ein wenig beunruhigte). Es hieß, auch der Terroristenideologe Curcio sei mal dort gewesen und Mario Moretti sogar regelmäßig – doch wenn er es recht bedachte, hatte er sie dort nie gesehen. Dafür war er auf einer Veranstaltung über die Resistenza gewesen, die ihn sehr berührte. Er sah Pasolini, einen runden Tisch über das Verbrechen in Mailand und einen Film über die Kämpfe der Werktätigen. Und natürlich war es nicht immer leicht. Dort, in der Via Val Trompia, wo der Circolo Perini lag, gab es auch Chaoten aller Art, Stadtstreicher und einige Junkies mit stets geschlossenen Augen, die Colnaghi sehr verstörten. Doch wie sollte er lernen, diese Übel zu heilen, wenn er sie nicht zuerst aus nächster Nähe erlebte?

An manchen Abenden kamen die Faschisten und grölten unter den Fenstern, was alle in Angst versetzte. Und 71 kamen sie dann mit Pistolen und Molotowcocktails. Colnaghi erinnerte sich noch deutlich an die Explosion, die zersplitterten Scheiben, die Flucht in der Nacht, ein Auto in Flammen, Leute, die schreiend ins Freie rannten, und er in panischem Entsetzen, ein junger, glänzender Staatsanwalt ohnmächtig vor dieser ungeheuerlichen Gewalt, während Mario seine Faust schüttelte und zur anderen Straßenseite hinüberschrie: «Arschlöcher! Ihr Scheißfaschisten! Ihr *beschissenen* Faschisten!»

Nach diesem Zwischenfall wurden ihre Besuche dort seltener. Zudem hatte Colnaghi immer weniger Zeit und eigentlich auch immer weniger Lust. Einige Monate zuvor hatte seine Bewerbung um eine Stelle als Staatsanwalt Erfolg gehabt, man wollte ihn im Januar ans Landgericht Cagliari schicken, sein erstes Amt, wie es typisch für einen frischgebackenen Staatsanwalt war. Vielleicht hatte er aber auch nur Angst, wer weiß. Er ging also nicht mehr in den Circolo Perini und war betroffen, als er später erfuhr, dass welche von der BR-Kolonne Walter Alasia, dem Circolo-Gründer, 1980 in die Beine geschossen hatten. Er war von rechts und von links angegriffen worden, überlegte er. Mutterseelenallein in diesem Land.

Doch als er so zurückdachte, hätte er die damalige Zeit nur zu gern irgendwie bewahrt, die aus Gelächter und langen Abenden nach acht Stunden in der Bank bestanden hatte, aus nächtlichen Weingelagen, samstags, bei einem Kommilitonen zu Hause, einem Studenten, der in einem Hochhaus in Affori oder in Roserio wohnte, und irgendjemand holte die letzte Flasche heraus, immer die letzte, und auf diesem kleinen Gemälde vom Winter 1969 waren, traumatisiert von der Bombe an der Piazza Fontana, er und Mario und die letzten Reden von Aktivisten, die sich schon bald gegenseitig hassen und beschuldigen sollten, Katholiken und Linke, die keinen Spielraum mehr für einen wirklichen Dialog fanden: *Gemeinwohl* sagten sie, *Religion und Weltlichkeit* sagten sie, *gesellschaftliche Erfordernisse* sagten sie, *erbarmungsloser Kampf dem politischen Terrorismus* sagten sie – und niemand war je mit irgendetwas einverstanden, doch trotzdem sah alles wunderbar aus. Und dann, dann war es plötzlich schon wieder Morgen, und die zwei fuhren mit dem Auto von Marios Vater zurück nach Saronno, durch schwarze Stoppelfelder und den morgendlichen Raureif, während alles rings um sie her kältestarr war, und Colnaghi, der rücklings am Fenster einigen Stunden Schlaf entgegensah, bevor er zur Messe ging, hätte gern eine Möglichkeit gefunden, um diese, seine Gegend, diese seine Zeit und dieses Leben zu umarmen.

Was er jedoch nicht erkannt hatte, sein Freund Doni, der scharfsinnige Doni, hingegen knallhart vorhergesehen hatte, war, dass von all dem fröhlichen Chaos wohl nicht viel übrigbleiben würde. Es sollte im Handumdrehen von gegenseitigem Hass verschlungen oder bestenfalls von dem Mechanismus absorbiert werden, der ein allgemeines Idyll in eine dürftige, private Bitterkeit verwandelt: in Nostalgie.

Wie auch immer, kurz bevor die Arbeit zu seiner einzigen Beschäftigung wurde, geschah noch ein Letztes und vielleicht das Wichtigste.

Mario, der noch mitten in seiner komplizierten Liebesgeschichte steckte, hatte in Saronno drei Veranstaltungen zum Verhältnis zwischen Justiz und Christentum organisiert. Offiziell war dies ein Weg, um die Bürger an dieses Thema heranzuführen, doch eigentlich war sein Ziel immer dasselbe: sich im Ortsverband der Christdemokraten mehr Geltung zu verschaffen, um «die Partei radikal von innen zu erneuern», wie er es nannte.

Colnaghi nahm nur an der letzten Veranstaltung teil, im März 1972. Feltrinellis Tod lag noch nicht lange zurück, und er war für einige Tage aus Sardinien gekommen – er würde bis September dort bleiben, um dann endgültig zurückzukehren, braungebrannt, spindeldürr und mit einem nun leicht verwässerten lombardischen Akzent. Zwei Monate hatten genügt, um ihn dieser grausamen, nassen Kälte, die die Seele aufzehrte, zu entwöhnen. Doch der Bibliothekssaal, den Mario aufgetrieben hatte, war angenehm, ja geradezu wunderbar.

Die Rednerin hieß Maria Chiara Borghi, eine Professorin von etwa sechzig Jahren. Sie lehrte Theologie an der Universität Genua – wer weiß, wie Mario sie ausfindig gemacht hatte –, und einige Monate später sollte sie an einer Rückenmarkserkrankung sterben, die sie bereits an den Rollstuhl fesselte. Die Anwesenheit von nur fünf Personen schien sie weder zu verärgern noch zu enttäuschen, vielmehr zeigte sie sich etwas verstimmt über die Rede des Bürgermeisters, der erklärte, er wolle die große kulturelle Herausforderung annehmen, vor die Mario ihn mit dieser Veranstaltungsreihe gestellt habe.

Ihr Vortrag war kurz und kompliziert, etwas über den Begriff des Guten im Christentum und über das Verhältnis zwischen menschlicher und göttlicher Gerechtigkeit. Ein altes Männchen neben Colnaghi, das vielleicht in die Bibliothek geschlüpft war, um der Kälte zu entgehen, schlief mit dem Kinn tief auf der Brust ein. Hinterher war Mario untröstlich und entschuldigte sich unentwegt bei der Professorin. Sie lächelte nur und sagte, das sei alles halb so schlimm. Unversehens waren sie nur noch zu dritt in dem leeren Raum. Während Mario melancholisch die Stühle wegräumte, bot sich Colnaghi an, sie ins Hotel zurückzubringen: Sie war allein gekommen.

Als sie die Bibliothek verließen, wurde sie lebhafter und bestürmte ihn mit Fragen. Ach, Staatsanwalt sei er? Und wie ergehe es ihm in Cagliari? Und woran arbeite er gerade? Colnaghi antwortete liebenswürdig und etwas verwirrt. Als sie auf der Straße zum Bahnhof einen kleinen Platz überquerten – ein Kiesrondell mit ein paar Bäumen ringsumher –, bat sie um eine kleine Pause.

«Ist Ihnen denn nicht kalt?», fragte Colnaghi.

«Nein. Ich möchte mich ja nur kurz ausruhen», antwortete sie.

Colnaghi lenkte den Rollstuhl an den Rand des Platzes und setzte sich neben sie auf eine Bank. Eine Weile schwiegen sie. Das Gras unter den Bäumen war noch weiß vom Raureif, und vor ihnen durchzog ein Geflecht kahler Zweige den Himmel, so dass sie in einer optischen Täuschung fast das Dach des Hauses auf der anderen Straßenseite berührten.

Die Professorin nahm das Gespräch wieder auf.

«Hat Ihnen mein Vortrag gefallen?»

«Es war sehr interessant.»

«*Interessant*. Das klingt nach einer netten Art, um zu sagen, dass sie mir nicht zugehört haben», erwiderte sie lächelnd.

«Nein, glauben Sie mir, ich habe Ihnen gern zugehört. Natürlich kann ich nicht behaupten, alles verstanden zu haben … Ja, offen gestanden gab es sogar viele Stellen, an denen ich nicht folgen konnte. Ich bin mit dem Thema nicht sehr vertraut.»

«Du liebe Güte, Sie sind doch Staatsanwalt! Und Katholik obendrein. Eine ungefähre Vorstellung werden Sie davon doch wohl haben! Haben Sie sich nie gefragt, wie Sie sich mit Recht und Unrecht beschäftigen und dabei gleichzeitig an einen höheren Richter glauben können?»

«Nicht, dass ich wüsste.» Colnaghi hustete und ballte die Hände in den Manteltaschen. Wie konnte diese Frau in ihrer roten Jacke nur so regungslos dasitzen? «Ich glaube, ich bin bei *Gebt Cäsar, was des Cäsars ist,* stehengeblieben», sagte er vorsichtig. «Und was den Begriff der Gerechtigkeit angeht, wie er im Evangelium vorkommt, was soll ich sagen: Er scheint mir im Verhältnis zum Gesetz der Vergeltung und zum Gott des Alten Testaments ein großer Schritt nach vorn zu sein, allerdings ...»

«Unsinn», unterbrach sie ihn und ließ ihre rechte Hand ins Leere zurückfallen. «Der Gott der Bibel ist immer ein und derselbe, überall, und es gibt keine Stelle im Alten Testament, die nicht von demselben Geist erfüllt wäre: Gerechtigkeit ist Barmherzigkeit. *Tsedaqah*», sagte sie und ließ sich das Wort auf der Zunge zergehen. «Ein Begriff, für den wir keine exakte Übersetzung haben. Das Gesetz der Vergeltung ist nur die Übertreibung einiger strenger Aspekte, die wahrscheinlich im Zusammenhang mit älteren Stammestraditionen stehen. Erinnern Sie sich an Kain? Im Kainsmal steckt bereits die beachtliche Vorstellung von Schuld und Vergebung. Gott zeichnet ihn, damit er eben nicht das Böse erleidet, das er selbst angerichtet hat. Gleichwohl denkt er zur selben Zeit auch an Abel.»

«Darüber habe ich noch nicht nachgedacht», sagte Colnaghi nach einer Weile. «Doch der springende Punkt bleibt immer derselbe. Das Werk Gottes ist das eine, aber die menschliche Gerechtigkeit bleibt doch trotzdem mit dem Bild der Waage verbunden. Mit einem Gleichgewicht, das wiederhergestellt werden muss.»

«Nein, so ist das nicht. Sie missverstehen die Botschaft der Bibel, die Jesus vollenden soll. Die göttliche Gnade ist ein Bestandteil des Rechts und nicht nur ein privates Zugeständnis zwischen dem einzelnen Menschen und Gott. Denken Sie an die sogenannten *Richter* des gleichnamigen Buches. Statt um Figuren, die nur an die Rechtsordnung gebunden sind, handelt es sich vielmehr um Retter. Um Helden.»

«Und warum dann all dieses Blutvergießen? Warum all dieser Zorn?»

«Ja, gewiss. Der Gott des Alten Testaments ist voller Zorn – doch nicht nur. Aber er ist so, weil er voller Leidenschaft ist. Ihm liegt so viel am Menschen, dass er sich empört. Der alte Atheist und Kommunist Sartre hat einmal gesagt, der Mensch ist ein Wesen, dem gegenüber kein Wesen seine Unparteilichkeit behalten kann, nicht einmal Gott. Das hat er gut gesagt.» Sie lächelte. «Die göttliche Gerechtigkeit hat nichts Gleichgültiges, sie beschränkt sich nicht darauf, zu entschädigen oder das verübte Böse auszugleichen, sie will eine neue Ordnung schaffen. Sie gibt Liebe, und sie verlangt Liebe. *Tsedaqah*», wiederholte sie und trieb die Silben diesmal in die eisige Luft, so dass sie auseinanderstoben wie die Schirmchen eines Löwenzahns.

Colnaghi hörte zu. Plötzlich wehte ihm ein Windhauch einen uralten Geruch in die Nase, herb und intensiv – den Geruch seiner Winter, wenn er als Halbwüchsiger aus Don Lucianos Werkstatt gelaufen war und auf der Straße anhielt, um ein Stückchen Kastanienkuchen zu kaufen, oder er im Wirtshaus vorbeischaute, um heimlich den Freunden seines Vaters guten Tag zu sagen.

«Und was ist mit der Schuld?», fragte er.

«Die Schuld verschwindet nicht. Gott ist barmherzig, aber er ist nicht dumm. Er ist keine alte, allzu nachsichtige Tante, die immer wieder vergibt und immer wieder von ihrem bösen Neffen reingelegt wird. Die Bibel ist kein Roman. Schuld wird immer bestraft, allerdings mit einem anderen Ziel – mit einem gesellschaftlichen, nicht mit einem privaten.»

«Doch für den, der nicht an Gott glaubt und sich in die Lage versetzt sieht, mit den Gegebenheiten der Welt arbeiten zu müssen, wird all das zu einer recht unrealistischen These.»

«Nicht unbedingt. Vielleicht dient sie ja als Beispiel, dem man nacheifern sollte.»

«Möglich», stimmte Colnaghi zu. «Dieses Problem ist faszinierend, allerdings auch ziemlich abstrakt. Bei meiner Arbeit funktioniert das so nicht. Die Wiedergutmachung des Schadens ist eine allzu tief in uns allen verwurzelte Vorstellung. Sie ist doch auch sinnvoll, oder? Man fordert Strenge, fordert einen Ausgleich – über den Umstand hinaus, dass der Schuldige isoliert wird und keinen Schaden mehr anrichten kann.»

«Das ist ausgesprochen sinnvoll, ja.»

«Aber wozu soll es dann gut sein, sich Gerechtigkeit als Barmherzigkeit vorzustellen?»

«Ich habe es schon gesagt. Als ein Ideal.» Sie hustete. «Wir machen viele Fehler, Signor Colnaghi, deshalb brauchen wir einen Horizont, um sie zu bändigen und auszugleichen. Denken Sie nur an alles, was Sie als *richtig und gerecht* bezeichnen. Kann denn nur ein Urteil richtig und gerecht sein? Ein

Gesetz? Oder ist es nicht auch richtig, einem Menschen, der in Schwierigkeiten ist, zu helfen; die eigenen Freunde zu lieben; einem Bettler eine Münze zuzuwerfen, obwohl kein Gesetz das vorschreibt? Und ist es vielleicht richtig und gerecht, dass ich im Rollstuhl sitzen muss? Sie sehen, wie tiefgreifend dieser Begriff ist und wie wenig er sich durch unsere armseligen Antworten eingrenzen lässt. Wir schaffen Regeln, denen wir ständig neue Ausnahmen hinzufügen müssen, um zu verhindern, dass sie sich in ihr Gegenteil verwandeln: aus Leitlinien für unsere Tugend in Obsessionen, die unsere Freiheit beschädigen.»

Colnaghi war sich nicht sicher, ob er alles verstanden hatte, doch etwas in ihm bahnte sich seinen Weg. Fehler und Ausnahmen.

«Also geht es nicht darum, zu vergeben», sagte er.

«Es geht darum, zu vergeben, ohne das Grauen zu befürworten. Ein Mörder ist schuldig, und das Böse muss bestraft werden. Ich sage ja nicht, dass Ihre Arbeit auf falschen Grundsätzen basiert.» Sie lächelte. «Doch ohne Barmherzigkeit sind wir verloren.»

«Einverstanden», sagte Colnaghi. «Doch das sind, mit Verlaub, nichts als Worte. Wenn wir einen Mann vor uns haben, dem man alles geraubt hat, oder eine Frau, die vergewaltigt wurde, oder einen armen Teufel, den man übers Ohr gehauen hat, was können wir da sagen, was nicht nach hohlen Phrasen klingt? Und aus diesem Blickwinkel besteht auch immer die Gefahr, dass die anderen schuld sind. Der Dieb hatte eine schwere Kindheit. Sein Vater wiederum ist ein Opfer der Armut gewesen. Der Grundbesitzer ist ein Sklavenhalter, weil man ihm das so beigebracht hat. Und immer so weiter, bis hin zu Kain und Abel.»

«Genau.»

«Ein nie endender Kreislauf aus gegenseitigem Hass, in dem stets jeder einen guten Grund hat, mit dem er sein Gewissen entlasten kann.»

«Genau!», wiederholte sie.

«Na gut, aber wie kommen wir da raus?»

Wieder lächelte die Frau.

«Wissen Sie, was es in Wahrheit bedeutet, die andere Wange hinzuhalten?», fragte sie. «Viele sehen darin ein Beispiel für ein sich selbst genügendes Gutmenschentum. Andere eine Art gewaltfreien Widerstand. Nein, in Wahrheit ist Jesu Geste viel bedeutsamer. Selbst als es zulässig und sogar folgerichtig war, zu schlagen, so folgerichtig wie sonst gar nichts – gibst du mir eine Ohrfeige, dann gebe ich sie dir zurück –, hat er es nicht getan: um zu zeigen, dass ein anderes Leben möglich ist.» Sie sah ihn an. «Um auch den stutzig zu machen, der ihn geschlagen hat. Das bedeutet es, seine Feinde zu lieben. Entweder du beherzigst diese Mahnung wirklich, oder sie bleibt ein totes Wort.»

«Und wenn der, der dich geschlagen hat, es immer weiter tut?»

«Dieses Risiko muss man eingehen. In dem Fall verliert man alles. Doch es ist die einzige Möglichkeit, den Kreislauf des Hasses zu durchbrechen. Jedenfalls sehe ich keine andere.»

Colnaghi dachte darüber nach. Der Autoverkehr auf der Überführung vor ihnen hatte zugenommen. Der junge Staatsanwalt schaute zum Himmel, sein Blick fiel auf ein schwaches Laternenlicht. Wie eine vereiste Frucht sah es aus, blassorange.

«Gut», räumte er schließlich ein. «Doch was ist mit dem

Jüngsten Gericht? Gibt es denn nicht auch eine endgültige Vergeltung, mit der Gott die Übeltäter bestraft und sie in die Hölle schickt? Wird das Problem nicht immer nur weiter aufgeschoben, bis in alle Ewigkeit, bis in eine Zukunft, in der wir doch alle unseren Feind gepfählt sehen wollen?»

Die Frau seufzte. «Hier gehen die Meinungen auseinander», antwortete sie.

«Aber wie denken Sie darüber?»

«Ich? Ich hoffe, dass Dylan Thomas recht hat.»

«Wer?»

«Dylan Thomas. Der walisische Dichter. Es gibt ein wunderschönes Gedicht von ihm, das er seinem Sohn Llewelyn gewidmet hat und das mit den Worten endet: *And all your deeds and words, / Each truth, each lie, / Die in injudging love.*»

«Ich ... Ich verstehe kein Englisch», entschuldigte sich Colnaghi.

«Er sagt ungefähr: *Und all deine Taten und Worte, jede Wahrheit, jede Lüge, sterben in nicht richtender Liebe.*» Wieder lächelte sie ihn an. «Nie wieder Opfer und Henker. Kein erbarmungsloser Richter. Happy End für alle.»

Colnaghi runzelte die Brauen und dachte über das Gedicht nach. Sie schwiegen eine Weile und froren. Die Dunkelheit verschlang sie nun ganz, so dass ihnen plötzlich bewusst wurde, wie die Zeit vergangen war. Colnaghi begleitete die Frau zum Hotel und bedankte sich für ihr kleines Gespräch. Sie antwortete nicht, beschränkte sich auf ein letztes Lächeln und gab ihm einen Klaps auf die Wange, wie man es mit kleinen Kindern tut.

Am ersten März 44 läutete um zehn Uhr morgens die Glocke in der Fabrik von Saronno. Die Arbeiter hielten schlagartig inne. Ernesto versetzte der Drehbank einen Schlag mit der Hand und wandte sich um. Es war ein wunderbares Schauspiel: Keine einzige Schraube drehte sich, kein einziges Blech kreischte. Kein Bolzen rührte sich, und auch kein Schraubenschlüssel, um ihn festzuziehen. Nur ein paar Streikbrecher versuchten zaghaft, unter dem Geschrei und den wütenden Blicken ihrer Kollegen zu arbeiten. Nun sieh mal einer an, was wir erreichen können, dachte Ernesto. Was wir alle zusammen erreichen können, was für einen Schlag wir den Deutschen versetzen können.

Als er nach Hause kam, entriss er Giacomo den Armen seiner Frau, drückte ihn fest an sich und hob ihn hoch in die Luft, um ihn zum Lachen zu bringen. «Haste gesehn, was für'n toller Kerl dein Papa is'?», sagte er zu ihm. «Haste das gesehn, mein Süßer? Und das war noch nich' alles!»

Doch diesmal war die Reaktion entsetzlich. Die Nazis konfiszierten die Lebensmittelkarten der Streikenden, und zwei Tage später begannen sie im Ort und auf den Feldern mit Maschinenpistolen um sich zu schießen. Sie töteten einen Bauern vom Gehöft Beghé, an den Deichen der Lura. Sie erschossen ihn grundlos, eine verirrte Kugel. Dann erließen sie ein Radfahrverbot, und Ernesto musste eine Stunde früher aufstehen, um zur Arbeit zu kommen. Er ging zu Fuß im Dunkeln und stolperte in die Löcher auf dem unbefestigten Weg, bei jedem

Schritt ein Fluch. Sie begannen auch mit willkürlichen Verhaftungen. Die Soldaten kamen bis an die Zähne bewaffnet in die Fabrik und sagten Du, du und du – mitkommen. Die Leute hatten die Hosen voll, denn die verhafteten Arbeiter landeten nicht einfach für ein paar Tage in der Zelle und kehrten auch nicht, wie es schon vorgekommen war, mit einem blauen Auge oder einem abgebrochenen Zahn zurück. Man brachte sie nach Deutschland, und kein Mensch sah sie je wieder.

Roveda verringerte die Zahl der Treffen in der Bauernhütte und suchte nach einem sichereren Ort in der Nähe, da die Deutschen nun auch die Felder durchkämmten. Clerici, ein Barbesitzer vom Corso Italia, dessen Sohn von Anfang an in ihrer Gruppe aktiv war, schlug vor, die Treffen im Keller seines Lokals abzuhalten. Vorausgesetzt, sie seien vorsichtig, denn das Leben sei auch so schon beschissen genug, und eine Razzia zwischen den Kisten mit Wein und Spumador Classica hätte da gerade noch gefehlt.

In der Finsternis und der Kälte des Untergeschosses gab Egidio also die neuen Direktiven der Partei aus: Wir warten ab, wir streiken seltener. Proteste beruhigte er mit dem Argument, dass es nicht darum gehen könne, Leute zu verheizen. Die Kartoffelfresser hätten eine Stinkwut auf sie. Ihre Zeit würde schon noch kommen.

«Ach, übrigens», sagte er. «Wir sollten uns langsam mal Waffen besorgen. Ein bisschen mehr als meine beiden Pistolen und Paganis Messer. Doch darum kümmere ich mich.»

Ernesto lief es kalt den Rücken herunter, er sah zu dem Jungen neben sich, der die Hand gehoben hatte. «Ich kann aber nicht schießen», sagte der. «Keiner hier kann schießen.»

Roveda zuckte mit den Schultern. «Das kann man lernen, Genosse.»

Dann erinnerte er sie daran, dass schon viele in die Berge gegangen waren, in die Gegend von Verbano, zwischen den Seen. Sie lauerten den faschistischen Kampfverbänden auf, zerstörten die Pulvermagazine und Waffenlager und provozierten manchmal auch direkte Gefechte mit den Deutschen. Sie lebten im Dickicht. Und manchmal starben sie.

«Ich habe euch ja gesagt, dass wir kämpfen müssen», schloss er. «Wenn euch das nicht passt, haut ab. Das hier ist kein Spiel: Sie wollen Krieg, und wir liefern ihnen Krieg.»

So wurden sie zum Schießen in den Wald gebracht, in kleinen Gruppen und nur in Gebiete, die absolut sicher waren. Egidio erklärte allen, wie eine Pistole funktionierte, verteilte Munition und ließ sie auf einen Punkt zielen, den Pagani mit dem Messer in eine Baumrinde geschnitten hatte.

Als Ernesto an der Reihe war, schoss er mehrere Meter daneben. Er fürchtete sich schon davor, die Pistole auch nur in der Hand zu halten, und da war er nicht der einzige. Während sie warteten, bis sie dran waren, beobachteten sie sich verstohlen, als sähen sie sich zum ersten Mal und wollten gegenseitig prüfen, wie viel Mut sie hatten.

«Keine Sorge», wiederholte Roveda. «Wie gesagt: Schießen kann man lernen.»

Und sie lernten es. Auch Ernesto begann beim dritten Versuch zu verstehen, wie man zielte und den Rückstoß abfing. Ein guter Schütze wurde er trotzdem nicht, und er betete, dass er nie eine Waffe würde benutzen müssen. Die Vorstellung, jemanden zu verwunden, erfüllte ihn mit Angst. Auch bei einem Faschisten? Ja, vielleicht. Vielleicht auch bei einem Faschisten. Doch wenn dieser Faschist seine Frau verschleppt hätte? Wenn er seinen Sohn geschlagen hätte? Er umklammerte die Pistole fester und wog sie in der Hand. Wie schön wäre es doch, damit einen der Möchtegern-Bosse in der Fabrik zu bedrohen. Oh ja, das würde er liebend gern tun. Wie schön wäre es doch, sie endlich einmal Angst und Schwäche am eigenen Leib spüren zu lassen, ihnen eine Lektion zu erteilen.

Einmal kam er zu früh und traf auf Pagani, der reglos unter einer Robinie auf ihn wartete. Er rauchte mit gesenktem Blick, seine Miene noch erloschener als sonst. Ernesto hob grüßend die Hand, doch Pagani schaute kaum auf. Sie schwiegen eine Weile vor sich hin, und Ernesto sah sich in der Hoffnung um, dass die anderen bald kämen.

«Ich habe einen Bruder in Libyen», sagte Pagani schließlich.

«Ach ja?», sagte Ernesto erstaunt. Merkwürdig, dass er ein Gespräch begann.

«Ich weiß nicht mal, wo dieses Libyen überhaupt liegt», fuhr Pagani fort und warf seine Zigarette weg.

«In Afrika.»

«Ja, aber wo genau?»

Ernesto breitete die Arme aus. Dann sagte er: «Mein Bruder ist tot, glaube ich. Es sind keine Briefe mehr gekommen.»

«Und wo ist er?»

«In Russland.»

«Da soll es wirklich beschissen sein.»

«Er ist ja auch nicht wiedergekommen.»

Wieder schwiegen sie, dann zog Pagani sein Klappmesser heraus und warf es einige Male auf einen Baumstamm, wobei er sich ruckartig bewegte, als wollte er den Angriffen eines Feindes ausweichen. Er war geschickt und schnell.

«Hast du gesehen?», fragte er keuchend.

«Allerdings», sagte Ernesto.

«Das hat mir einer aus der Cisa-Fabrik beigebracht. Einer aus Apulien.» Er warf einen Blick auf das Blechtöpfchen, das an Ernestos Gürtel hing. «Was hast'n da drin?»

«Polenta. Wieso?», antwortete Ernesto in einem unwillkürlich härteren Ton, für den er sich sofort verfluchte: Für diesen Kerl war es ein Klacks, Hackfleisch aus ihm zu machen.

«Nur so», sagte er, und Ernesto sah ihn zum ersten Mal lächeln. Wer weiß, wenn sie öfter zusammen gewesen wären, hätten sie Freunde sein können.

Pagani zündete sich noch eine Zigarette an und hockte sich hin. Am Ende des Wegs tauchte jemand auf und bahnte sich einen Weg durch das Unterholz. Die zwei schreckten hoch, doch dann kamen die drei Pfiffe, die sie als Erkennungszeichen vereinbart hatten.

«He, Ernesto», sagte Pagani und hockte sich wieder hin. Er war wirklich gesprächig heute.

«Ja?»

«Also deiner Meinung nach – jetzt, ich meine ja nur – also deiner Meinung nach.»

«Hä? Was denn?»

«Ich meine, deiner Meinung nach, werden sie uns plattmachen?»

Ernesto versuchte, möglichst überzeugend zu lachen. «Ach, Quatsch!»

«Nicht?»

«Natürlich nicht. Wir sind ja nicht mal an der Front. Ich hab' Glück gehabt wegen meinem Bein, und du, weil … Warum haben sie dich eigentlich ausgemustert?»

Pagani zuckte mit den Schultern und statt zu antworten, sagte er: «Also du meinst, ich brauche mir keine Sorgen zu machen.»

«Nein, natürlich nicht, Giuàn, wieso diese Angst? Noch dazu bei dir.»

Pagani brabbelte etwas vor sich hin und warf erneut das Messer auf den Stamm. Er war so schnell, dass Ernesto nicht einmal sah, wie es losflog, sondern nur, wie die Klinge sich in den Baum bohrte, als wäre es Menschenfleisch. Einer der Jungen, die gerade gekommen waren, klatschte kurz Beifall. Pagani starrte ihn ausdruckslos an. Er zog das Messer heraus, wischte es mit seinem Hemdzipfel von beiden Seiten ab und steckte es wieder in die Tasche.

Dann sah er Ernesto an.

«Nein, es ist nur, mein Bruder, den würd' ich gerne noch mal wiedersehen, irgendwann», sagte er.

Inzwischen flogen die Amerikaner immer häufiger Bombenangriffe. Jeden zweiten Abend gab es Fliegeralarm, und die Leute auf der Straße stoben sich den Kopf schützend davon, verkrochen sich in ihren Häusern oder suchten im erstbesten Hauseingang Zuflucht. Doch manchmal nahm Ernesto Lucia heimlich mit auf den Kirchplatz, wo sie den von Blitzen durchzogenen Himmel betrachteten und zwischen den frostigen Sternen das Licht eines Flugzeugs erspähten: eine Weite, die während der Ausgangssperre noch unermesslicher wirkte. «Junge, Junge, schön isses», sagte er. «Die Leute haben Schiss, dabei helfen die uns doch.»

Lucia drängte sich an ihn und schaute sich um, nach rechts, nach links, nach hinten. «Verrückt biste, Ernesto. Mit'm Klammerbeutel gepudert biste.»

«Gefällt's dir etwa nicht?»

«Weiß nich'», sagte sie und wurde rot. «Du machst mir Angst.»

«Aber Süße, brauchst doch keine Angst zu haben.»

«Und was, wenn uns die Wachen anhalten?»

Ernesto lachte auf. «Wir sind doch bloß ein Liebespaar, das in die Sterne kuckt. Zum Teufel mit denen!» Sie umarmte ihn noch fester – und dann endlich ein Lächeln. Ernesto fing es auf und fuhr fort: «Wirst seh'n, gleich wenn der Krieg vorbei is', hau'n wir ab und geh'n nach Mailand, auf jeden Fall. Weg hier, weg von dieser Landplage von deinem Vater, weg von allem.»

«Aber wenn sie nun alles kaputtmachen ...»

«Dann erst recht! Man kann alles wieder aufbauen. Die Fabriken werden auch dort wieder aufmachen, meinst du nicht? Und du wirst Modistin, anstatt bei Gilda irgendwelche Fetzen zusammenzunähen.»

«Au, ja», flüsterte Lucia. «Im Atelier Covelli am Corso Indipendenza. Das müsstest du mal sehen, einfach herrlich!»

«Und abends gehen wir in der Galleria einen Campari trinken.»

«Und wir nehmen uns eine Signora, die auf die Kinder aufpasst.»

«Und wo wir wohnen, wird es nicht nach Kühen stinken.»

«Und wir werden glücklich sein.»

Ernesto knüpfte zwischen seinen Fingern einen kleinen Knoten aus blonden Haaren und führte ihn an seine Lippen. Wieder explodierte ein Licht am Himmel.

«Bestimmt», sagte er. «Die Allerglücklichsten.»

12

DURCH DAS AUTOFENSTER drang ein Duft wie von Kakao. Spärliche Grasflächen liefen unter dem plötzlich weit gewordenen Himmel auf den Horizont zu. Hier und da vereinzelt ein Bauernhaus, ein verfallenes Gehöft, ein Autobahnschild, das Ausfahrten mit unbekannten Namen anzeigte. Über dem hitzeschwadenbedeckten Asphalt sah Colnaghi vor sich weiße und taubengraue Wolken hängen, die, reglos und riesig, die halbe Landschaft einnahmen.

«Wie weit ist es noch?», fragte Daniele.

«Nein, nicht schon wieder!», sagte Colnaghi in den Rückspiegel. «Wir sind doch gerade erst losgefahren.»

Eine halbe Stunde später, kurz nach dem Anschluss Tortona, wurde dem Jungen schlecht. Sie hielten auf einem Rastplatz, und er erbrach das Frühstück, während Mirella ihm die Stirn hielt. Angesichts dieses überempfindlichen Sohnes spürte Colnaghi nicht die Liebe, die er gern empfunden hätte. Und wie so oft hatte er deswegen ein schlechtes Gewissen.

Sie brauchten noch eine Brechreiz-Pause, bevor sich das Meer vor ihnen auftat, plötzlich wie ausgeschnitten nach der Ausfahrt Ventimiglia, ein unerwartetes Geschenk. Die Wolken waren so gut wie verschwunden, und unter dem senkrechten Licht der Mittagssonne glitzerte das Wasser stellenweise auf. Vereinzelte Wellen kräuselten sich und zersplitterten die dunkle Temperafläche.

Sie stiegen aus. Colnaghi war müde und gereizt von der Hitze und von unersprießlichen Gedanken. Er lud das Gepäck aus und nahm Mirellas Hand. Sie war verschwitzt und weich. Er zwang sich, sie bis zum Hotel festzuhalten, dann ließ er sie los und ging ins Badezimmer. Beim Mittagessen flippte Giovanni aus. Er weinte in einem fort, bis er nach Luft japste, und fing an, mit dem Kopf gegen den Tisch zu schlagen. Mirella brachte ihn aufs Zimmer und kam zurück, nachdem sie ihn beruhigt hatte. Er schlafe jetzt. «Er war nur völlig übermüdet», sagte sie. «Der arme Kleine, für ihn ist das immerhin eine lange Fahrt, das muss man einsehen.»

Beim Kaffee plauderten sie mit dem Hotelchef, einem alten Toskaner, der vor vielen Jahren nach Ligurien gezogen war. Mirella fragte, wo ihr Sonnenschirm stehe, dann gingen sie zum Strand. Colnaghi hatte nicht einmal eine Badehose dabei, doch Mirella überredete ihn, sich eine am Kiosk zu kaufen (dort gab es welche, albern und bunt, neben Zeitungen und Zigaretten unterm Ladentisch).

Unter dem Sonnenschirm versuchte er, sich zu entspannen, schaute in den Himmel und malte mit seinem rechten großen Zeh kleiner werdende Kringel in den Sand.

«Ach, die Rivas sind ja auch da», sagte Mirella und schob die Sonnenbrille auf ihrer Nase ein Stückchen herunter. Colnaghi spähte in dieselbe Richtung wie seine Frau: ein dicker Mann mit einem grünen Hut und eine blonde Frau mit dem Rücken zu ihnen. Zwischen den beiden spielte ein kleines Mädchen friedlich im Sand.

«Ja, und?»

«Die sind einfach unausstehlich. Bestimmt kommen sie an und wollen, dass ich mir einen Platz in ihrer Nähe suche, oder dass wir mit den Kindern gemeinsame Ausflüge machen.»

«Na, wunderbar. Aber bitte: Wer, zum Kuckuck, sind die eigentlich?»

Mirella schnaufte und verschanzte sich wieder hinter ihrer Sonnenbrille. «Heute bist du wirklich nicht zum Aushalten.»

«Ich? Aber ich bin doch der netteste Mensch der Welt!»

«Ihre Tochter ist so alt wie Daniele. Er ist Unternehmer in Ceriano Laghetto. Seine Frau ist Holzschnitzerin, kommt aus Bozen oder sonst woher und hat einen deutschen oder österreichischen Namen. Heller, Haller, Huller – irgendwas in der Art. Sie behauptet, Künstlerin zu sein.»

«Aha.»

«Sie schnitzt Madonnen und Zwerge und andere kleine Figuren. Wie die, die deine Schwester sich letztes Jahr aus Cortina mitgebracht hat, erinnerst du dich?»

«Aber sicher. Du hast dich einen Monat lang beklagt, dass sie in den Skiurlaub gefahren ist und wir nicht.»

«Das ist doch jetzt egal! Was ich sagen will, ist: Hältst du das für Kunst?»

«Keine Ahnung. Davon verstehe ich nichts. Und da das nun geklärt ist, vertrete ich mir mal ein bisschen die Beine am Wasser.»

Mirella schüttelte den Kopf. Colnaghi küsste sie aufs Haar und zwickte sie leicht neben dem Träger ihres Badeanzugs.

Am Wasser dachte Colnaghi an seine Zeit auf Sardinien zurück. Wenn die Frühstücksbars noch geschlossen hatten, war er damals immer zum Hafen gegangen, er, der als eingefleischter Frühaufsteher diesen Schlendrian nicht leiden konnte. Er spazierte jeden Morgen bis ans Ende der Mole und schaute vergeblich zum Horizont: Er begriff einfach nicht, was die Leute so Besonderes am Meer fanden. Vor seinem Umzug hatte er es erst zweimal gesehen – in seiner Kindheit waren die Läufe auf die Felder seine einzigen Ferien gewesen –, und nun, da er es täglich vor Augen hatte, war es eine Enttäuschung. Wasser, nichts als Wasser. Also kehrte er um und machte sich daran, absonderliche Fälle zu bearbeiten, Morde aus Leidenschaft und Streitereien zwischen Hirten. Trost fand er nur in den Trattorien und in der einen oder anderen Fahrt ins Innere der Insel, in Begleitung eines Kollegen, der sich unbedingt mit ihm anfreunden wollte.

Er überwand sein natürliches Widerstreben und tauchte die Füße in das seichte Wasser. Die Kälte belebte ihn. Er spürte den duftenden Wind auf seinem Gesicht, der Müdigkeit und Gereiztheit verwehte. Vor ihm lag eine Insel einsam im tiefsten Blau, und weiter hinten das Profil eines Schiffes.

«Papa», schrie Daniele.

Colnaghi drehte sich um. Der Junge lief mit einem Ball in der Hand auf ihn zu. Er war zu dünn, zu blass, und der Ball war zu groß. An diesem Bild war etwas ganz und gar falsch.

«Keiner von meinen Freunden aus dem letzten Jahr ist da», klagte er.

«Vielleicht machen sie ja nur einen Ausflug hier in der Gegend. Sie kommen schon noch, du wirst sehen.»

«Und wenn sie nicht kommen?»

«Ach was! Und falls doch nicht, kannst du dir ja jederzeit neue suchen, oder?»

«Ich weiß nicht», sagte er. «Das ist ja nicht dasselbe.»

«Da hast du auch wieder recht.» Colnaghi lächelte. «Na, komm, ich halte mal ein paar Elfmeter von dir. Hast du Lust?»

Daniele zuckte mit den Schultern und pflanzte den Ball in den Sand. Colnaghi verschob ihn um einige Meter, damit sie ein Rentnerpaar nicht störten, das dort in der Sonne lag. Ein Stück weiter machte er zwei Sandhäufchen und baute sich in dem provisorischen Tor auf. Er breitete die Arme aus, um es zu versperren, dann setzte er sich auf die Fersen und schwankte nach rechts und links.

«Na, los!», rief er.

«Beccalossi!», schrie Daniele und stürmte los zum ersten Schuss.

Vor Sonnenuntergang vertrieb sich Colnaghi die Zeit im Aufenthaltsraum des Hotels und verlor vier Patiencen in Folge. Irgendwann fiel ihm ein Dutzend Tische von ihm entfernt ein stämmiger Mann auf, der in einem Kunstledersessel versunken war. Durch sein verschwitztes weißes Hemd schimmerte das Unterhemd. Unaufhörlich trocknete er sich die Stirn mit einem Taschentuch, doch kurios war etwas anderes: Ungefähr einmal pro Minute zog er eine 50-Lire-Münze aus der Tasche und warf sie auf ein großes Glas Wasser vor sich. Er traf es prompt, und das Glas war vom Metall schon zur Hälfte schwarz. Als sich ihre Blicke kreuzten, erkannte Colnaghi Signor Riva, den er zuvor am Strand gesehen hatte. Riva stand mit einem Lächeln auf, kam auf ihn zu und begrüßte ihn.

«Sie sind doch Dottor Colnaghi, nicht?»

«Der bin ich.»

«Wir sind uns schon letztes Jahr begegnet. Erinnern Sie sich?»

Colnaghi legte erstaunt die Stirn in Falten. «Natürlich», log er und drückte Rivas Hand.

«Doch Sie bleiben immer nur für einen Nachmittag. Sie setzen Ihre Frau und die Kinder hier ab, und dann verschwinden Sie.» Er zwinkerte ihm mit einem Auge zu. Colnaghi stellte sich ahnungslos. «Machen Sie denn niemals Urlaub?»

«Nicht um diese Zeit.»

«Schade, schade.» Riva lächelte erneut. «Hören Sie, bis zum Abendessen ist noch eine Stunde Zeit. Hätten Sie Lust auf einen kleinen Spaziergang?»

«Tja, ich weiß nicht. Meine Frau ...»

«Nur ein paar Schritte. Haben Sie schon die kleine, runde Kirche hier ganz in der Nähe gesehen? Nein, nicht wahr? Es lohnt sich, glauben Sie mir.»

Colnaghi versuchte, eine Ablehnung anzudeuten, doch Riva ließ nicht locker. So gab er schließlich nach. Zusammen gingen sie durch den winzigen Dorfkern – eine enge Gasse, in der sich kleine Läden mit Krimskrams drängten, drei duftende Bäckereien mit Focaccia und Farinata, ein weiterer Kiosk, der Sandschippchen und Eimerchen verkaufte, und einige alte Frauen, die brabbelnd vor der Tür saßen. Ab und an lief ihnen eine Katze über den Weg. Als sie das Zentrum hinter sich gelassen hatten, gingen sie am Rathaus vorbei eine kleine Straße hinauf, während der Duft nach Meer und Sand in der Abendluft verklang.

Riva redete wie ein Wasserfall. In losen Zusammenhängen erzählte er ihm seine Lebensgeschichte. Mit dem Darlehen eines Cousins aus Venetien hatte er eine kleine Schuhfabrik gegründet, aus der im Laufe der Jahre eine große Fabrik geworden war; seine Mutter war die erste Schulleiterin des ersten naturwissenschaftlichen Gymnasiums der Region gewesen; während seines Militärdienstes in Pordenone hatte man versehentlich auf ihn geschossen und ihn mit einem Streifschuss am Ohr verletzt (er zeigte ihm, wo ein Stück fehlte); und seit Jahren kämpfte er mit Diabetes. Dann kam er auf die Sorgen der Gegenwart zu sprechen. Es waren keine rosigen Zeiten für einen Unternehmer. Ja, gut, er hatte ein schönes Auto und ein schönes Haus, aber was hatte ihn bloß geritten, das alles auf sich zu nehmen? Waren seine Angestellten nicht viel glücklicher dran, die Punkt sechs ihre Karte abstempelten, sich die Beize von den Händen wuschen und nach Hause gingen? Und wieso musste seine Frau ihn jedes Jahr für eine Woche partout in diese Billigherberge schleifen, anstatt eine richtige Reise nach seinem Geschmack mit ihm zu unternehmen, nach Griechenland oder nach Spanien? An diesem Punkt war sich Colnaghi sicher, dass er ihn nicht ausstehen konnte.

«Sie sind Staatsanwalt, stimmt's?», fragte der immer noch schwitzende Riva.

«Ja.»

«Auch so ein feiner Job, was?»

«Mir gefällt er.»

«Ja, ja, natürlich!», pflichtete Riva hastig bei. «So meinte ich das nicht. Allerdings ist es bestimmt nicht leicht, den ganzen Tag mit Durchgeknallten und Mördern zu tun zu haben, oder? Ach, da sind wir ja. Sehen Sie mal.»

Vor ihnen, am Ende der Straße, stand ein vollkommen rundes Bauwerk aus grauem Stein. Es sah aus wie ein Sarazenenturm, war jedoch zu niedrig, um als Ausguck zu dienen. Als sie eintraten, standen sie vor einer merkwürdigen, kreisrunden Kapelle. Das Licht brach mühsam von oben herein, zerstäubte körnig und verlor rings um den Altar an Glanz. Colnaghi stellte sich die Gottesdienste der Fischer in der Eiseskälte der Winter in früheren Zeiten vor.

Sie bekreuzigten sich, und erstaunt sah er mit an, wie Riva in der zweiten der vier Bankreihen niederkniete. Dabei machte er viel Lärm und verzog das Gesicht, dann schloss er die Augen und begann zu beten. Colnaghi entfernte sich respektvoll. Auch er schloss die Augen, und mit weniger Überzeugung als sonst betete er ein Vaterunser herunter, dann betrachtete er die Reste eines hässlichen, von der Zeit fast ausgelöschten Freskos – eine Geburt Christi. Mit einer Hand fuhr er zu den plumpen Gesichtszügen Marias, die den Heiligen Drei Königen ein unförmiges Jesuskind darbot, und hörte hinter sich plötzlich ein Schluchzen.

Er drehte sich um, und obwohl es ihm unwahrscheinlich vorkam, schien Riva zu weinen. Er vergrub sein Gesicht in den Händen und seufzte von Zeit zu Zeit, wofür er seine leise Litanei aneinandergereihter Worte unterbrach, so wie es sonst Colnaghis Mutter und die alten Frauen aus dem Dorf taten.

Da Colnaghi nicht wusste, wie er sich verhalten sollte, verließ er die Kirche. Wieder umfing ihn die Hitze, dazu das Zirpen der Grillen. Er ging ein paar Schritte und betrachtete die hässliche Fabrik am Hafeneingang und danach den Halbkreis der Bucht, das ins Meer gebröckelte Vorgebirge zu seiner Rechten und das lilafarbene Abendlicht. Plötzlich überkam ihn wieder seine gewohnte Dankbarkeit dem Leben und der Natur gegenüber. Alles andere trat in den Hintergrund. Alles: die Sünden, die Unschlüssigkeiten, das Gerede, Mirella, die zwinkernd zu ihm sagen würde: *Na, hat dich der Riva doch erwischt!*, der Arbeitsstress, die Angst, die Sorge, nicht all die Liebe geben zu können, die in seiner Verantwortung lag. Er atmete tief durch und streckte sich.

Am nächsten Morgen wachte er gegen neun Uhr auf. Er hatte leichte Magenschmerzen, und in seiner rechten Schläfe pochte es. Daniele war schon in den Aufenthaltsraum hinuntergegangen, um fernzusehen, und Mirella wechselte gerade Giovannis Windel.

Er ging duschen und trocknete sich mit einem groben Baumwolltuch ab. Es roch leicht nach Essig, hatte ein Loch und auch einen Fleck, der beim Waschen nicht rausgegangen war. Als er aus dem Bad kam, fand er ein sauberes Hemd auf seinem Bett. Während er die Manschettenknöpfe anlegte, betrachtete er im hohen Spiegel des Hotelzimmers seinen schlanken, jugendlichen Körper und sein schnell gealtertes Gesicht. Dieser Gegensatz verstörte ihn. Mirella lächelte ihn im Spiegelbild an und kam auf ihn zu. Unter den Blicken des im Bett sitzenden Giovanni umarmte sie ihn sanft.

«Ach, bitte», sagte sie.

«Was denn?», fragte Colnaghi und putzte sich mit seinem Hemdzipfel die Brille.

«Na, überhaupt. Ich bitte dich um alles. Iss, mach mir keine Sorgen und hab eine Auge auf deine Mutter.»

«Sie ist wohl diejenige, die ein Auge auf mich haben wird. Und für die Rückfahrt kommt dann also dein Bruder vorbei?»

«Ja, Ende des Monats muss er dienstlich auf einen Sprung nach Alassio. Er sagt, es sei kein Problem, genug Platz im Auto gibt es ja. Und du kannst dir eine weitere einsame Fahrt ersparen.»

«Aber es sind doch bloß zwei Stunden.»

«Ich weiß, doch du hast ja immer so viel zu tun.»

«Stimmt. Und so habe ich auch ein bisschen Urlaub, was?»

Sie umarmte ihn noch etwas fester. Colnaghi strich ihr linkisch übers Haar, dann wandte er sich um und küsste sie auf die Stirn. Sie lächelte.

«Es gefällt mir nicht, dass ich dich jetzt zwanzig Tage nicht sehe.»

«Mir geht's genauso, doch die sind schnell vorbei.»

Giovanni sah ihnen noch immer von seinem Bettchen aus mit ausdrucksloser Miene zu. Colnaghi bemerkte es, nahm ihn auf den Arm und bohrte seine Nase in die rechte Wange des Kleinen. Er wirbelte ihn durch die Luft und freute sich über sein glucksendes Lachen.

«Na schön», sagte er und umarmte seine Frau diesmal richtig. «Dann fahre ich jetzt in die schnöde Lombardei zurück.»

Sie lächelte und nickte.

«Ich hab dich lieb, Giacomo Colnaghi.»

«Ich dich auch, Mirella Legnani.»

Das Radio im Aufenthaltsraum spielte *E invece no* von Bennato. Colnaghi hörte, wie die letzten Akkorde abgewürgt wurden, weil der Besitzer auf der Suche nach Fußballnachrichten von einem noch neuen Transfermarkt den Sender wechselte. Colnaghi ging zu Daniele. In einem Mief von Zigaretten und alter Kleidung starrte sein Sohn auf einen großen Bildschirm, auf dem ein Roboter mit wütenden gelben Augen und mit einem Kopf in Form eines Flugzeugrumpfes gegen ein paar Monster kämpfte.

«Sei schön lieb, ja?», sagte er.

Daniele nickte wortlos. Die Fäuste des Roboters hatten sich von seinen Armen gelöst und wie Geschosse den Bauch von drei Feinden hintereinander durchlöchert.

«Dani?»

«Papa, lass mich! Ich sehe gerade *Steel Jeeg*!»

Colnaghi sagte nichts mehr und betrachtete seinen Sohn. Der schien hochkonzentriert zu sein. Dann lächelte er, gab ihm einen Kuss auf die Haare und verwuschelte sie ihm mit der Hand.

13

«DU BIST IMMER NOCH HIER?»

Colnaghi fuhr herum und hob instinktiv die Arme, um sich zu schützen. Die Finger seiner rechten Hand krallten sich zu fest um den Zettel, und für einen Moment glaubte er, ihn zerrissen zu haben. Mit den Händen auf dem Rücken sah Don Luciano ihn neugierig an.

«Hast du mich vielleicht erschreckt!», sagte Colnaghi und strich sich die Haare glatt.

«Nerven wie Drahtseile, was?»

«Na, da möchte ich dich mal sehen.»

Don Luciano lachte leise auf. «Na, jedenfalls wollte ich dich nicht stören.»

«Schon gut.» Colnaghi steckte den Zettel wieder in seine Brieftasche – er war nicht zerrissen, Gott sei Dank – und warf einen letzten Blick auf das Grab seines Vaters. «Ich bin hier fertig», sagte er.

Sie schlenderten wortlos zurück. Als sie den Friedhof hinter sich hatten, gähnte Don Luciano und schaute zum Himmel: schwarze, dahinjagende Wolken und eine spannungsgeladene Luft, wie sie einem Sommergewitter vorangeht. Vor einigen Jahren war er nach Saronno zurückgekehrt, in ein ländliches Pfarrhaus, nachdem er sein Amt in drei verschiedenen bergamaskischen Dörfern ausgeübt hatte. Zusammen mit einem jüngeren Priester hatte er begonnen, in der Gegend von Cogliate ein Zentrum für Drogenabhängige zu betreuen. Colnaghi war froh, dass er ihn wieder in seiner Nähe hatte.

Eine Windbö fuhr über den Platz. Die beiden sahen sich an wie zwei Männer, die ein Gespräch beginnen sollen, doch nicht wissen, wie. Warten auf Floskeln, die das Schweigen brechen konnten.

«Ich habe Bauchschmerzen», sagte der Priester schließlich und kratzte sich seinen dicken Wanst. «Das wird der Wind sein.»

«Der Wind? Don, wir haben fünfunddreißig Grad.»

«Tja, was soll ich sagen.»

«Trägst du denn keine Bauchbinde?»

«Zum Henker mit dir und deiner Bauchbinde!»

Colnaghi lachte. «Ich dachte, Priester dürfen nicht fluchen.»

«Priester sind nur Gott verpflichtet.»

«Jaja, alles klar. Was hattest du denn auf dem Friedhof zu suchen? Habe ich ein Begräbnis verpasst?»

«Eine Privatsache. Auch ich habe meine Toten.»

Colnaghi nickte.

«Wie geht's, wie steht's?», fuhr Don Luciano fort.

«Ganz gut. Ich bin gerade zurück aus Ligurien, ich habe meine Frau und die Kinder ans Meer gebracht.»

«Schön. Und in Mailand?»

«Alles beim Alten. Ich arbeite so vor mich hin. Und nachts träume ich einen Haufen Zeugs.»

«Ach ja?»

«Soll ich dir einen Traum erzählen?»

«Ich bin Priester, kein Psychologe.»

«Manchmal träume ich von meiner Schwester», redete Colnaghi unbeirrt weiter. «Doch nie hat sie ihr eigenes Gesicht. Immer ist etwas merkwürdig an ihr – manchmal ist sie blond, manchmal zu groß, und manchmal hat sie einen Riss im Gesicht. Was sagst du dazu?»

«Was soll ich schon sagen? Iss leichtere Kost.»

Wieder lachte Colnaghi. Sie gingen auf den Stadtrand zu und bogen hinter dem Gemeindezentrum Regina Pacis in einen Weg ein, der sie in ein Robiniendickicht führte. Sie mussten sich bücken, um den dichtesten und niedrigsten Ästen auszuweichen, und kamen an ein Maisfeld, das von einigen Büscheln wildem Getreide umsäumt war. Die Sonne stach auf die Pflanzen ein. Viele Maiskolben hatten sich schon geöffnet, und aus den gesprengten Hüllen ragten grellgelb die Körner hervor.

«Nun sieh dir das an», sagte Colnaghi.

«Wirklich schön, der Mais.»

«Dieses Jahr wächst er, dass es eine Freude ist.»

Sie blieben eine Weile stehen und betrachteten die Felder. Die Wolken zogen immer noch rasch heran, in Sekundenschnelle verfinsterte sich der Himmel. Ein Donnerschlag zerriss die Stille.

«Da braut sich mächtig was zusammen», sagte der Priester mit einem Blick nach oben.

«Und wir haben nicht mal einen Schirm dabei.»

«Besser, wir gehen zurück. Bist du zu Fuß hier?»

«Ja.»

«Ich auch.»

«Wir sind schon zwei alte Füchse», kommentierte Colnaghi.

Sie beschleunigten ihren Schritt, als der Wind auffrischte, und die ersten Tropfen trafen sie, als sie noch weit vom Stadtzentrum entfernt waren. Sie suchten unter einer Dachrinne Schutz. Das Gewitter wurde heftiger, der Regen prasselte auf den Asphalt und setzte einen modrigen Geruch frei, ein Blitz spaltete den Himmel. Nun wurde es kalt, doch keinen der beiden schien das zu kümmern. Colnaghi putzte seine regennasse Brille mit dem Hemdzipfel.

«Und wie geht es Lucia?», erkundigte sich Don Luciano. «Ich hab sie schon eine Weile nicht mehr gesehen.»

«Gut, denke ich.» Colnaghi zuckte mit den Schultern. «Sie strickt immer noch Pullover.»

«Du kümmerst dich doch um sie, ja?»

«Aber natürlich, Don. Was denkst du denn.»

«Sie hat wirklich viel durchgemacht, die Arme. Und du kommst oft deinen lieben Vater besuchen, nicht?»

«Sooft ich kann», antwortete er.

«Recht so, mein Sohn. Von allen Kindern, die ich betreut habe, warst du immer das aufgeweckteste.» Er sah ihn lächelnd an. «Und dabei hast du auch viel durchgemacht, was?»

Colnaghi zuckte erneut mit den Schultern. Er hatte keine Lust auf solche Reden. Er dachte unvermittelt an den Friedhof, auf dem sie gerade gewesen waren, und überlegte, was den Menschen durch das möglich war, was andere Menschen gewesen waren, egal, ob gut oder schlecht: Sie konnten das schreckliche Schicksal vermeiden, durch das sich jeder Gewinn und jeder Verlust letztlich auf null reduzierte.

Hinter ihnen öffnete sich ein Fenster. Ein altes Weiblein steckte den Kopf heraus und rief: «Monsignore, was wollnse denn da draußen im Kalten! Kommse doch rein!»

«Danke, Michelina», antwortete er. «Aber es hört ja gleich auf, und wir müssen weiter, ins Zentrum.»

«Augenblick, ich frag mal mein' Mann, ob der Sie nich hinbringen kann. Er hat den Lieferwagen hier für nix rumsteh'n, so kriegt er wenigstens mal 'n bisschen Bewegung.»

«Nur keine Umstände», mischte Colnaghi sich ein, doch

Don Luciano stieß ihn in die Seite. «Wenn eine geplagte Seele helfen will», flüsterte er, «warum ihr das abschlagen?»

Colnaghi schaute zum Himmel. Ein Donnerschlag ließ ihn zusammenzucken.

Als das Unwetter vorbei war, setzte Michelinas Mann sie an der Kirche San Francesco ab. Colnaghi spazierte vergnügt durch die glänzenden Pfützen, grüßte einige Bekannte, die wie er vom Regen überrascht worden waren, und sog genüsslich die klare Luft ein. Er kam an Marios Buchladen vorbei und sah ihn hinter dem Schaufenster, wie jeden Sonntag damit beschäftigt, Bücher zu sortieren, die er später wieder in Unordnung bringen würde.

Die Türglocke klingelte.

«Na, wen haben wir denn da», sagte Mario und schaute auf.

«Sag mal, bist du immer hier? Hast du kein Zuhause?»

«Das hier ist mein Zuhause.»

Colnaghi knöpfte sich den Hemdkragen auf.

«Hier drin ist ja eine Mordshitze. Du solltest dir einen Ventilator anschaffen.»

«Es hat doch gerade geregnet.»

«Ja, aber *draußen*. Frische Luft kommt nicht durch die Wände.»

Mario klappte das Buch zu, in dem er gerade las, und stützte sein Gesicht in die Hand. «Hast du sonst noch was auf Lager, oder bist du nur deswegen gekommen?»

«Das ist ein reiner Höflichkeitsbesuch.»

«Wenn das so ist, kann ich dir bei der Gelegenheit ja was geben.»

Er nahm ihn mit nach hinten. Marios Buchhandlung barg

noch einen kleinen Raum, sein *Allerheiligstes*: Dort gab es antiquarische Bücher, eine Schreibtischlampe aus Zinn, einen Aschenbecher aus grünem Marmor und eine Olivetti Lettera 22 mit Plastikhaube. Unter dem Tisch kroch ein weißer Hund hervor.

«Schwänzelfiffi!», sagte Colnaghi.

Der Hund kam unbeholfen zu ihm und leckte ihm die Hände. «Du bist ja ganz dünn! Gibt dir dein Herrchen denn genug zu fressen, oder musst du draußen betteln gehen?»

«Dieses Viech hatte dich schon immer gern», sagte Mario.

«Weil du es schlecht behandelst. Sieh dir bloß mal sein stumpfes Fell an.»

Mario schnaufte. Aus einem Stapel neu gebundener Bücher zog er einen Einaudi-Band mit einem Kratzer am Rand hervor. Auf dem Umschlag war im Profil ein Mann in Robe und schwarzem Barett abgebildet, eingefasst von einem doppelten Rahmen in Zitronengelb und Dunkelviolett. Er trug den Titel *Tagebuch eines Richters*.

«Dante Troisi», las Colnaghi und ließ die Seiten unter seinem Daumen rauschen.

«Das ist ein schönes Buch. Ich wollte es dir schon lange mal schenken.»

«Danke.»

«Nicht, dass es genauso endet wie mein Bernanos, hörst du.»

«Nein, nein. Vielen Dank.»

«Ach, wo du schon mal da bist», fuhr Mario fort.

«Ja?»

«Du weißt doch, dass ich vorhabe, einen Misstrauensantrag gegen Ettore Renoldi zu stellen, nicht?»

Colnaghi hob den Kopf. «Natürlich nicht.»

«Pass auf. Ettore will im Gemeindeausschuss einen rechten Rand etablieren.»

«Mario, warte mal …»

«Und er muss überstimmt werden. Bei der letzten Versammlung habe ich mit meinen Leuten darüber gesprochen, und dies könnte eine wunderbare Gelegenheit sein, ihn uns vom Hals zu schaffen. Ich habe schon ein paar Leute zusammengetrommelt, die mit von der Partie sind. Luciano zum Beispiel, Lucianone.»

«Luciano Pini?»

«Genau den.»

«Luciano Pini, den Sohn des Friseurs, der Buchhalter bei Lazzaroni ist? Der, der an der Uni erzählte, dass er das Geheimrezept für einen Likör kennt, der besser ist als Campari, und schon ein Etikett dafür entworfen hatte, auf dem stand: *Mit Pini im Glas – nie Kummer, nur Spaß*?»

«Hör doch mal …»

«Luciano Pini, der, zugegeben, über ein phänomenales Repertoire an Witzen verfügt, aber in seinem ganzen Leben noch keine Zeitung aufgeschlagen hat? Den Luciano Pini?»

«Hör mal, ich bitte dich doch bloß um einen Gefallen.»

«Mich.»

«Ja, dich. Wenn du dich endlich mal entschließen könntest, in die Partei einzutreten, hätte ich einen bedeutenden Namen an meiner Seite.»

«Jetzt bin ich also ein ‹bedeutender Name›.»

«Na klar bist du das! Du stehst in der Zeitung, bist ein Staatsanwalt, der sich mit Terrorismus befasst, die Leute in der Stadt kennen und schätzen dich. Weißt du, was das heißt? Frischer Wind für den ganzen Ortsverband. Wie wir es uns immer gewünscht haben.»

«Das freut mich zu hören, doch seit mindestens zehn Jahren weiß ich: Politik ist nichts für mich. Und seit mindestens zehn Jahren sage ich dir das wieder und wieder.»

«Du *musst* ja gar nicht in die Politik! Du musst nur in die Partei eintreten und mir deine Unterstützung geben. Ein kleines gutes Wort für deinen alten Freund. Was kostet dich das schon? Ich bitte dich doch nur um einen Gefallen, weiter nichts.»

Der Hund bellte und schaute von einem zum anderen. Colnaghi beugte sich wieder vor, um ihn zu streicheln: «Ja, Fiffi, ja. Ich weiß, dein Herrchen ist ein Idiot, aber wir haben ihn trotzdem lieb.»

«Du lieber Himmel. Na gut, wir reden ein andermal weiter.»

Mario schob Colnaghi aus dem Raum. Ein kleiner Junge spähte mit den Händen an der Scheibe durch das Schaufenster, als gäbe es hier Bonbons zu kaufen. Die zwei Freunde beobachteten ihn lächelnd, bis er es bemerkte und davonlief. Colnaghi nahm das Buch und ging zur Tür.

«Denk dran, dass ich bald Geburtstag habe», sagte Mario.

«Na, und ob ich daran denke. Wir machen wieder unsere Radtour, ja?»

«Abgemacht.»

Er öffnete die Ladentür. Die Glocke läutete erneut. Nasser Asphaltgeruch schlug ihm ins Gesicht.

«Pläne für die nächste Woche?», fragte er.

«Ich muss da was Blödes erledigen», sagte Colnaghi.

Ohne sich blicken zu lassen, rissen sie auf der Straße die Bekanntmachungen der Faschisten ab: ITALIENER! ARBEITER! BÜRGER aller Schichten und politischen Gesinnungen! Die von den Banditen provozierte Unruhe nimmt in letzter Zeit schlimme Ausmaße an. *Einer stand an der Ecke Schmiere, der andere riss auf einen Schlag zwei oder drei herunter und immer so weiter. Ernesto – wahrscheinlich der einzige von ihnen – las sie anschließend bis zum Ende durch und gab seinem Abscheu so neue Nahrung. Die meisten Bekanntmachungen endeten mit der Drohung, man werde Geiseln erschießen. Er erinnerte sich daran, was Roveda ab und an wiederholte: Angst sei in Ordnung, das sei was, womit umzugehen man lerne. Was sie sich aber hinter die Ohren schreiben mussten, war, dass für Kompromisse nun kein Raum mehr blieb.*

Inzwischen war die Situation in der Fabrik so schlimm wie nie zuvor. Flugblätter zu verteilen war unmöglich geworden, und sobald du den Blick von der Drehbank hobst, war da einer, der dich anstarrte und dir mit einem Rucken des Kinns bedeutete, ihn wieder zu senken. Gewiss, es war eine neue Zeitung herausgekommen, «Voci d'officina», und man redete über eine neue Bewegung, den Partito d'Azione. Das war immerhin etwas, aber eben nur etwas, und offenbar war es nicht genug.

Die Nazis waren erbarmungslos. Ihr neues Regime gründete sich auf Angst und Schrecken, willkürliche Strafaktionen und systematische Haussuchungen. Als Ernesto einmal in die Osteria in der Via San Cristoforo gleich neben dem Viehmarkt kam, sah er einen deutschen Soldaten, der einen Jungen am Tisch festhielt, die Pistole auf dessen Kopf gerichtet. Er kannte den Jungen nicht, wahrscheinlich war er von außerhalb, vielleicht ein Wehrdienstverweigerer auf der Flucht. Alle im Raum waren wie betäubt, vom Schwarz der Waffe gelähmt.

Kurze Zeit später wurde Ernesto an der Tür von einem SS-Offizier zur Seite gestoßen. Er war sturzbetrunken und zog einen ranzigen Geruch nach Wein und Pisse nach sich. Der Junge saß, mit der Tasse noch vor sich, am Tisch und rührte sich nicht. Der Offizier und der Soldat redeten auf Deutsch miteinander und wurden immer lauter, bis der Offizier dem Soldaten eine Ohrfeige verpasste. Dieser gab seine Haltung auf und versuchte, sich zu schützen, fing jedoch eine zweite Ohrfeige und dann einen Faustschlag. Da kam Bewegung in den Jungen. Er sprang auf, so dass der Stuhl umkippte, und war im nächsten Augenblick schon draußen. Der Offizier drehte sich um, stürzte schlingernd zur Tür, zog die Pistole und feuerte hintereinander vier Schüsse ab. Ernesto fuhr sich mit den Händen zum Kopf und schrie auf, zusammen mit allen anderen in der Osteria. Doch der Junge war entwischt und hinter der nächsten Ecke verschwunden. Der Offizier trat gegen einen Tisch, zerschmetterte ein Glas und gab einen letzten Schuss zur Decke ab. Wieder gab es Schreie. Dann beruhigte er sich, nahm seinen Soldaten beim Schlafittchen und ging hinaus.

Ernesto machte, dass er fortkam, sobald er die Kontrolle über seinen Körper wiedergewonnen hatte. Sein kaputtes Bein nachziehend, in dem es stärker als je zuvor pochte, rann-

te er durch das Dorf, ohne zu wissen, wo er sich verstecken könnte, wo er Schutz finden könnte, und vor allem, wovor genau. Gefahr schien überall zu lauern. Da entdeckte er die Umrisse der Kirche vor sich und stürzte in die Sakristei. Don Michele war nicht dort. Der Kirchendiener auch nicht. Er verharrte in der feuchten Dunkelheit des Vorraums unter einem Kruzifix, bis er sich erholt hatte und seinen Körper wieder spürte.

So verging der Frühling. Die letzten Maitage waren wie aus einem sonderbaren Licht gemeißelt. Die Abende und die Nächte verbrachte Ernesto mit heimlichen Aktionen, und tagsüber, wenn er aus der Fabrik kam, warf er einen zuversichtlichen Blick auf die Alpen am Horizont, auf den gezackten Gipfel des Resegone, und dann auf die Straßen und die Bäume und die Rollläden der schließenden Geschäfte und die Alten, die sich auf einer Bank versammelt hatten, um mit den Händen im Schoß ein bisschen zu plaudern. Im Duft von Gras und Schatten spielten barfüßige Kinder in einer Hofeinfahrt Fangen.

Nachts stand er manchmal auf und betrachtete seine Kinder, die dicht beieinander schliefen: Angela mit ihrem ständigen Schmollmund und Giacomo mit einem Speichelfaden an der Lippe. Den wischte er mit zwei Fingern weg und streichelte ihm den Kopf. Zuweilen blieb er fast bis zum Morgengrauen bei ihnen, dann trat er auf den überdachten Gang hinaus und ging auf den Hof, um überwältigt von all der plötzlich ausgebrochenen Schönheit zuzusehen, wie der Himmel orange wurde. Nur der herrenlose Hund, den er auf den Feldern gefunden und adoptiert hatte, war bei ihm. Während das Blau verschwand, kehrte sein Unbehagen wieder, denn er dachte an die Fabrik, an die Bosse, die Nazis, den Schwiegervater, die Toten und daran, was der Tag wie eine Kiepe auf dem Rücken mit sich bringen würde.

Doch so war es nun mal. Das Leben brach trotz aller Sorgen unter seinen Händen los. Von der Jahreszeit berauscht, erfreute er sich an seiner schönen Frau, die nach der Messe vorbeischlenderte, und geradezu erschauernd bewunderte er sie erneut, diese zierliche Gestalt mit nackten Beinen, die sich vor der Hauswand abzeichnete, die Schwester eines zarten Schattens.

In solchen Momenten, wenn er sie fest von hinten umarmte, bis er sie lachen und schreien hörte, betete er manchmal darum, dass von oben eine viel größere Zerstörung kommen möge und eine viel entsetzlichere Verheerung als von allen Waffen der Partisanen, leuchtender und weitreichender als die Bomben, die auf Mailand und auf den Norden und auf ganz Deutschland fielen: ein Jüngstes Gericht des Gottes, an den er nicht glaubte und der ihm jeden Abend von Lucia ans Herz gelegt wurde, etwas Schreckliches und Ungerechtes, das nur sie verschonen und allein übriglassen möge, sie beide und Angela und Giacomino, endlich frei und glücklich, über die eigene Freude gebietend bis zum Ende dieses Krieges – eines jeden Krieges.

14

IHM WAR KEINESWEGS KLAR, was ihn dorthin getrieben hatte. Es war ihm nicht klar, als der Portier ihm erklärte, wie er zu der Wohnung gelangte – dritter Stock, erste Tür links –, und auch nicht, als die Signora ihm im Wohnzimmer einen Platz anbot. *Einen Kaffee? Eine Limonade? Nein, danke, keine Umstände, bitte.* Colnaghi sah sich um und fand die Distanz wieder, die er für nötig hielt.

«Es war nett von Ihnen, herzukommen», sagte die Witwe Vissani. Sie war so schön, wie er sie in Erinnerung hatte, doch auch ein für alle Mal gezeichnet. Colnaghi ging durch den Kopf, dass mit dem Alter und dem Leid neue Gesichtszüge hervortreten wie geologische Schichten, die durch einen Erdrutsch zutage gefördert werden.

Er setzte sich auf das Sofa. Es roch grässlich nach Kaffee, der in einer Tasse kalt geworden war.

«Nicht wenigstens ein Glas Wasser?», fragte sie erneut.

«Doch, ein Wasser nehme ich gern. Die Hitze ist schrecklich.»

«Und leider ist es auch sehr feucht.»

Als sie in die Küche ging, stand Colnaghi auf und drehte sich einmal im Kreis. Die Wohnung erstickte in Dekorationen, sie *war* die reinste Dekoration: drei große Wanduhren und eine Pendeluhr, die nicht tickte, eine Reihe Bilder, die wie Mosaiksteine dicht nebeneinander angeordnet waren, darunter auch ein signiertes (er trat näher), Fortunato Depero, das auf eckige Formen reduzierte Menschen zeigte, die vor einem grauen Hintergrund rannten, dann eine silberne Teekanne mit schwarzem Griff und fünf passenden Tassen, ein Weidenkorb, in dem blaue, rote, gelbe und weiße Steineier lagen, eine kuriose Nippesfigur in Form eines Räderwerks und auf dem Boden überall Teppiche. Das alles wirkte wie ein sinnlos aufgeblasener Ausstellungskatalog oder wie ein Depot, in das man die Stücke ebendieser Ausstellung hineingestopft hatte. Er nahm Zuflucht zu einem kleinen Bücherregal aus Ebenholz in einer Ecke neben dem Fernseher und erkundete die Bücher des Arztes. Betroffen entdeckte er, dass dort ein Autor stand, den er in seiner Jugend gelesen hatte, wie immer auf Marios Empfehlung hin: Nicola Chiaromonte. Er zog das Buch heraus und blätterte darin. Als die Witwe mit dem Wasser zurückkam (ein eleganter Kelch auf einem Metalltellerchen), sagte sie, dass es ihr gehöre.

«Solche Sachen lesen Sie?», fragte Colnaghi.

«Das war an der Universität, im ersten Jahr. Danach habe ich mich mehr für Griechisch interessiert. Ich habe einen Abschluss in klassischer Philologie. Jetzt unterrichte ich in Pavia.»

«Das wusste ich nicht.»

Sie lächelte. «Wieso denn auch. Ihr Wasser.»

Colnaghi nahm einen Schluck und ließ seinen Blick zurück zu den Möbeln schweifen: Auf einer Konsole neben einer Reproduktion des Eiffelturms und einem Silberkrug stach ihm die Statuette eines schwarzen Heiligen ins Auge. Die Frau bemerkte es. «San Calogero», sagte sie mit einem fast schon entschuldigenden Lächeln. «Meine Familie kommt aus Agrigent. Zum Fest des Schutzpatrons wirft man Brot aus den Fenstern auf die Prozession. Das müssten Sie mal sehen, hier in Mailand wäre so was unvorstellbar.»

Colnaghi nickte nachdenklich. Auf ihn wirkte der Heilige wild und schrecklich heidnisch. Vielleicht war es das Konzil gewesen, vielleicht war es auch seine Natur, jedenfalls hatte sein Katholizismus eine lutherische Färbung. Für ihn ging es um das Verhältnis zwischen Gott dem Höchsten und Unergründlichen und dem Menschen – ohne halbe Sachen. Auch *el Festun* gefiel ihm nicht, das Fest, bei dem das Kruzifix durch Saronnos Straßen getragen wurde. Und ein schwarzer Heiliger machte die Sache nicht besser, im Gegenteil.

Er raffte sich auf und setzte sich in gebührendem Abstand zur Witwe wieder auf das Sofa. Nun, da er dort war, wurde ihm klar, dass er nicht viel zu sagen hatte. Er hatte angenommen, seine Anwesenheit würde genügen, um sie zu trösten, doch jetzt kam ihm dieser Gedanke ausgesprochen dumm vor.

«Wie geht es Ihrem Sohn?», fragte er schließlich.

Sie seufzte.

«Nicht gut. Er ist sitzengeblieben, leider, aber das ist ja verständlich. Außerdem hatte er schon schlechte Noten, bevor das passierte.» Sie fixierte einen Punkt vor sich. «Er ist nicht da, er ist unterwegs. Ich weiß nicht, wohin er geht, er ist viel mit dem Sohn meiner Schwester zusammen, der mir, ehrlich gesagt, noch nie gefallen hat. Er hat einen sehr schlechten Umgang, und sein Vater ist ein Typ, der schnell handgreiflich wird und in Schlägereien gerät. Tja, vor einer Weile war Luigi den ganzen Tag mit ihm weg. Am Abend rief er mich an und sagte, er sei bei einem Treffen. Er erklärte nicht, mit wem oder worum es ging, er sagte nur, bei einem Treffen. Wann kommst du nach Hause?, fragte ich. Keine Ahnung, sagte er, ich trainiere. Das hat er gesagt. Du trainierst? Was denn? Da legte er auf. Ich weiß nicht mehr, was ich tun soll, Dottore. Ich habe versucht, unseren Pfarrer einzuschalten, doch auf den hört er auch nicht. Er hört auf niemanden. Er geht auch nicht mehr zur Messe. Ich weiß wirklich nicht, was ich tun soll, hoffentlich bringt er sich nicht in irgendwelche Schwierigkeiten.»

Colnaghi erinnerte sich an den Tag der Gedenkfeier und an die Worte des Jungen. Alle, alle wollten sie Rache. Er spürte, wie ein Schweißtropfen unter seiner rechten Achsel hinunterrann, und fuhr sich mit der Hand über die Stirn.

Signora Vissani redete weiter. «Die Sache ist die ... Mein Mann wurde ermordet, verstehen Sie?»

«Ja.»

«Sie haben ihn wirklich ermordet. Aber was hat Aldo denn Schlimmes getan? Nichts. Er hat niemanden in Schwierigkeiten gebracht, hat nie gestohlen, nichts. Verstehen Sie?»

Colnaghi schwieg. Er verstand, natürlich. In einer anderen Welt und zu einem anderen Zeitpunkt hätte er ihr die wahrscheinlichen Gründe für diesen Mord geduldig auseinandersetzen können – zum Beispiel den Umstand, dass Vissani seit einiger Zeit verdächtigt worden war, mit dem neofaschistischen MSI zu sympathisieren, oder dass er, wie aus den Akten hervorging, einen Teil der Anwaltskosten übernommen hatte, um einen aus der San-Babila-Szene aus dem Gefängnis freizubekommen (vielleicht den Sohn von Freunden?). Doch was hätte das genützt? Während sie noch am Leben waren – sie waren noch am Leben! –, ging die Geschichte weiter und verschlang weitere Menschen. Colnaghi konnte das alles im Hinterkopf behalten und tat dies auch, um bei seiner Arbeit niemals die Kontrolle und die Konzentration zu verlieren. Doch es wurde immer schwieriger, auch nur ein Minimum an Distanz zu bewahren. *Es war fast vorbei.* Nein, es war nicht vorbei: Das hörte nie auf.

«Wir tun alles, was in unserer Macht steht», sagte er matt.

«Gerade in den letzten Tagen haben wir bei den Ermittlungen einen großen Schritt nach vorn gemacht. Wir kriegen den Mörder Ihres Mannes, glauben Sie mir.»

«Natürlich», sagte sie tonlos. «Ich glaube Ihnen.»

Aus der unteren Wohnung klang ein glückliches Jauchzen herauf, dann ein Lachen. Junge Stimmen, vielleicht ein Pärchen, das vor kurzem in dieses schöne Viertel gezogen war. Vor ihnen summte eine Fliege los.

«Am meisten verletzt mich», fuhr sie fort. «wenn mir gesagt wird, ich solle aufhören, das Opfer zu spielen. Sie wissen nicht, was ich durchgemacht habe. Sie wissen nicht, wie grausam die Leute sein können.»

«Das weiß ich durchaus», sagte Colnaghi.

«Ja, natürlich, ich wollte nicht ...»

«Nein, entschuldigen Sie. So wollte ich das nicht sagen.»

Sie lächelten sich an, unbeholfen, müde.

«An eines erinnere ich mich noch genau», sagte sie. «Am Tag nach Aldos Ermordung – nein, sogar am selben Tag – wollte mich ein Journalist interviewen. Ich wusste nicht, was ich sagen sollte, verstehen Sie, ich war völlig außer mir. Ich bat ihn, mich in Ruhe zu lassen. Er fragte mich, ob ich den Mördern vergebe. Verstehen Sie?»

Colnaghi schüttelte den Kopf. Die Fliege hatte sich auf sein Knie gesetzt. Er sah zu, wie sie sich die Flügel rieb.

«Was bringt einen Menschen nur dazu, eine solche Frage zu stellen? Vergeben? Was denn vergeben, und wem? Und noch dazu in so einem Augenblick!» Sie seufzte tief, und für einen kurzen Moment dachte Colnaghi, sie werde in Tränen ausbrechen. Doch sie weinte nicht. Sie biss nur die Zähne zusammen. «Er hört einfach nicht auf. Der Schmerz, meine ich. Bei uns zu Hause sagt man, die Zeit ist eine edle Heilerin, doch das habe ich nie geglaubt.» Sie schluckte. «Ich bin es nicht gewohnt, allein zurechtkommen zu müssen, Dottore. Und die Freunde meines Mannes, die Politiker ... Ruck, zuck, alle weg. Reizende Leute, nicht wahr?»

Colnaghi legte den Kopf auf die Seite. Wie schon öfter angesichts eines so dumpfen Schmerzes überlegte er, dass sich Gerechtigkeit vor allem auf einer persönlichen Ebene vollziehen müsste. Doch so weitreichend die Möglichkeiten eines Menschen auch sein mochten, ein Unrecht wiedergutzumachen, konnten sie doch den Schmerz niemals aufwiegen. Wenn es eines gab, was sein Beruf ihn im Laufe der Jahre gelehrt hatte, dann dass er offenkundig Grenzen hatte – und auch deshalb, sagte er sich, auch deshalb könnte ich nichts tun ohne meinen Glauben an Gott.

«Das tut mir leid», sagte er erneut.

«Das braucht Ihnen nicht leid zu tun.»

Ach, warum war er nur hergekommen? Und warum nur hierher, warum nicht auch zu allen anderen, zu allen anderen Familien der Opfer, jedes Opfers? Und diese Frau war so schön. Fast hätte er sie gestreichelt, doch er beherrschte sich rechtzeitig. Sie saßen noch eine Weile so da, schweigend, befangen. Ihr Gespräch war beendet. Auf dem Weg zur Tür warf Colnaghi noch einen letzten Blick auf den San Calogero.

Auf der Schwelle drückte die Witwe Colnaghis Arm, eine Geste, die beide verlegen machte, und so zog sie die Hand rasch zurück. «Danke», sagte sie. «Sie sind der erste, der sich wirklich dafür interessiert, wie es uns geht. Das hat sonst niemand getan.»

«Aber, ich habe doch gar nichts getan», entgegnete Colnaghi.

«Und ob», antwortete sie.

15

ERST NACHMITTAGS, als Mirella und die Kinder sicherlich schon vom Strand zurück waren, schaute er von den Akten auf. Er rief im Hotel an, doch der Inhaber sagte, sie seien noch außer Haus. Also öffnete er das Fenster und lehnte sich hinaus, um den Sommerhimmel zu betrachten, ein bläulich durchädertes Tuch, einige Unregelmäßigkeiten in der Einförmigkeit der Dunsthaube. Nur weiter hinten, über den Vierteln im Süden der Stadt, riss die Fläche auf und ließ eine transparente Lichtsäule aufscheinen.

Eine Viertelstunde später rief er erneut an, und diesmal erreichte er seine Frau.

Alles verlaufe ruhig. Giovanni habe sich einen leichten Sonnenbrand geholt, und sie seien beim Arzt gewesen. Nichts Ernstes, eine Salbe habe genügt. Daniele langweile sich, sitze zu viel vor dem Fernseher und verbringe viel Zeit allein, doch er habe ihr versprochen, sich neue Freunde zu suchen.

«Kannst du nächstes Wochenende herkommen?», fragte sie mit einem besorgten Unterton.

«Ich glaube nicht … Ich ersticke leider in Arbeit, und ich möchte auch meine Mutter nicht gern allein lassen. Gibt es Probleme?»

«Nein, nein», sagte Mirella.

«Es tut mir wirklich leid.»

«Ich weiß, Giacomo.»

«Und nächsten Sonntag – nicht diesen, an dem danach –

hat Mario Geburtstag. Ich habe ihm versprochen, dass wir zusammen eine Radtour machen.»

«In Ordnung.»

«Aber im August habe ich endlich Urlaub, und wenn dein Bruder uns immer noch sein Haus in Bormio überlassen will ...»

«Ja, er hat gesagt, das sei kein Problem.»

«Dem Himmel sei Dank. Ich brauche wirklich Ferien.»

«Und wie läuft's bei euch so?»

Colnaghi schaute sich um. Die große Wandkarte mit den Namen und den Ermittlungsdetails, der eingeschaltete Ventilator, die sich stapelnden Akten und Notizen auf dem Schreibtisch. In einer Ecke versteckt und vor neugierigen Blicken geschützt stand das Buch über die Tupamaros, das er von Mario mitgenommen hatte, und daneben das *Tagebuch eines Richters*.

«Ich würde sagen, wie immer.» Er lächelte.

Wieder zu Hause arbeitete er noch eine Stunde, konnte sich aber nicht konzentrieren. Er nahm das Kaffeekännchen, das Mario ihm geschenkt hatte, und befüllte es. Während er aus dem Küchenfenster auf die Hauswand gegenüber schaute und darauf wartete, dass das Wasser kochte, dachte er wieder an seine Feinde. Eingeschlossen in ihren Zimmern, nährten sie ihren Hass. Und er war eingeschlossen in seinem Zimmer. Seine Kollegen eingeschlossen im Justizpalast. Was für eine Freude war es dagegen, spontan zu einem Spaziergang auf die Felder hinauszugehen, ganz in der Nähe des Hauses in der Provinz, und den Duft von frischem Heu oder einem plötzlichen Regen zu genießen, auf der nassen Erde auszurutschen, Unkraut aus den Feldern zu reißen, über die Dämme und kleinen Brücken zu wandern, die einen Kanal oder einen Bach kreuzten, oder durch das im Herbst pilzgetüpfelte Heideland oder durch die heißen, sonnigen Weiten des Sommers. Die Welt, so wie sie war, schien ihm unbestreitbar Wut und Mitleid zu verdienen, doch niemals Hass. Und was für eine Revolution konnte schon aus Hass erwachsen?

Der Kaffee war fertig, und Colnaghi spürte, dass er seinem Impuls nachgeben musste. Er trank schnell aus, verließ das Haus und spazierte durch die staubige Leere des Stadtrands. Der Himmel war noch immer aschgrau, setzte jedoch endlich zu einer schwachrosa Färbung an. Er warf einen Blick auf die Wohnblocks, die abrupten Freiflächen an den Schienen und die gezackte Form eines riesigen, orangefarbenen Hochhauses am Horizont. Und die einstmals bombardierten und nun von armen Leuten bewohnten Gebiete verschmolzen in seinen Augen zu einer einzigen Ansammlung von Verletzungen, die seine Heimat davongetragen hatte: ein unfreiwilliges Denkmal des Schmerzes.

Er bog in Richtung Zentrum ab, gelangte auf die Piazza Durante, ging durch den Viale Lombardia und beschloss, in einem ARCI-Freizeitklub zu Abend zu essen, der ihm schon vor einiger Zeit aufgefallen war, der «Fiocchi». Er setzte sich an einen bereits eingedeckten Tisch am Eingang. Im größeren Saal stritt sich vor einigen Gläsern eine Gruppe von Rentnern. Hinter ihnen beobachtete eine Frau mit Ziehharmonika sie voller Neugier und schickte hin und wieder eine Salve leiser Töne in den Raum. Während Colnaghi auf seine spartanische Pasta wartete, las er das *Tagebuch eines Richters*, das er mitgenommen hatte. Er bat den Barmann um einen Stift und unterstrich einige Sätze. Die grüne Tinte des

Kugelschreibers passte gut zum Papier des Buches. Auch während er die Penne al dente mit der Gabel aufspießte, las er weiter.

Als er das Lokal verließ, war das Licht auf der Straße durch den Sonnenuntergang weicher. Unter den Bäumen der Allee ließ es sich gut aushalten. Langsam ging er zur Via Casoretto zurück und stieß auf eine rote, dickbäuchige Katze, die vor seiner Wohnungstür auf ihn wartete.

«Miez, miez», sagte Colnaghi. Die Katze schien sich nicht für ihn zu interessieren. Sie machte ihm Platz und blieb dann still und brav auf ihren Hinterpfoten sitzen.

«Na?» Er lächelte ihr zu und steckte den Schlüssel ins Schloss. Doch der Schlüssel drehte sich nicht.

Die Tür war offen.

Colnaghi erstarrte.

Sie war offen.

Die schlimmsten Vorstellungen der letzten Monate nahmen nun Gestalt an, während er es, reglos und zu jeder Reaktion unfähig, geschehen ließ, dass sich die Tür in den Angeln bewegte. Er war darauf gefasst, auf eine verwüstete Wohnung zu stoßen oder auf eine Pistole, die aus dem Schatten des winzigen Flurs auftauchte, doch aus seinem Zimmer schlüpfte nur die alte Frau, die einmal in der Woche bei ihm putzte. Colnaghi wich das Blut aus den Gliedern, und er lehnte sich mit einem Arm an den Türrahmen.

«Entschuldigen Sie!», schrie sie. «Entschuldigen Sie, ich habe meine Tasche hier vergessen!» Sie hob sie hoch, um sie ihm zu zeigen, dann krümmte sie den Rücken und legte die Hände zusammen. «Ich schwöre Ihnen, ich habe nichts weggenommen! Ich bin keine Diebin!»

«Schon gut, Signora Luciani, nicht so schlimm …»

«Ach, herrje, jetzt feuern sie mich! Bestimmt werfen Sie mich jetzt raus.»

«Signora Luciani, ich habe nicht die geringste Absicht, Sie rauszuwerfen. Sie sind hergekommen, um Ihre Tasche zu holen, Sie haben sie heute Morgen hier vergessen, alles in Ordnung. Ich habe verstanden.»

Sie beschwor ihn noch einige Minuten, bis sie sich davon überzeugt hatte, dass der Dottore ihr tatsächlich glaubte. Dann ging sie. Colnaghis Nerven lagen blank. Er versuchte, eine Pfeife zu rauchen, doch seine Hände zitterten. Also ging er auf den Hof, nahm sein Fahrrad und fuhr Richtung Westen. Doch nach dreihundert Metern gab es ein Holpern, und er musste scharf bremsen. Sein Hinterrad hatte einen Platten.

Zunächst schleuderte er es fluchend gegen den Bürgersteig. Das konnte doch nicht wahr sein! Dann lachte er vor sich hin und kehrte nach Hause zurück. In der Küche fand er eine blaue Plastikschüssel, füllte sie mit Wasser und ging wieder nach unten. Er nahm den Fahrradmantel ab, zog den Schlauch heraus und tauchte ihn ins Wasser. Er drückte ihn zusammen und ließ ihn dabei so lange durch seine Hände laufen, bis Luftbläschen im Wasser aufstiegen. Er hatte das Loch gefunden.

An seinem Sattel hing ein Kunstledertäschchen mit dem nötigen Werkzeug. Während er mit der Linken die Stelle mit dem Loch festhielt, kramte er mit der Rechten einen Flicken und die Klebstofftube heraus. Er trocknete den Schlauch ab und klebte den Flicken auf. Dann steckte er ihn wieder in den Mantel, nahm die Gemeinschaftsluftpumpe, die mit einer Kette unter dem Spülstein im Hof befestigt war, und pumpte den Reifen auf. Schließlich rieb er sich zufrieden die schwarzen Hände. Seine gute Laune war zurückgekehrt. Wie viele seiner Kollegen waren wohl in der Lage, einen Fahrradreifen zu reparieren?

Um den Abend zu beschließen, ging er in die Bar, obwohl es nicht Mittwoch war. Geduldig hörte er dem Monolog eines Betrunkenen um die fünfzig zu, der unentwegt seinen Schnauzbart zwirbelte und von einem alten, slawischen Musiker erzählte, den er mal gekannt hatte. Dann geriet er in einen kurzen Streit mit einem Milan-Fan, der sich mit der Rückkehr in die Serie A brüstete, als wäre das der Europacup, und noch einen draufsetzte. «Nächstes Jahr brechen wir euch jeden Knochen einzeln! Von wegen diese Inter-Wichser von Altobelli und Prohaska!» Der Straßenbahner Ferri war diesmal jedoch nicht da, und der Maler hatte nicht ein neues Bild dabei. Colnaghi wurde schnell müde. Er verließ die Bar, schlenderte in der Dämmerung noch ein Weilchen an der Bahnlinie entlang und machte erst auf der Kreuzung an der Piazza Sire Raul halt, schlagartig, als hätte zusammen mit der Straße auch die Welt aufgehört.

In dieser Nacht träumte er von einem Kreuz. Es war schön und stabil wie auf den Gemälden des Trecento, polierte Holzblöcke, und es war leer und lichtvoll, das Kreuz von Cimabue und Giotto ohne einen leidenden Christus daran. Colnaghi sah die Szene, als schwebte er in der Luft darüber, senkrecht über Golgatha, doch ein Dutzend Meter entfernt. An der Spitze des Holzes war eine karmesinrote Blume aufgeblüht, und das kam ihm herrlich und schrecklich zugleich vor. Als er erwachte, vergaß er den Traum sofort.

Sie trafen sich noch eine Zeitlang im Keller der Bar, dann beschloss Egidio, dass sie damit aufhören und sich wieder im Wald treffen sollten. Er hatte die Gegend durchforscht und sie für sicher befunden. An einem Sonntag, der heißer war als die anderen – inzwischen war es Sommer –, erklärte er, ihre Gruppe müsse sich verändern. Er war in Mailand gewesen, wo er mit zwei Führern der Partei gesprochen hatte: Sie sollten nun offiziell dem beitreten, was eine viel größere Organisation war. Sie hatten doch bestimmt schon davon gehört, oder? Es ging um die Garibaldi-Brigaden. Das Nationale Befreiungskomitee CLN und das Oberste Kommando brauchte in ihrer Region Aktivisten. Dies hier war ein wichtiges Kampfgebiet, und sie durften sich nicht darauf beschränken, ein bisschen außerhalb der Reihen und ein bisschen innerhalb zu agieren.

«Denkt an uns und an die vielen anderen Gruppen hier in der Gegend», sagte Roveda. «In Piemont, in der Ebene, in den Alpen. Wir sind wie viele verstreute Feuer. Die Garibaldi-Brigaden wollen sie ganz einfach alle vereinen. Solide Verbindungen schaffen und einen Wahnsinnsbrand entfachen, eine Feuersbrunst, die die Deutschen für immer wegfegen wird.»

Es werde genauso sein wie früher, nur besser. Alles klar? Alles klar. Ein Blick in die Runde. Ein Knacken in der Hütte, einige sprangen auf, nichts Schlimmes, sie setzten sich wieder. Ein plötzliches Anwehen, Angst.

«Ihr müsst euch jetzt einen Namen ausdenken», sagte Roveda.

«Einen Namen?», fragte einer.

«Ja. Ihr braucht einen Decknamen, zur Tarnung. Von jetzt an benutzen wir bloß noch den, keinen anderen. Ich bin Odysseus. Weiß einer von euch, wer Odysseus war?»

Schweigen.

«Odysseus. Kommt schon. Also wirklich, weiß das keiner?»

«Einer aus der Bibel?», versuchte es der Sohn von Clerici.

«Einer aus der Bibel, tiss, tiss ...», sagte Egidio. «Ich werd' dir gleich was flüstern. Ich reiß' dir den Arsch auf!»

«Egidio, du musst schon entschuldigen, aber ich hab nicht studiert. Is' ja nich' so, dass ...»

«Odysseus!», schrie er. «Der aus der Odyssee! Der Held! Der mit dem Zyklopen, mit der Zauberin Circe und den Schweinen! Mann, wird's bald!»

Einer schüttelte den Kopf. Ein anderer zuckte mit den Schultern und verzog den Mund. Roveda schaute von einem zum anderen und seufzte.

«Na gut. Lassen wir das. Merkt euch nur den Namen: Odysseus. In Ordnung? Und jetzt los, ihr habt zwei Minuten, dann seid ihr dran. Wir sagen uns jetzt die Namen, ein für alle Mal. Nehmt einen, den ihr euch gut merken könnt, sonst alles klar soweit.»

Ein Adrenalinschub ging durch die ganze Hütte. Ein Name, sagte sich Ernesto Colnaghi, das war, als hätte man die Möglichkeit, noch mal geboren zu werden. Noch mal ganz von vorn anzufangen, alle Fehler zu vermeiden, nicht auf diesem Scheißhof zu versauern, mit Lucia wegzugehen und vielleicht Mailand zu sehen, oder auch Paris, wovon Egidio erzählt hatte. Auf einmal drängten sich alle Wörter, die er kannte, in seinem Kopf zusammen. Es musste ein guter Name sein. Streng, passend, einsam, mutig, doch auch ein bisschen wie er – ein bisschen verschroben, ein bisschen verrückt.

Die ersten fingen an. Pagani sagte, er wolle einfach nur Pagani heißen, und Egidio gab ihm einen Nackenstüber. Dann warf er, zunehmend finster, hin: «Du bist dünn wie eine Nadel, also Spillo.» Und Spillo hieß er. Dann war René dran, danach der Sohn von Clerici, dann Gaìna, Peppe Colmegna, der Neffe von Bossi, und schließlich er. «Colnaghi?», fragte Egidio.

«Beppo», antwortete er prompt.

«Beppo?»

«Beppo.»

«Einverstanden. Wer fehlt noch?»

Im Laufe einer halben Stunde war aus einer Handvoll Jungen eine Schar neuer Namen und neuer Männer geworden. So sah es zumindest aus, aber natürlich konnte es so einfach nicht sein. Ernesto war nicht dumm, er wusste, dass unter ihnen auch Jungs waren, denen er womöglich nicht restlos vertrauen konnte, und dass dieser Schwur niemals Freundschaften besiegelte. Einige waren ihm unsympathisch, und anderen war er unsympathisch. Einer oder zwei sahen zudem wirklich wie Feiglinge aus, bereit, bei der ersten großen Gefahr abzuhauen. Und vielleicht würde nicht einmal er aufs Ganze gehen.

Sie teilten sich ein wenig Trockenfleisch, das Renato auf dem Schwarzmarkt hinter Rho besorgt hatte, und ließen eine Flasche Barbera kreisen. Niemand sagte ein Wort. Eine sonderbare Stimmung hatte sich in der Gruppe ausgebreitet, nicht ohne eine gewisse, auf ihre Art jedoch vorsichtige Feierlichkeit.

«Genossen», sagte Egidio schließlich. «Jetzt seid auch ihr in der Brigade Carlo Franchi, Nummer einhundertdreiundachtzig. Ihr seid nicht die einzigen, nicht mal hier im Dorf. Vergesst das nie: Wir kämpfen für die Befreiung Italiens. Das ist kein Spiel und auch kein Spaß. Alles klar?»

«Alles klar», antworteten alle. Und das war ihre Aufnahme.

Als sie herauskamen, war die Sonne schon fast untergegangen, sie mussten sich beeilen. Ernesto fuhr sich mit der Hand über die Stirn und sah, wie sich die anderen im Mais verstreuten, zum Dorf hin und noch weiter.

Pagani berührte ihn an der Schulter.

«Beppo – was für ein bescheuerter Name ist das denn?», fragte er.

«So heißt mein Hund», sagte Ernesto. «Ein kleines Mistvieh.»

16

AM FOLGENDEN SAMSTAG fuhr Colnaghi später als sonst nach Saronno. Den ganzen Vormittag hatte er sich in einer düsteren Laune gesuhlt und in Unterwäsche an dem kleinen Holztisch gearbeitet, der in seinem Schlafzimmer stand. Von Gianni Meraviglia noch immer keine Spur. Die erste von Berti preisgegebene Adresse hatte sich als eine leere Wohnung erwiesen, wo die Polizisten eine Schreibmaschine gefunden hatten, in der ein unbeschriebenes Blatt eingespannt war, ferner zwei Pistolen, einige Manifeste, ein paar Männersachen und eine Zahnbürste. Falls Meraviglia dort gewesen war, hatte er sich rechtzeitig absetzen können.

So spürte Colnaghi angesichts des leeren Zuges, in den er gegen halb eins in Piazzale Cadorna einstieg, eine tiefe, plötzliche Dankbarkeit. In seinem Wagen saß nur ein Rentnerpärchen, das artig Händchen hielt, und ein junger Bursche, seine Tasche achtlos zwischen den Füßen. Und in welch rauher Schönheit zeigte sich das Hinterland, das ihn von seinem Heimatort trennte: die ersten Felder, die Fabriken von Bovisa und dann alles übrige. Es war eine süßere Variante der vielen Pendelfahrten, die er gemacht hatte – die Heimfahrt durch die strahlenden Abende im April und Mai und die Fahrt mit dem Frühzug durch die rauchigen, eisigen Wintermorgen mit dem erstarrten Schnee an den Schienen, dazu die Körper übermüdeter Angestellter und die ständigen Verspätungen (und die in den überheizten Wagen zusammengedrängten Leute, die Karten spielten, mit einer Tasche als Tisch), oder manchmal die unvorhergesehenen Pausen kurz hinter Quarto Oggiaro, wenn der Zug wegen irgendwelcher Weichenumstellungen oder Bauarbeiten strandete wie ein Wal und Colnaghi von den verloren dastehenden Wagen aus einen von grauen Rauchfahnen durchfurchten Horizont sah und die schiefergrauen Dächer der Randgebiete. Sein Zuhause. Ein Eisenbahn-Zuhause.

Die ganze Fahrt über war er in das Buch von Dante Troisi vertieft. Am Bahnhofskiosk kaufte er wie immer ein Mickymaus-Heft – der Verkäufer konnte ja nicht wissen, dass sein Sohn am Meer war – und las auf einer Bank die erste Geschichte, wobei er mehrmals laut auflachte. Dann drehte er eine große Runde durch das Stadtzentrum, bevor er ohne Eile nach Hause ging. Ein jäher Wind ließ den Tag noch schöner werden, ganz anders als der übliche schwüle Kessel, doch sehr heiß war es trotzdem.

Seine Mutter war dabei, die Küche zu putzen. Er gab ihr einen Kuss auf die Wange. Sie unterbrach kurz die kreisende Bewegung des Schwammes, dann machte sie weiter.

«Hast du schon gegessen?», fragte sie.

«Ja», log Colnaghi.

«Willst du nicht ein bisschen Pasta?»

«Ich brauche nichts, danke.»

«Ein kleines Steak? Es dauert nur eine Minute.»

«Nein, wirklich nicht», wiederholte er und schaute durch die Glastür hinaus. Das Nachmittagslicht ergoss sich über den kleinen Garten hinter dem Haus, auf Mirellas Blumen, ihre Pflanzen und den Aprikosenbaum, auf die verwaisten, schon leicht verblichenen Spielsachen der Kinder. Weiter oben, im dritten Stock des gegenüberliegenden Hauses, teilten sich zwei Jungen still eine Zigarette.

«Du könntest mich jetzt zur Caritas fahren», sagte seine Mutter, als sie sich die Hände unter dem Wasserhahn abspülte. «Wo du schon mal da bist.»

«Gut», sagte Colnaghi.

«Zur Caritas und dann zum Onkel auf den Hof.»

«Wozu denn?»

«Ich brauche Ameisengift.»

«Ameisen?»

Sie zeigte ihm eine kurze, schwarze Linie, die neben der Heizung wimmelte. Colnaghi trat näher und schüttelte den Kopf. «Tatsächlich. Das hat uns gerade noch gefehlt.»

«Mit dem Gift sind die im Nu weg.»

«Aber warum müssen wir deshalb zum Onkel? Können wir das denn nicht kaufen?»

«Carlo hat das zentnerweise. Wozu Geld ausgeben.»

«Aber ich komme nicht mit rein.»

«Mach, was du willst.»

Sie stiegen in den Fiat Ritmo und fuhren durch das menschenleere Städtchen. Colnaghi schwitzte, und seine Mutter starrte, an den Griff über dem Fenster geklammert, reglos auf die Straße. Auf dem Schoß hatte sie einige in Papier gewickelte Sachen für die Kleidersammlung. Colnaghi schaute hin und wieder zu ihr. Sie hatte sich dieses so abgezirkelte, so strenge Leben aufgebaut, und wäre Ernesto aus der Welt der Toten zurückgekehrt, hätte sie auch ohne die Erinnerung und den Verlust, die wie nackte Felsen in ihrer Seelenlandschaft fortdauerten, vor Schmerz aufgeschrien.

Er parkte vor der Caritas und half ihr beim Aussteigen, indem er sie stützte. Jemand hatte ein rotes Band an das Zaungitter vor dem Haus gebunden. Im auffrischenden Wind wand es sich vor dem blauen Himmel wie eine Schlange.

Sie gaben das Kleiderpaket einer ehrenamtlichen Helferin. Colnaghis Mutter plauderte mit einer Nonne, von der Giacomo im Kindergarten betreut worden war. «Erinnerst du dich denn nicht?», fragte sie immer wieder. Er erinnerte sich wirklich nicht.

Zu dem Gehöft zurückzukehren war nicht gerade leicht für ihn. Nachdem sie das Haus gekauft hatten, in dem sie jetzt wohnten, hatte Colnaghi sich geschworen, nie wieder einen Fuß auf diesen Hof zu setzen. Seine Mutter hatte mit diesem Schwur nichts zu tun, doch er hatte auch Mirella gebeten, jeden Kontakt mit dem zu vermeiden, was von der Familie noch übrig war. Während er wartete, stieg er aus dem Auto und setzte sich auf die Bordsteinkante, um neuen Jungen zuzuschauen, die, sich die Knie auf Kies und Zement aufschlagend, heranwuchsen. Sie spielten *Hochball* gegen die Hauswand, mit einem weißen Ball und auf dasselbe, mit drei Linien aufgemalte Tor, das auch er schon benutzt hatte. Man durfte ein Tor nur durch Direktabnahme schießen, sonst verlor man einen Punkt und musste selbst ins Tor.

Am Fenster gegenüber tauchte das Gesicht von Enzo auf, einem seiner Cousins, einem der Schlimmsten. Als Langzeitarbeitsloser hatte er sich in der Schweiz mit einigen Typen aus Novara auf Glücksspiele eingelassen und saß nun auf einem Haufen Schulden.

«Kommst du nicht rein?», rief er mit einem abstoßenden Grinsen.

«Besser nicht», sagte Colnaghi.

«Hör mal, dass wir uns gegenseitig auf die Nüsse gehen, war eure Entscheidung.»

«Du weißt genau, dass das nicht stimmt.»

Sein Cousin schüttelte angewidert den Kopf und schloss

das Fenster. Einer der Jungen brachte sich in Position und schoss mit einem schönen Fallrückzieher, doch der Torwart konnte den Ball halten. Der Junge stand wieder auf, murmelte ein *Scheiße* zu dem anderen und klopfte sich den Staub vom Hintern. Da kam Colnaghis Mutter mit einer Flasche ohne Etikett zurück.

«Und?», fragte Colnaghi.

«Alles bestens. Ich habe das Gift.» Sie hielt die Flasche hoch.

«Gab's denn kein Blutvergießen?»

«Ach, hör doch auf. Jetzt müssen wir zum Bäcker.»

«Zu Befehl», sagte Colnaghi. Sie stiegen wieder ins Auto. Auf dem kurzen Weg kamen sie an der Kirche vorbei. Lucia bekreuzigte sich dreimal und brabbelte ein Ave-Maria, was Colnaghi etwas übertrieben fand. Durch das Leid war seine Mutter noch wachsamer und frommer geworden, doch auch klarsichtiger und klüger. Obwohl sie ihn im strengsten Glauben an Gott erzogen hatte, hatte sie doch nicht das Geringste mit den Frömmlerinnen im Ort gemein.

Vielleicht hatten er und seine Mutter ganz einfach entgegengesetzte Auffassungen darüber, was Sünde war. Lucia zufolge musste man in einer präventiven Angst vor der Verdammnis leben (und war *sein Leben* nicht deren schockierende Vorwegnahme, eine klare Drohung?), während das alles für Colnaghi nach Aberglauben roch.

Er betrat die Bäckerei und suchte auf ihre Bitte hin das Brot für den Abend aus: zwei Michetta-Brötchen und ein Stück Focaccia mit Zwiebeln, das ihn lockte. Als sie hinausgingen, fragte sie ihn: «Hast du dieses Jahr schon um Vergebung gebeten?»

«Was?»

«Der Große Tag. Hast du oder hast du nicht?»

«Ach so. Noch nicht. Aber ich war doch recht artig, findest du nicht?»

«Dazu sag' ich lieber nichts.»

Colnaghi schnaufte lächelnd. Einmal im Jahr erlegte Lucia sich und ihren Kindern das auf, was sie als «den Großen Tag der Vergebung» bezeichnete. Diese Tradition hatte sie eingeführt, als sie noch klein waren. Sie mussten sich an all ihre Fehler, ihre Vergehen und auch an den scheinbar kleinsten Ärger, den sie verursacht hatten, erinnern und um Vergebung bitten. Wenn möglich direkt bei den Betroffenen und unbedingt vor Gott. Das durfte kein automatischer oder banaler Akt sein wie so manche, schnell hingeworfene Beichte bei Don Luciano, nein, es mussten – und darauf bestand Lucia bis zur Erschöpfung – aufrichtige Entschuldigungen sein, mit einem reumütigen Geist. Dieser Tag fiel häufig in den Spätherbst, anlässlich der Novene, doch das war keine feste Regel und hing auf jeden Fall allein davon ab, wie die Mutter das entsprechende Jahr einschätzte, also von der Menge der scheinbaren oder tatsächlichen Sünden, durch die es geprägt war. (Nachdem Colnaghi im April 1956 nach einem der zahllosen Streite mit seinem Großvater zusammen mit Mario von zu Hause weggelaufen war, folgte der Große Tag fast auf dem Fuße und war äußerst peinlich.)

Als Giacomo und Angela erwachsen waren, bestand sie nicht mehr auf diesem Tag, vergaß ihn aber auch nicht. Colnaghis Schwester führte ihn sogar mit ihrer Tochter weiter, allerdings mit mageren Ergebnissen. Er dagegen begnügte sich damit, ihn weiterhin für sich allein zu begehen. Er hätte es nie offen zugegeben, doch im Gegensatz zu Angela, die diese Regel nur deshalb so eifrig befolgte, weil sie sich bei ihrer Mutter einkratzen wollte, konnte er dem Großen Tag der Vergebung inzwischen viel abgewinnen.

Zu Hause verbrachte er den Nachmittag damit, die Akten zu studieren, die er sich mitgenommen hatte. Gegen fünf rief er Franz an, um den neuesten Stand zu erfahren. Sie antwortete, dass sie noch damit beschäftigt seien, das aufgefundene Material zu katalogisieren – die Manifeste im Namen des Proletarischen Kampfverbandes bewiesen zweifelsfrei, dass sie auf der richtigen Spur waren –, doch die Polizei habe noch nicht entschieden, wann man in die zweite angegebene Wohnung eindringen werde. Colnaghi war nicht damit einverstanden, dass man so lange wartete, doch er erhob keine Einwände. Er legte auf. Dann rief er Roberto Doni auf seiner Dienstnummer an. Nach nicht ganz einem Klingeln hob er bereits ab.

«Roberto, ich bin's, Giacomo.»

«Ach herrje! Ich habe dich nicht vergessen, ich schwör's. Im Gegenteil, ich wollte dich auch gerade anrufen.»

«Natürlich.»

«Wenn ich's dir doch sage. Ich komme nächsten Mittwoch nach Mailand. Wir könnten am Donnerstagabend zusammen essen, wenn dir das passt.»

«Ausgezeichnet. Wo gehen wir hin?»

«Da ich das lieber nicht dir überlassen wollte, habe ich mich bei ein paar alten Freunden umgehört. Es gibt da eine Trattoria hinter dem Naviglio Pavese, wenn dir das recht ist. Nicht weit vom Zentrum. Sie heißt Barbìss.»

«Barbìss? Schöner Name.»

«Ein Laden im alten Stil. Du wirst nicht enttäuscht sein.»

Colnaghi notierte sich die Adresse in seinem Kalender. Dann goss er sich ein Glas Weißwein ein und trank es auf dem Sofa, während die Fernsehnachrichten über sechs Bomben berichteten, die in Como im Namen der «Arbeiterbrigaden für den Kommunismus» explodiert waren. Sie waren als Drohung gegen den Bau eines neuen Gefängnisses gemeint. Ein Polizeiwachtmeister, Luigi Carluccio, war dabei ums Leben gekommen. Colnaghi schaltete den Fernseher aus und schloss die Augen. Seine Mutter rief ihn. Das Abendessen war fertig.

17

GEGEN ZWEI UHR NACHTS riss ihn das Telefon aus dem Bett. Es war schon öfter vorgekommen, dass sie ihn am Wochenende zu Hause anriefen – eine Festnahme, ein Problem, irgendetwas, das seine Anwesenheit erforderte. Er stand auf und ging an den Apparat. Es war Caterina Franz. Sie hatten Meraviglia in der Gegend von Giambellino verhaftet, in der zweiten von Berti genannten Wohnung. Die Polizei war vor zwei Stunden dort eingedrungen und hatte ihn endlich aufgestöbert. Colnaghi spürte, wie auch der letzte Rest seiner Müdigkeit verflog, eine jubelnde Freude überkam ihn.

«Ich habe auch versucht, Micillo zu erreichen, doch er ist nicht in der Stadt.»

«Ich komme sofort.»

«Bist du sicher?»

«Ich komme sofort», wiederholte er. «Sofort.»

Er legte auf, hastete ins Schlafzimmer, um sich anzuziehen, rekonstruierte dabei in Gedanken die Karte, die in seinem Büro hing, und machte sich die Bedeutung dieser Verhaftung klar, nicht nur für seine Ermittlungen – sie war faktisch ein K.o.-Schlag –, sondern für den gesamten Mailänder Antiterrorkampf. Als er die Treppe herunterkam, sah seine Mutter ihn aus schlafverklebten Augen an. Mit einer Hand schützte sie sich vor dem Flurlicht.

«Musst du weg?», fragte sie.

«Ja.»

«Gab es Tote?»

«Nein, nein. Eine Verhaftung. Ein ganz dickes Ding, Mamma.»

Sie seufzte und sagte nichts weiter. Colnaghi nahm die Schlüssel vom Sims über der Heizung.

«Ich bin bald zurück.»

«Ja.»

Er küsste sie auf die Stirn und drückte sie sanft an sich, dann machte er sich von ihr los.

«Wir sehen uns spätestens zum Frühstück, in Ordnung?»

«In Ordnung.»

Die Luft draußen war kühl, doch grob gekörnt: Man konnte sie essen. Sie drang durchs offene Autofenster, und Colnaghi verschlang sie auf seiner Fahrt nach Mailand in großen Happen. Als er die Autobahn verließ und in die Stadt hineinfuhr, erschienen ihm die Umrisse der Hochhäuser im Viertel Certosa wie die Wachtürme eines nie vergangenen Mittelalters. Er fuhr auf den leeren Straßen vorbei an blinkenden Ampeln durch die warme, stille Nacht.

Er parkte den Ritmo auf dem Hof. Die Scheinwerfer strahlten Maresciallo Picone – einen finster wirkenden Sizilianer – und Caterina Franz an. Die beiden standen auf der Treppe, um frische Luft zu schnappen. Sie hoben den Arm.

«Na, wie geht's uns, Dottore?», fragte der Maresciallo lächelnd.

«Jetzt phantastisch, würde ich sagen.»

«Das kann ich mir denken.»

«Endlich haben wir ihn», sagte Franz.

«Und wie ist er so?», fragte Colnaghi.

Picone zuckte mit den Schultern. «Tja, jung, pfiffig. Er

macht einen cleveren Eindruck. Ich weiß nicht, Dottore. Für mich und meine Jungs sind das alles Scheusale.»

«Hat er schon was gesagt?»

«*Ich erkläre mich zum politischen Gefangenen*», sagte Franz mit einem angewiderten Lächeln.

«Sonst noch was?»

«Ja», sagte Picone. «Er schreit nicht, er schimpft nicht. Das sind die Schlimmsten, die, die nicht schimpfen. Du weißt nie, welcher Scheiß ihnen gerade durch den Kopf geht, mit Verlaub.» Er hustete kräftig. «Die Knie müsste man ihnen zertrümmern. Diesen Hurensöhnen.»

«Na gut. Hören wir mal, was er zu sagen hat.»

Sie betraten einen kahlen Raum – ein Tisch, drei Stühle, ein Garderobenständer, das Summen der Neonlampe. Das Fenster stand offen und schnitt ein Stück Nacht aus. Der Pflichtverteidiger und der Schriftführer der Untersuchungsrichterin drückten ihre Zigaretten auf dem Fensterbrett aus, als sie sie hereinkommen sahen. Zwei Polizisten nahmen Haltung an und grüßten sie. Am Tisch saß in Handschellen ein junger Mann um die dreißig: kurze Haare, dunkelroter Pullover, unrasiert.

«Guten Abend», sagte Colnaghi und setzte sich ihm gegenüber. Der Maresciallo ging hinaus. Franz grüßte nicht.

«Guten Abend», sagte der junge Mann.

Colnaghi musterte ihn. Er hatte tiefliegende Augen und die Blässe von einem, der lange nicht draußen gewesen war, um sich nicht aufspüren zu lassen. Colnaghi sah all seine Ticks, jedes Detail – die ruckartig zitternden Lippen, die zeitweise am Boden zappelnden Füße –, und den Versuch, sie zu verbergen, um Haltung zu bewahren. Meraviglias Blick verriet die übliche Verachtung.

Colnaghi zog ein Notizbuch aus der Tasche, legte es vor sich hin, schlug es auf und strich es mit der Faust glatt.

Nachdem Caterina Franz dem jungen Mann die Handschellen hatte abnehmen lassen, begann sie laut mit der Aufnahme der Personalien, damit der Schriftführer an der Schreibmaschine die Antworten mitschrieb. Der Pflichtverteidiger schwieg. Colnaghi kannte das Formular auswendig. Er zog die Kappe von seinem Füllfederhalter.

«Vorname und Familienname», sagte Franz.

«Das habe ich schon gesagt.»

«Vorname und Familienname», wiederholte sie.

«Gianni Meraviglia», sagte der Mann in sachlichem Ton. «Proletarischer Kampfverband. Deckname Riccardo. Ich erkläre mich zum politischen Gefangenen.»

«Wo sind Sie geboren?»

«In Mailand.»

«Wann?»

«Am 16. November 1959.»

Colnaghi rechnete kurz nach: 22 Jahre. Er schüttelte den Kopf.

Die Franz erledigte die restlichen Formalitäten zügig – ob er Vermögen besitze, in welchen familiären Verhältnissen er lebe und so weiter. Manchmal antwortete Meraviglia im selben Tonfall, in dem er begonnen hatte – unbefangen, geradeheraus, ruhig –, und manchmal schwieg er einfach. Nach jedem dritten Satz bekräftigte er, dass er ein politischer Gefangener sei.

Zum Schluss schlug Franz einen härteren Ton an. «Also, Meraviglia, da wir hier fertig sind, erkläre ich Ihnen mal kurz, warum ich überhaupt hier bin und was ich von Ihnen will. Ich bin die Untersuchungsrichterin Caterina Franz, und das hier ist Staatsanwalt Giacomo Colnaghi vom Mailänder Gericht.»

«Wir kennen Sie», unterbrach sie Meraviglia.

Colnaghi wollte aufbrausend dazwischengehen, besann sich aber und gewann die Beherrschung wieder. «Aber natürlich. Ich nehme an, wir stehen schon seit geraumer Zeit auf Ihrer Abschussliste, stimmt's?»

Schweigen.

Franz schien nichts gehört zu haben. Sie fuhr fort: «Kommen wir gleich zur Sache. Wir können Ihnen Schutz anbieten, Ruhe und eine beträchtliche Minderung Ihres Strafmaßes, wenn Sie sich entschließen, mit uns zusammenzuarbeiten, das heißt, wenn Sie uns relevante Informationen über die Gruppe liefern, deren Mitbegründer zu sein Sie ja schon zugegeben haben. Egal was: Namen, Orte, Pläne. Was immer Sie uns sagen wollen.»

Er schüttelte den Kopf und lächelte. «Sie haben nicht ganz verstanden, Dottoressa. Ihr habt mich erwischt, na wunderbar, die Verantwortung für die Gruppe liegt bei mir. Aber ich bin kein Verräter, ich halte zu meinen Leuten.»

«Bevor wir hier so kategorisch werden», sagte Colnaghi, «möchte ich Sie daran erinnern, dass das Leben im Gefängnis sehr hart sein kann.»

«Wollen Sie mir drohen?»

«Sagen wir, ich rate zu etwas Flexibilität.»

Einer der Polizisten, der jüngste von ihnen, erlaubte sich ein dreckiges Lachen. «Dottore, nachher nehmen wir uns den vor. Sehen Sie denn nicht, dass der keine Vernunft annimmt? Er ist genau so ein Scheusal wie die anderen.»

«Lieber ein Scheusal als so ein Scheißfaschist wie du», sagte Meraviglia.

«Dir polier' ich die Fresse!»

«Das reicht jetzt», unterbrach sie die Untersuchungsrichterin. «Raus mit Ihnen, sofort. Und am besten gleich alle drei. So ein Benehmen dulde ich nicht.»

Der Polizist setzte zu einem neuen Wutausbruch an, dann nahm er sich zusammen und entschuldigte sich. «Zu Befehl», sagte er. Er ging mit den anderen hinaus und schloss die Tür hinter sich. Colnaghi hörte, wie sie auf dem Flur tuschelten.

Meraviglia schaute auf. «Sie sollten besser schlafen gehen», sagte er.

«Niemand hat Sie aufgefordert, zu sprechen», sagte Franz.

Colnaghi nickte.

«Stört es Sie, wenn ich Pfeife rauche?», fragte er.

«Nein. Warum siezen Sie mich?»

«Tja, was mich betrifft, so gehört das zu den Dingen, die Guido Galli mich gelehrt hat. Auch der schlimmste Verbrecher soll stets wie ein Mensch behandelt werden. Ihre Komplizen von Prima Linea haben ihn ermordet, nur damit Sie wissen, von wem ich rede.»

«Das sind nicht unsere Komplizen.»

«Ja, ich weiß, Sie sind sich nicht grün.» Er zeigte mit der Pfeife auf ihn. «Und Sie, warum siezen Sie mich? Ihr Brüder seid doch sonst nicht so förmlich, oder?»

Der junge Mann begnügte sich mit einem Schulterzucken. Erstmals wirkte er erschöpft und sogar verwirrt. «Gute Kinderstube», sagte er.

Colnaghi lächelte. Plötzlich merkte er, wie die übliche, absurde Sympathie in ihm aufstieg. Es war, als würde die Realität – die entsetzliche Realität von Schuldigen und Unschuldigen, Mördern und Opfern, Betrügern und Bestohlenen – während der Verhöre etwas von ihrer Brutalität verlieren.

Daher regte sich bei Colnaghi ein Minimum an Empathie. Es genügte schon eine beliebige Kleinigkeit. *Die gute Kinderstube*. Ein ehrliches Lächeln, das unvermittelt aufblitzte. Er machte sich Vorwürfe. Manchmal wäre er lieber härter gewesen. Er musste an Doni denken. Auch Doni redete gern mit den Tätern, doch das war etwas anderes. Er setzte bei deren unwillkürlichem Bedürfnis nach Verständnis an, um sie anschließend auszutricksen. Doch Colnaghi gelang es nicht, dieses verschwommene Mitleid loszuwerden. Don Luciano hatte ihm einmal gesagt, er hätte lieber Priester anstatt Staatsanwalt werden sollen, und da hatte er mit den Schultern gezuckt. Vielleicht war das so. Vielleicht hatte er alles falsch gemacht.

Caterina Franz kam wie gewöhnlich gleich auf den Punkt. «Geben Sie zu, für den Mord an Aldo Vissani, begangen am 9. Januar 1981, verantwortlich zu sein, zu dem sich der Proletarische Kampfverband bekannt hat?»

Der junge Mann schwieg.

«Meraviglia? Würden Sie mir bitte antworten?»

«Wenn Sie mich das fragen, heißt das doch, dass ihr es längst wisst.»

«Geben Sie es zu?»

«Ich habe nichts zu sagen, und ich sage auch nichts mehr.»

Colnaghi und die Untersuchungsrichterin wechselten einen Blick. Sie zog die Augenbrauen hoch und erklärte das offizielle Protokoll für beendet. Sie ließ es sich vom Schriftführer geben, las es durch und forderte Meraviglia auf, zu unterschreiben. Er weigerte sich. Der Pflichtverteidiger bat Colnaghi um dessen Stift und unterschrieb mit dem förmlichen Zusatz *Zur Kenntnis genommen und unter Verzicht auf die Hinterlegung*. Auch die Richterin und der Staatsanwalt unterschrieben.

«Na, bestens.» Colnaghi wirkte erleichtert. Er steckte die Kappe auf den Füllfederhalter und streckte sich ein wenig auf seinem Stuhl. «Caterina, könntest du uns zwei Minuten allein lassen?»

«Entschuldige, wie bitte?»

«Ich möchte mich kurz mit dem Herrn hier unterhalten, wenn das machbar ist.»

«Wieso denn?»

«Nur ein kurzes Gespräch», wiederholte er.

Sie runzelte unschlüssig die Stirn. «Na gut», sagte sie schließlich, ohne den Blick von ihm zu wenden. «Aber nachher bist du mir eine Erklärung schuldig.»

Auch der Pflichtverteidiger machte einen verblüfften Eindruck. Sie verließen den Raum. Colnaghi versicherte, dass es sich um ein inoffizielles Gespräch handelte.

«Ich habe nichts zu sagen», wiederholte Meraviglia, als sich die Tür geschlossen hatte. Der Raum wirkte nun etwas größer. Das Neonlicht knisterte eine Weile, dann beruhigte es sich.

«Ich frage Sie ja gar nichts», sagte Colnaghi. «Ich möchte mich nur ein bisschen mit Ihnen unterhalten.»

«Was sind Sie denn für einer, Sozialarbeiter?»

«Nein.» Seine Pfeife war ausgegangen. Er zündete sie wieder an, zog ein paar Mal daran und sprach weiter. «Sagen Sie, wie haben Sie sich denn diesen Bluterguss zugezogen?»

Der junge Mann fuhr mit den Händen zu seinem Gesicht. Über dem rechten Auge war es bläulich angeschwollen. Vorsichtig betastete er die Stelle mit einem Finger.

«Das wissen Sie doch. Bei meiner Festnahme haben sie mich verprügelt und auch danach, in der Zelle.» Seine Stimme war voller Verachtung. «Und ich vermute mal, dass ich noch mehr einstecken muss. Die Methoden des demokratischen Staates, was?»

«Ja, das ist unwürdig», bestätigte Colnaghi. «Doch ich nehme an, das wird hier als kleine Ausnahme betrachtet, nicht als schwerer Fehler.»

«Was?»

«Schon gut, vergessen Sie's.» Er kratzte sich die Nase. «Noch mal von vorn.»

«Ich habe nichts zu sagen.»

«Ich weiß, Sie werden nicht reden und so weiter. Aber wie schon gesagt, ich stelle ja gar keine Fragen mehr zum Mord an Aldo Vissani und auch nicht zu Ihrer Organisation. Ich will keine Namen und könnte jetzt, in dieser Situation, ohnehin nicht danach fragen. Ich möchte nur einiges besser verstehen.» Er schnalzte mit der Zunge. «Sie scheinen mir ein intelligenter Mann zu sein. Und sich dessen, was geschieht, sehr wohl bewusst.»

Meraviglia schwieg.

«Wie stelle ich es nur an, dass Sie mir glauben ... Mich interessiert ganz einfach, weshalb es mit einem jungen Mann wie Ihnen so weit kommen musste.»

Meraviglia schüttelte angewidert den Kopf. «Lesen Sie unsere Kommuniqués.»

«Die habe ich wieder und wieder gelesen. Was ich von Ihnen wissen will, ist, warum ein junger Mann wie Sie, der Sohn eines Vermessungstechnikers und einer Bankangestellten, soviel ich weiß, der in einem normalen Viertel wie der Gegend von Porta Venezia geboren und aufgewachsen ist, zum Mörder werden muss. Die Worte verstehe ich, auch die schlimmsten. Ich verstehe die Wut, ich verstehe alles. Aber das verstehe ich nicht. Können Sie mir das erklären?»

«Sie wollen mich doch verarschen.»

«Nein. Sie können schweigen oder mir antworten, ganz wie Sie wollen.»

Meraviglia runzelte die Stirn. Diese Art der Unterhaltung hatte er nicht erwartet. Wahrscheinlich hatte er überhaupt keine Unterhaltung erwartet. Er sammelte sich einen Augenblick, dann sagte er: «Worte ohne Taten sind nichts wert. Ich habe Verantwortung für das übernommen, woran ich glaube. Habe mich für die Sache geopfert. Und ich bereue nichts.» Er sah ihm in die Augen. Colnaghi hatte eine heftige Reaktion erwartet, doch nichts geschah. Meraviglias Stimme war nach wie vor ruhig und gelassen. «Das ist für mich Gerechtigkeit. Sie sind doch Staatsanwalt, oder? Sie sollten an Gerechtigkeit glauben.»

«Sie ist das Wichtigste in meinem Leben.»

«Na also. Sie haben Ihre vom Unterdrückerstaat diktierte Gerechtigkeit, und ich habe meine Gerechtigkeit der Unterdrückten. Welche ist besser?»

Colnaghi schüttelte den Kopf und schob sich über dem Tisch einige Zentimeter nach vorn. «Ihr bringt Unschuldige um», sagte er.

«Das tut ihr auch.»

«Ach, kommen Sie!»

Meraviglia stieß einen langen, nervösen Seufzer aus. «Sie haben gesagt, Sie wollen verstehen, doch wenn Sie verstehen wollen, müssen Sie zunächst eines zugeben: Nicht wir haben angefangen. Der Staat war es. Ich hätte nicht einen Finger gerührt, wenn es von Seiten der Obrigkeit nicht Jahre und Jahrzehnte der Gewalt gegeben hätte. Die mit Gewalt, mit Waffengewalt, zerstreuten Arbeiterdemonstrationen. Die Proteste, die stets mit Blutvergießen enden. Sei still, senke den

Kopf und arbeite, sonst nehmen wir dir alles und lassen dich verhungern. Und dann die Bomben, Dottore, die *Bomben*. Die falschen Fährten der Democrazia Cristiana. Das Schweigen. Die Unterstützung der Faschisten, der Polizeistaat. Mailand, Brescia, Bologna, der Bombenanschlag auf den Schnellzug Italicus – alles Dinge, die von oben kamen, ohne Gewissensbisse. Und *ihr* nennt *uns* Terroristen? Nein, da macht ihr es euch zu einfach. Wir – ich – sind ein Teil von all dem, was ihr getan habt. Wir sind dessen unmittelbare Konsequenz, und wir kämpfen dafür, dass dieser ganze Dreck aufhört. Wir kämpfen für die Schwachen und für die Revolution.» Er starrte ihn an. «Fallen diese Toten für Sie nicht ins Gewicht?»

«Doch, sehr, aber so lässt sich das Problem nicht lösen. Diese ganze Gewalt wird nach Rache schreien. Sie tut es bereits. Die gewöhnlichen Leute, denen ihr den Vater oder den Bruder oder einen Freund genommen habt, die Schwachen, deren Beschützer Sie sein wollen und die nie daran gedacht haben, zur Waffe zu greifen, sie alle wollen jetzt Rache. Es wird immer schlimmer werden, begreifen Sie das? Ihr spielt das gleiche Spiel wie die Unterdrücker.»

Meraviglia schien ihm kaum zuzuhören. «Dann ist die Alternative also, immer so weiterzumachen, alles einer immer unantastbareren DC und einer immer unfähigeren kommunistischen Partei zu überlassen und Demokratie zu spielen, statt sie zu leben. Kompromisse über Kompromisse, bis wir alle am Ende sind.» Er setzte ein wildes Lächeln auf. «Die typische Denkweise der Bourgeoisie: Solange sich die anderen die Hände schmutzig machen, ist alles in Ordnung, aber ich habe damit nichts zu tun. Ich gehe wählen, ich delegiere. Und damit hat es sich.»

«Herrgott noch mal!», platzte es aus Colnaghi heraus.

«Habt ihr denn keine anderen Sprüche drauf? Immer bloß dieselben alten Parolen? Und dann fragt ihr euch, wie wir Gläubigen immer wieder dieselben Gebete sprechen können. Und ein Bourgeois bin ich sowieso nicht, Meraviglia. Ich bin ohne Vater in der Provinz aufgewachsen. Zwei Kinder, kaum Geld, das Gemeindezentrum für die Armen. Informieren Sie sich gefälligst vorher.»

Der junge Mann dachte über diese Worte nach, eine halbe Minute lang blieb er still. «Auch ich bin immer ins Gemeindezentrum gegangen», sagte er schließlich.

Colnaghi schwieg. Meraviglia hob den Kopf, seine Stimme klang nun weicher. «Auch ich bin ins Gemeindezentrum gegangen. Aber was war diese Kindheit für Sie? Diese ganze Mühe? Sie hat nichts genützt.»

«Ich bin kein Roter geworden, nein. Und auch keiner, der Leute erschießt. Ich versuche nur, meine Pflicht zu tun und ein besserer Mensch zu sein.»

«Und das machen Sie, indem Sie einem faschistischen Staat dienen? Herzlichen Glückwunsch.»

«Wir haben keinen faschistischen Staat. Wir befinden uns hier nicht in einer lateinamerikanischen Diktatur, wollen Sie das bitte begreifen?» Er schüttelte den Kopf. «Und auf keinen Fall diene ich dem ‹Staat›, den Sie im Sinn haben. Ich diene der Gerechtigkeit.»

«Nein, was für schöne Worte! Was glauben Sie denn, wie das alles endet? Was denken Sie über all die, die keine Arbeit mehr haben, über die, die in den Fabriken ausgebeutet werden? Sehen Sie die leerstehenden Palazzi und gleichzeitig die Leute, die nicht wissen, wo sie schlafen sollen? Kennen Sie den Zustand des Landes, des realen, entwürdigten, elenden Landes, der Vorstädte und der kleinen Dörfer im Süden, der

Menschen, die nicht mal mehr Geld haben, um sich was zu essen zu kaufen?»

«Natürlich! Doch die einzige Antwort, die ihr auf all das habt, ist, wie schon gesagt, die dümmste und feigste: die Ermordung Unschuldiger! Ihr sucht sie euch aus, ihr beschattet sie, und ihr ermordet sie. Was denkt ihr euch eigentlich? Dass die marxistische Revolution kommt, wenn man wehrlose Menschen niedermetzelt? Denkt ihr das wirklich?»

Meraviglia schien kurz zurückzuweichen, fing sich aber sofort wieder.

«Hören Sie, das sind die Mittel zum Zweck. Mir ist klar, dass sie Ihnen nicht gefallen, das können Sie mir glauben. Ich persönlich kann dem Schießen nicht das Geringste abgewinnen, und die Reden über die Vitalität des bewaffneten Kampfes finde ich abstoßend. Töten ist widerlich. Doch bleiben wir mal bei den Fakten: Wir töten nur, weil es keine andere Lösung gibt und weil dies die Art des Kampfes ist, die wir gewohnt sind. Wie gesagt, nicht wir haben angefangen. Wie reagiert man auf eine Bombe auf einer Piazza? *Das* war eine Ermordung Unschuldiger, aber nicht durch uns! Wir verurteilen und erschießen Einzelpersonen für ein besseres Land. Um den wahren Opfern Hoffnung zu geben. Gern würden wir einen anderen Preis zahlen, doch es gibt keinen Ausweg. Das sind die Mittel, zu einem viel höheren Zweck.»

«Mittel und Zweck müssen verhältnismäßig sein», sagte Colnaghi. «Sonst ist alles verloren. Und natürlich ist es euch noch nie in den Sinn gekommen, dass die *Einzelpersonen*, über die ihr richtet, beliebige Menschen sind, nicht wahr? Ohne die geringste Verbindung zu den Machtzentren, die ihr in die Knie zwingen wollt. Unbescholtene Familienväter, einfache Leute, die ihrer Arbeit nachgehen. Die versuchen, den Staat, den ihr so hasst, zu verbessern. Nein, das waren alles Henker, alles Menschen, die einen Schuss in die Beine oder in den Bauch verdient haben. So ist es doch, oder? Keine Berufung möglich am Volkstribunal.»

Meraviglia beschränkte sich auf eine angewiderte Grimasse und ein Kopfschütteln. «Wenn sie dieser Arbeit nachgegangen sind, heißt das, dass sie sich dafür entschieden hatten, den Status quo zu verteidigen. Also waren sie mitverantwortlich. Es tut mir leid um sie als Menschen, auch wenn ich weiß, dass Sie mir nicht glauben. Doch das hier ist ein Krieg, und in jedem Krieg entscheidet man sich, auf welcher Seite man steht. Wir haben die der Unterdrückten gewählt. Und jeder Unterdrücker, der fällt, zahlt für den Schmerz tausender armer, unschuldiger Schlucker, für tausende Arbeitslose, für tausende Menschen, die Hunger leiden. Das gibt ihnen die Hoffnung, dass sich etwas ändern wird. Dass sie nicht allein sind.»

«Nein, Sie irren sich. Das ist nichts als Rache, und die ändert gar nichts, die sorgt nur dafür, dass ihr euch besser fühlt. Auge um Auge, Zahn um Zahn, aber wo ist denn all die Hoffnung, von der Sie sprechen? Seit Jahren schießt ihr nun schon, und die Leute haben nichts als Angst vor euch. Und eigentlich wissen Sie das, Sie wissen, dass ihr einem Wahn folgt und dass dies nicht der richtige Weg ist.»

Sie fixierten sich beide, ohne den Blick abzuwenden. Meraviglia fuhr sich mit der Zunge über die trockenen Lippen, dann hustete er. «Und wie lässt sich das Problem lösen? Na los, erklären Sie mir das mal.»

Colnaghi hob die Hände, um auf sie beide zu zeigen. «Indem man miteinander redet. Indem man sich auf halbem Weg trifft, in den Bars, in den Kirchen, auf den Plätzen. So lernen wir uns vielleicht endlich mal kennen, wir alle zusammen, und begreifen, dass wir viele sind, die ein anderes Italien wollen.»

«Ein anderes Italien?», lachte Meraviglia. «Sie und ich könnten ein anderes Italien wollen, und dann auch noch *zusammen*? Du lieber Gott, ich hätte nie gedacht, dass … Du lieber Gott, das ist wirklich der Gipfel der Idiotie.» Plötzlich wurde er laut. «Was, verdammt noch mal, verstehen Sie denn davon? Sie reden und reden, aber was verstehen Sie denn schon? Haben Sie je erlebt, was wir erlebt haben? Haben Sie je diesen Schmerz und diese Wut empfunden – und diese Gemeinschaft, die man nur durch die Sache findet? Nein. Wissen Sie, was es heißt, während einer Demonstration zuzusehen, wie zwei Polizisten einem Mädchen die Zähne ausschlagen? Wissen Sie, wie oft ich einen Freund vor dem Angriff eines Faschisten beschützt habe? Nein. Sie können uns verurteilen, darauf beschränken Sie sich. Verstehen werden Sie niemals, und wissen Sie auch, warum?» Er zeigte auf den Raum, in dem sie saßen. «Weil Sie glauben, dass Sie im Recht sind und reden wollen, mich aber in Fesseln halten. Und ich denke, wenn das System erbarmungslos ist, darf ich das auch sein, und indem ich seine Symbole angreife, kann ich es schwächen und schließlich zerschlagen. Ende der Durchsage. Doch vergessen Sie nicht: Sie haben weder das Recht noch die Gerechtigkeit auf Ihrer Seite. Nur die Macht ist unterschiedlich verteilt. In diesem Augenblick sind Sie eindeutig der Stärkere. Also werden Sie morgen der Retter des Vaterlands sein und ich in der Presse die Bestie von Seite eins. Na, von mir aus, das gehört zum Spiel, damit kann ich leben.»

Colnaghi merkte, dass seine Worte sich von seinem Körper lösten wie Teilchen, deren Herkunft er nicht kannte.

Dennoch empfand er weder Scham noch Scheu, als er sich eingestand, dass er nicht mehr der Vernehmer war – vielleicht hatte er auf diesen Moment schon lange gewartet. «Nein, das ist es ja gerade», sagte er. «Ich kann die Menschen nicht als Symbole betrachten oder als nützliche Mittel zur Durchsetzung von Veränderungen. Das kann ich nicht, und ich dulde es nicht, dass eine solche Ungeheuerlichkeit als Gerechtigkeit bezeichnet wird. Natürlich weiß ich, dass unsere Demokratie viele Schattenseiten und schreckliche Fehler hat. Aber sie kann doch zumindest besser werden. Sie kann die Welle des Hasses stoppen, kann mit den Faschisten Schluss machen und das Böse bekämpfen, das ihm innewohnt. Der Mord an einem Menschen hingegen – an einem *wehrlosen* Menschen, mein Gott, einem hinterrücks überfallenen Menschen – verbessert gar nichts und ist vollkommen sinnlos. Er hinterlässt nur ein unüberwindliches Leid und einen Sog von Fragen, auf die es keine Antwort gibt.» Er hob den Kopf und biss die Zähne zusammen, so fest es ging. «Ihr wolltet eine Revolution machen, doch ihr habt nichts weiter geschafft, als Menschen umzubringen.»

«Wie schon gesagt, das ist ein Krieg, und im Krieg gibt es nun mal Tote. Was glauben Sie denn, dass die Partisanen …»

«Ihr seid keine Partisanen!», schrie Colnaghi und sprang auf. Meraviglia duckte sich unwillkürlich weg und zog den Kopf ein. «Haben Sie verstanden? Haben Sie mich *verstanden*? Ihr seid keine Partisanen!»

Der Raum fiel in die Stille zurück. Die beiden Männer saßen noch eine Weile reglos da. Dann öffnete Colnaghi die Tür und rief die Polizisten herein.

«Na gut, Meraviglia, das war's», sagte er und musterte ihn ein letztes Mal. Ein junger Mann, der wie er im Gemeindezentrum großgeworden war und der wie er geliebt und gelitten hatte, der sich vielleicht wie er für Fußball und Radsport begeistert hatte und der womöglich ein anderer Mensch hätte werden können. Doch er hatte seine Wahl getroffen, er war frei, und diese Freiheit hatte ihn hierhergebracht.

«Das war's», wiederholte Colnaghi, ging hinaus und blieb mit herabhängenden Armen auf dem Flur stehen. Caterina Franz kam aus der Haupthalle auf ihn zu, und ohne ihn etwas zu fragen, umarmte sie ihn einen Moment lang fest. Dann löste sie sich von ihm und lächelte verlegen. «Entschuldige», sagte sie. «Entschuldige.»

Im Waschraum des Polizeipräsidiums stand Colnaghi lange vor der Hocktoilette und starrte die weiße Wand an. Dann raffte er sich auf, ging zum Waschbecken und nahm seine Krawatte ab, er faltete sie dreifach zusammen und steckte sie in die Jackentasche. Mechanisch spritzte er sich kaltes Wasser auf Augen und Hals. Als er fertig war, vermied er es, in den Spiegel zu sehen. Er trocknete sich schnell ab und ging hinaus.

Ein Hundeleben. Genau das war es.

Ein Hundeleben, weil sie am Tage schufteten, sogar mehr als sonst, zehn, elf, manchmal zwölf Stunden hintereinander an der Drehbank, und wehe, man hob den Kopf, dann setzte es Prügel, und dann am Abend war es eine einzige Katastrophe. Urplötzlich schien die Stadt dann von einem zweiten, feineren und vorsichtigeren Geist durchzogen zu sein, aus Rebellen bestehend, die nur in sorgfältig getrennten Gruppen miteinander sprachen. Die Katholiken mit den Katholiken, die Sozialisten mit den Sozialisten. Dazu sie von den Garibaldi-Brigaden und noch andere.

Ernesto-Beppo war verblüfft. Er hatte auf mehr Unterstützung aus der Bevölkerung gehofft, doch die meisten beschränkten sich darauf, so zu leben, als ob nichts wäre. Sie schnallten ihren Gürtel enger, und das war's. Und die Bauern hatten eine Heidenangst. Manche hatten sogar einen Partisanen an die Deutschen ausgeliefert, gegen die «hohe Belohnung», die auf jedem Anschlagzettel in Aussicht gestellt wurde. Wenn sie sich doch nur alle auflehnen würden. Wenn sie doch nur alle zusammen – nicht nur die Arbeiter, nicht nur die Kommunisten, nicht nur die Verschwörer – wenn sie doch nur alle zusammen auf die Piazza gehen würden. Mit einer Kerze in der Hand. Mit einer Waffe in der Hand – auch mit einer Mistgabel oder einem Knüppel. Wenn sie doch nur alle so auf die Straße gehen würden, in Saronno, in Cesate, in Solaro, in Mailand, in Bologna, in Italien. Würde das nicht genügen?

Ernesto begriff es wirklich nicht. Und nun wurde auch noch das Essen zum Problem. Sogar sein Schwiegervater, der sich damit brüstete, stets ein Stück Fleisch auf dem Teller zu haben, war jetzt arm dran. Die Deutschen hatten Machenschaften wie den seinen, die im Grunde recht undurchsichtig waren – halb Vermittler und halb Geschäftsmann, hier ein Feld am Rande, dort im Zentrum ein paar Tiere im Stall –, einen Riegel vorgeschoben. Lucia machte sich zunehmend Sorgen, und Angela wurde immer wieder krank. Der einzige, der in Form zu sein schien, war der kleine Giacomo, der erste, den Ernesto begrüßte, wenn er nach Hause kam.

Mit einem Wort, es war ein Hundeleben. Trotzdem gaben sie nicht auf. Kleine Sabotageakte, Unterstützung von Wehrdienstverweigerern, Waffenaustausch. Einmal hatte er mit Pagani und René eine große Tasche voller Gewehre gestohlen, die sie bei Nacht in der Hütte versteckten. Am nächsten Morgen war vor Sonnenaufgang ein schrottreifes Auto gekommen und hatte sie abgeholt. Partisanen aus Como, wie Egidio erklärte. Jemand würde sterben, in den kommenden Tagen.

Währenddessen arbeitete Crocis versteckte Druckmaschine pausenlos weiter. Der alte Buchdrucker rieb sich die Hände und beschnupperte jedes einzelne Flugblatt, das der Hektograph ausspuckte. Er schien den größten Enthusiasmus und Kampfgeist von allen zu haben. EINWOHNER, SCHLIESST EUCH UNSEREM KAMPF GEGEN DEN NAZIFASCHISMUS AN! *Und Croci: «Isses nich' wundervoll! Für mich isses 'n Kunstwerk!» Und er küsste das Blatt wie einen Glücksbringer.*

Im August begannen die Razzien, doch die Faschisten griffen vor allem Wehrdienstverweigerer auf, die bei den Famili-

en untergeschlüpft waren. Egidio war angespannt, doch zufrieden. «Jetzt machen sie sich ins Hemd», sagte er. «Wir jagen ihnen Angst ein. Wir sind bloß wenige, und im Vergleich zu anderen Gruppen richten wir noch nicht viel aus, aber wir machen ihnen Angst. Bravo!»

Manchmal ließen sie sich von jungen Mädchen helfen, die mit dem Rad fuhren, sechzehn, siebzehn Jahre alt. Ernesto gefiel das nicht, doch er musste einräumen, dass es der einfachste und sicherste Weg war, um Nachrichten zu übermitteln. Ein Fräulein mit Kopftuch würde niemand anhalten. Sie fungierten als Staffetten zwischen ihnen und den Gruppen in Ceriano Laghetto, Caronno Pertusella und Solaro. Wenn sie selbst in der Fabrik waren oder kurz vor Sonnenaufgang radelten die Mädchen ohne Wissen ihrer Mütter wie der Wind über die Felder, fröhlich und ängstlich und voller Mut. Mit einer von ihnen, Teresa, freundete sich Ernesto an, wie ein älterer Onkel. Einmal schenkte er ihr ein Halstuch, das Lucia den Armen geben wollte. Sie lächelte und errötete leicht unter ihren kastanienbraunen Locken. Ernesto wünschte sich, seine Tochter Angela möge einmal so wie dieses Mädchen werden, sanft, beherzt und mutig. Dann fiel ihm sein Schwiegervater ein, und er musste lachen: Allenfalls würde sie wohl eine Frömmlerin werden.

Der Herbst kam. Egidio hörte Radio London und hielt sie alle auf dem Laufenden. Die Salò-Republik war am Ende, Finnland und Ungarn hatten sich den Russen ergeben. Im Oktober hatten sie alle zusammen den Einzug der jugoslawischen Partisanen in Belgrad gefeiert und dabei «Tito, Tito!» gesungen, und als die Engländer in Griechenland landeten, war Renato auf die Knie gefallen und hatte der Madonna gedankt, denn er hatte einen Cousin auf einer der Ägäischen

Inseln. Egidio hatte ihm die übliche Ohrfeige verpasst und ihm erklärt, statt der Jungfrau Maria solle er lieber Churchill danken.

Hitler musste mitansehen, wie sein Reich zerbröckelte, und jeden Tag bombardierten die Alliierten Deutschland. Doch bei ihnen in Norditalien schienen sich die Dinge nicht zum Besseren zu wenden. Der Krieg in den Wäldern war erbarmungslos geworden, und bei jedem Treffen las Egidio trostlose und wütende Mitteilungen des Obersten Kommandos vor, in denen die Männer der verschiedenen Brigaden dazu aufgerufen wurden, trotz der Kälte, der Strapazen, der Toten und des Leids die Front zu halten. Und die Front wurde gehalten. Flüche mischten sich mit Umarmungen, die Angst wurde heruntergeschluckt, und niemand wagte es, auch nur einen Schritt zurückzuweichen.

Am 4. November deponierten die von «Gerechtigkeit und Freiheit» vor Tagesanbruch einen Chrysanthemenkranz auf dem Altar des Denkmals für die Gefallenen des Ersten Weltkriegs. Das sprach sich in Windeseile herum, und Ernesto ging mit einigen Gefährten dorthin, um sich das anzusehen. Dort stand geschrieben: Wir Proletarier gedenken eurer Opfer. Sie werden nicht umsonst gewesen sein. *Clericis Sohn brach in Tränen aus, und sogar Pagani war gerührt. In der Kälte und dem Regen dieses eisengrauen Nachmittags spürten alle ein Feuer in sich lodern: Die jungen Männer, die ihre Väter gewesen waren, riefen sie aus einem ferneren Krieg, riefen sie aus den schlammigen Gräben des oberen Veneto, riefen sie aus den Gräbern, in denen sie ihr Ende gefunden hatten, durch ein Versehen oder ein Unglück oder sogar aus Liebe. Sie baten lediglich um ein Versprechen, um das, was die Genossen von «Gerechtigkeit und Freiheit» mit wenigen*

Worten aufgeschrieben hatten. Nein, kein Opfer sollte umsonst gewesen sein.

Einige Tage später beschloss Roveda, eine größere Aktion zu starten. Er senkte die Stimme. Sie würden die Unterlagen des städtischen Ernährungsamtes vernichten, die im Rathaus aufbewahrt wurden.

«So lösen sich die Zuteilungszahlen sämtlicher Lieferungen der Bauern in Luft auf», erklärte er. «Ich habe das vorbereitet, es müsste alles glattgehen. Wer meldet sich freiwillig?»

Sofort hoben sich zwei Hände, und ein allgemeines Gemurmel setzte ein. Ernesto – Beppo – starrte auf seine Hände. Später sollte er sich noch lange an diesen Augenblick erinnern, der sein Leben veränderte. Er hatte geschworen, seinen Mut unter Beweis zu stellen, doch was, wenn sie ihn schnappten? Wenn sie ihn töteten? Er dachte an Lucia und die Kinder. Sah Giacominos Lächeln in der Wiege vor sich, die er für ihn gebaut hatte. Dann fiel ihm der Chrysanthemenkranz ein, er ballte die rechte Hand zur Faust und sagte sich, wenn er bis hierher gekommen war, wenn er all die Prüfungen bestanden hatte, dann weil seine Überzeugung stärker war als jede Angst. Auch viele andere hatten Frau und Kinder, doch für alle war dies hier eine neue Familie, die ebenfalls verteidigt und unterstützt werden musste. Sie mochte chaotisch und unerfahren sein, doch sie blieb eine Familie. Er löste seine Faust und hob die Hand.

Egidio zählte die Freiwilligen, schloss einige aus und stellte den Aktionstrupp zusammen.

«In fünf Tagen geht's los», sagte er. «Also, mein Plan ist folgender.»

18

ERSCHÖPFT TRAT ER kurz vor Sonnenaufgang ins Freie. Mailand wirkte wie von einer neuen Pest heimgesucht, und vor dem rauchigen Himmel sahen die Häuser aus wie Hüllen aus dünnem Papier, über denen die letzten Sterne hingen. Colnaghi blieb kurz unter dem Lichtkegel einer Laterne stehen und stopfte seine Pfeife. Er hatte keine Lust zu rauchen, doch er hoffte, diese mechanischen Handgriffe könnten seine Anspannung lindern. Er schloss die Augen und spürte dem trüben Duft des Sommers nach, den wenigen Minuten der Erfrischung, bevor die Schwüle einsetzte.

Dann stieg er ins Auto, fuhr durch den Corso di Porta Vittoria und bog nach links zum Cerchio dei Navigli ab. Am Piazzale Cadorna fuhr er unter Umgehung der Autobahn in nördlicher Richtung weiter. Der Corso Sempione wurde zum Viale Certosa, und die Stadt verblasste schnell zu einem Randgebiet aus Hochhäusern und Mietskasernen.

Er fuhr, ohne nachzudenken, vom dunklen Brummen des Motors getragen. Erst in Höhe von Garbagnate wurde er sich wieder seines Körpers bewusst. Er parkte vor einer Frühstücksbar, die gerade aufgemacht hatte. Durch das Fenster sah Colnaghi zwei Arbeiter, die am Tresen saßen und tranken. Der Besitzer hatte vergessen, die Zeitungen hereinzuholen, die unbeachtet vor der Tür lagen. Colnaghi hob sie auf, nahm sie mit hinein und bestellte einen Kaffee. Er beobachtete die Arbeiter, die sich fröhlich im Dialekt unterhielten, sah ihre großen, lädierten Hände an. Sie alle waren die Söhne derselben Gegend, einer kalten, unwirtlichen Gegend, die man nicht lieben konnte, in der man nur leben, arbeiten, sich abrackern konnte. Drei Fliegen schwirrten um die beiden herum.

Er stieg wieder ins Auto und fuhr nach Hause. Draußen vor der Tür saß auf einem weißen Schemel seine Mutter und wartete mit verschränkten Armen auf ihn. Er sah sie schon von der Kurve aus, die zu der Häuserreihe führte, in der sie wohnten. Da saß sie, reglos, und wartete auf seine Rückkehr. Das tat sie immer.

Colnaghi parkte das Auto und stieg aus.

«Ciao», sagte er.

«Ciao.»

«Gehen wir rein? Ich bin wieder da, die Stellung muss nicht mehr gehalten werden.»

Sie stand auf und folgte ihm ins Haus. An der Garderobe stellte sie den Schemel ab und setzte in der Küche den Kaffee auf.

«Ich hatte schon einen Kaffee», sagte Colnaghi.

«Macht nichts. Dann trinken wir eben noch einen.»

«Gut.»

Sie setzte sich ihm gegenüber und fuhr sich mit der rechten Hand übers Gesicht. Sie sah ihn nicht an. Schweigend warteten sie auf das Fauchen des Espressokännchens. Sie füllte am Spülbecken ein Glas mit Wasser, trank es und trocknete sich die Hände an der Schürze ab, die dort lag. Dann goss sie den Kaffee ein.

Colnaghi führte die Tasse an die Lippen, trank aber nicht sofort. Die alte Näherin, die gern Modistin geworden wäre, Lucia, die Tochter des Friedensrichters, seine Mutter, sah reglos aus dem Fenster. Er setzte zum Reden an.

«Mamma.»

«Hm.»

«Hast du Papa nie verziehen, was er getan hat?»

Diese Frage schien sie nicht zu überraschen. Vielleicht hatte er sie schon einmal gestellt, vielleicht auch nicht, oder vielleicht war sie die Zusammenfassung ihres ganzen Lebens.

«Nein», sagte sie.

Colnaghi nickte.

«Verstehe.»

Eine Weile sahen sie gemeinsam zu, wie sich der Himmel hellblau färbte. Nicht eine Wolke – ein strahlender Tag. Vom Ende der Straße kam langsam ein Auto heran. Es hielt an der Ampel in der Nähe, seine Scheinwerfer flackerten leicht. Bei Grün schnellte es mit einem Satz los.

Etwas später begann seine Mutter. «Hör mal, Mirella braucht dich in ihrer Nähe.»

«Ich weiß.»

«Nichts weißt du. Männer ha'm von so was ja keine Ahnung.»

Colnaghi wurde ärgerlich. «Na schön, dann weiß ich es eben nicht.»

«Dein Pa' hat's nich' kapiert, und du kapierst es auch nich'. Für dich isses leicht, du siehst ihn da, als Foto auf der Anrichte, und gut is'. Aber zieh du mal zwei Kinder groß, so wie ich.»

«Das reicht!», zischte Colnaghi. «Mamma, bitte. Ich flehe dich an. Wie oft müssen wir diese Geschichte noch durchkauen?»

«Du hast doch damit angefangen, mein Junge. Ich hab dir nur erzählt, wie's damals war.»

Colnaghi nahm die Tassen, stellte sie ins Spülbecken und ließ etwas Wasser darüberlaufen. Dann ging er hoch ins

Schlafzimmer und setzte sich unter dem Kruzifix aufs Bett, neben sich das Foto, das ihn und Mirella zeigte, frisch verheiratet, lächelnd, glücklich. Er schloss die Augen und kniff sie fest zusammen, um das Bordeauxrot loszuwerden, das er in einem dichteren Dunkel hinter seinen Lidern sah.

Wenn er doch seiner Mutter, und auch allen anderen, nur erklären könnte, was es hieß, auf der Suche nach der Wahrheit zu sein. Wenigstens minimal dazu beizutragen, eine gerechte Ordnung herzustellen. Wenn er doch nur die richtigen Worte fände, um ihr zu erklären, dass dies keine abstrakte Pflicht war, sondern ein physisches Bedürfnis, das aus seinem Innersten kam, ein bisschen so, wie wenn man sich verliebte oder Appetit auf einen schönen Teller Pasta hatte. Und dass alle Bedenken und jede Furcht nicht mehr als kurze Blitze waren, denn nur so war er glücklich. Und natürlich wusste er, wie schwer diese Entscheidung auf den anderen lastete. Fehler und Ausnahmen, nicht wahr?

Manchmal dachte er an seinen Vater und dann daran, dass dunkle Intrigen auch in seinem eigenen Leben Realität werden konnten. Er glaubte, den toten Körper dieses Mannes vor sich zu sehen so wie auch die toten Körper all der Menschen, die für ein größeres Wohl gestorben waren, und trotz der Angst – die durchaus da war, und zwar massiv – veranlasste ihn diese lange Reihe von Toten nicht, einen anderen Weg einzuschlagen, sondern seinem weiter zu folgen.

Es klopfte an der Tür. Da bemerkte er, dass er eingeschlafen war, vielleicht nur für ein paar Minuten. Sein Mund war pelzig, und er reagierte verzögert.

«Ja.»

Seine Mutter öffnete die Tür, ohne einzutreten.

«Was gibt's? Ich bin müde.»

«Bist so ’n schöner Mann, Giacomino. Stürz dich nicht ins Verderben, ich bitte dich.»

«Ach komm, Mamma.»

«Geh du nicht auch noch fort.»

Colnaghi schloss die Augen und kniff sie wieder so fest wie möglich zu. Er hörte die brüchige Stimme seiner Mutter – *geh nicht fort, geh nicht fort* – und hätte am liebsten geschrien. Dann spürte er, dass sie näher kam, öffnete die Augen und setzte sich auf. Erschöpft faltete er die Hände im Schoß.

«Ich hatte ihn lieb», sagte seine Mutter und beugte sich zu ihm. «Ich hatte ihn lieb, diesen verrückten Kerl. Oh, verrückt war er wirklich, Giacumìn! Und gottlos obendrein. Doch wir waren verliebt, und überhaupt ist das ja Männersache. Und also ja, was soll ich sagen. Du hast recht, es war nicht seine Schuld, und es ist auch nicht deine Schuld. Ich habe da draußen auf dich gewartet, das habe ich auch getan, wenn dein Vater fort war. Er wusste es nicht, doch ich war immer wach, ich saß im Zimmer und hielt die Luft an, damit dein Großvater mich nicht hörte, und manchmal kam ich zu dir und Angela, um euch zu streicheln. Ja, und so warte ich auch immer auf dich, sei unbesorgt. Verstehst du? Ich warte immer auf dich.»

Colnaghi sah sie schweigend an. Verzweifelt suchte er in diesen Worten nach einem noch so kleinen Bild seines Vaters, doch er fand keines. Er wusste, dass es irgendwo sein musste, doch er konnte es nicht greifen. Am Ende fragte er sich, ob ihn das gerettet hätte.

So ließ er sich ihr Streicheln auf seinem Gesicht gefallen und spürte, wie ihre von der Zeit gezeichnete Haut über seine sich schließenden Lider fuhr, über seine Wangen mit den Bartstoppeln und schließlich an seinen Lippen innehielt. Dann hörte er, wie sie hinausging.

19

AM MONTAG ERFUHR ER VON MICILLO in Mailand, dass mehrere Journalisten nach ihm gefragt hatten. Seit halb acht Uhr morgens hatten sie einer nach dem anderen angerufen, der vom «Giorno» schon zweimal.

«Du warst um halb acht schon hier?», fragte Colnaghi.

«Wo denkst du hin! Die von der Putzkolonne haben es mir erzählt. Das Telefon hat wohl ununterbrochen geklingelt.»

«Und woher weißt du dann ...?»

«Ah, sieh an, der brillante Ermittler. Ich bin um acht Uhr zwanzig gekommen, habe den Zweitschlüssel genommen, den du mir dagelassen hast, und bin in dein Büro gegangen, um zu antworten. Ich habe also die Sekretärin für dich gespielt.»

«Du liebe Güte.»

«Ich habe verlauten lassen, dass du gleich da bist.»

«Hör auf damit, wegen so was in mein Büro zu gehen.»

«Ich wollte dir doch bloß einen Gefallen tun! Ich hätte ja auch selbst den großen Zampano spielen können.» Er zwinkerte ihm zu. Das Telefon klingelte erneut, während sie noch an der Tür standen. Micillo lächelte und hob die Hände. «Siehst du? Na los, worauf wartest du noch, das ist heute dein Tag.»

Unwillig nahm Colnaghi diesen und zwei weitere Anrufe entgegen. Die Fragen der Journalisten waren zumeist banal und abgedroschen. Müde Fragen zu Dingen, deren alle müde waren: Ob er Näheres zu der Polizeiaktion sagen könnte? Wer war der Verhaftete, und welcher Gruppierung gehörte er nun genau an? War dies ein entscheidender Schlag gegen den Linksterrorismus? Freundlicherweise noch ein paar Details?

Als es vorbei war, blieb Colnaghi einfach so sitzen, als Beute für die Mücken. Der Ventilator surrte. Er zündete sich eine Pfeife an, begnügte sich jedoch mit zwei Zügen. Hitze und Müdigkeit verleideten ihm das Rauchen.

Wieder klingelte das Telefon. Diesmal war sein Chef dran. Colnaghi verdrehte die Augen.

Er klopfte und trat ins Zimmer. Der leitende Staatsanwalt schaute vom Schreibtisch auf und winkte ihn heran. Er setzte sich nicht. Sein Chef faltete die Hände und kam gleich zur Sache. «Hör mal, Colnaghi.»

«Ja.»

«Ich mache es kurz. Wir beide mögen uns nicht, das ist wohl offensichtlich. Wir sehen die Welt mit verschiedenen Augen, und deine Art hat mir nie gefallen. Aber du bist gut, das muss ich zugeben.»

Colnaghi nickte lächelnd, blieb jedoch abwartend. Der Staatsanwalt nahm seine Brille ab und wies damit auf ihn.

«Ich will dir hier nicht schmeicheln», fuhr er fort. «Und ich will mich auch nicht dafür entschuldigen, dass ich dir anfangs Knüppel zwischen die Beine geworfen habe. Du hast immer gut gearbeitet und hättest noch mehr erreichen können, doch ich habe auch, sagen wir, politische Verpflichtungen. Das wird dir nicht gefallen, doch eigentlich ist es eine Variante des Mottos, das du ständig im Munde führst. Wie war das noch mal?»

«Ausnahmen immer, Fehler nie.» Doch einen Menschen

daran zu hindern, seine Arbeit gut zu machen, war keine Ausnahme, hätte Colnaghi gern hinzugefügt, das war ein gewaltiger Fehler.

«Ja, genau. Jedenfalls hast du deinen Kopf durchgesetzt. Du hast eine kleine Gruppe aufgebaut und warst so klug, das mit zwei Leuten zu tun, die ich schätze. Ich habe dir freie Hand gelassen, und am Ende warst du es, der recht behalten hat. Nicht wahr?»

Colnaghi entspannte sich. Ein solches Zugeständnis von einem solchen Mann hatte Seltenheitswert.

«Danke», sagte er. Und kurz darauf: «Aber Sie haben mich doch nicht nur gerufen, um mir Komplimente zu machen, oder?»

Der Staatsanwalt setzte seine Brille wieder auf und wandte sich erneut den Akten auf dem Schreibtisch zu. Dabei sagte er leise: «Nein. Ich habe dich gerufen, um dich noch einmal zu fragen, ob du Personenschutz für nötig hältst. Besonders im Licht der jüngsten Ereignisse.» Er hielt kurz inne. «Ganz zu schweigen von dem, was davor geschehen ist.»

Colnaghi presste die Lippen aufeinander. «Ich denke nein. Micillo hat keinen Schutz. Caterina Franz auch nicht. Außerdem kennen Sie ja meine Meinung dazu.»

«Ja, die kenne ich, aber ich teile sie nicht.»

«Ich glaube, die Polizisten können an anderer Stelle sinnvoller eingesetzt werden.»

«Bist du dir ganz sicher?»

«Ganz sicher.»

Der Staatsanwalt schaute auf und nickte nicht besonders überzeugt.

«Aber du hast doch wenigstens so einen Aktenkoffer, ja?»

Colnaghi konnte sich ein Lächeln nicht verkneifen. In

den vergangenen Jahren hatte man den Richtern und Staatsanwälten Aktenkoffer mit Metallböden zur Verfügung gestellt, die Geschosse abwehren sollten, ein kompletter Unsinn.

«Natürlich», sagte er.

«Gut, in Ordnung. Das war alles.»

In seinem Büro griff Colnaghi wieder zum Telefon und rief das Hotel in Ligurien an. Am Apparat war ein junges Mädchen, das ihn eine Minute warten ließ. Zum Glück war Mirella noch auf dem Zimmer.

«Giacomo», sagte sie, kaum dass sie den Hörer aufgenommen hatte. «Wie geht es dir?»

«Alles bestens.»

«Ich habe in den Nachrichten gesehen, dass ...»

«Ja. Alles läuft wunderbar. Morgen kannst du noch mehr darüber lesen, einschließlich der Interviews mit Superheld Colnaghi.»

«Toll! Bravo, mein Lieber! Du warst großartig!»

«Die Polizisten waren großartig. Ich koordiniere das Ganze bloß.»

«Ach, hör doch auf!»

«Aber sag, wie läuft es bei euch?»

«So einigermaßen. Daniele hatte wieder mal Scherereien.»

«Was denn für Scherereien?»

«Ach, nichts weiter, du weißt ja, dass seine Freunde vom letzten Jahr nicht da sind, oder? Na ja, er hat deinen Rat befolgt und versucht, neue zu finden. Nur dass ... Also, ich weiß nicht genau, was da passiert ist, doch er kam tränenüberströmt und mit einem Bluterguss im Gesicht zurück. Vielleicht ein Steinwurf, keine Ahnung.»

«Ein Steinwurf?!»

«Nein, sie werden ihn wohl geschubst haben, und er ist auf die Klippen gefallen … Ich weiß es doch auch nicht, Giacomo, aber jetzt hat er schon Angst, überhaupt an den Strand zu gehen.»

«Ach, du lieber Gott.»

«Ich weiß nicht so recht, was ich machen soll.»

«Gib ihn mir mal.»

«Er ist auf dem Zimmer …»

«Hol ihn und gib ihn mir. Na, mach schon.»

Colnaghi wartete und verknotete währenddessen das Telefonkabel. Dann hörte er das Stimmchen seines Sohnes.

«Dani!», rief er aus.

«Ciao.»

«Was ist denn passiert?»

«Ach», seufzte Daniele. Vielleicht hatte er geweint. «Das Übliche.»

«Erzählst du mir, was passiert ist?»

«Ich mag eigentlich nicht.»

Colnaghi seufzte tief.

«Soll ich zu euch kommen?», fragte er. Aber er hätte nicht fragen dürfen! Er hätte Urlaub nehmen, sich mit sonst wem herumstreiten, dann aber schnurstracks losfahren müssen! Das war es, was ein Vater tat!

«Nein, nein!», sagte Daniele rasch, als wäre ihm das peinlich.

«Ich komme gern, wirklich. Dann können wir ein bisschen zusammen sein.»

«Nein.»

Colnaghi stürzte in eine abgrundtiefe Traurigkeit. Ein paar Augenblicke war es still zwischen ihnen.

«Papa?»

«Ja, ich bin noch da, mein Schatz. Ich bin da.»

«Weißt du, was passiert, wenn du betest?»

«Natürlich.»

«Was meinst du, hört Gott dich immer?»

«Natürlich, Dani.»

«Immer, immer?»

«Immer, ja.»

«Und warum antwortet er dann nicht?»

«Wie oft ist das, wofür du gebetet hast, eingetroffen?»

«Ein paar Mal. Dann hat er mich gehört, ja.»

«Und wie oft ist es nicht eingetroffen?»

«Furchtbar oft!»

«Tja», sagte Colnaghi. «Das liegt nicht daran, dass er dich nicht hört. Sondern vielleicht daran, dass dein Gebet für ihn nicht stark oder dringlich genug war. Vielleicht war es nichts, worum man Gott bitten sollte. Der Herr erhört alle, Daniele, und er hilft allen. Aber du darfst nicht annehmen, dass er dir immer antworten kann oder will. Vielleicht war er anderweitig beschäftigt, mit einem anderen Kind, verstehst du?»

Sein Sohn schwieg. Colnaghi stellte ihn sich vor, wie er nachdachte, in seiner typischen distanzierten Art, aufmerksam und sehr erwachsen. Er stellte ihn sich mit dem Hörer in der Hand vor, während Leute an ihm vorbeigingen und nichts von seinem Schmerz und vom Schmerz seines Vaters wussten, und nichts von der Aufgabe seines Vaters in der Welt und davon, was dort gerade vor sich ging und in Italien und überall sonst.

«Ich glaube nicht, dass das ganz richtig ist», sagte Daniele schließlich.

«Und warum?»

«Weil ich darum gebetet habe, dass sie mich in Frieden lassen, aber das haben sie nicht getan.»

Betroffen saß Colnaghi auf seinem Stuhl. Er fand keine Antwort. Doch er spürte das dringende Bedürfnis, Daniele in den Arm zu nehmen und ihm zu versichern, dass er heranwachsen würde und alles anders werden würde, dass sie später über diese und viele weitere Unannehmlichkeiten lachen würden und dass er nicht immer so ernst sein sollte. Ein einziger Gedanke beherrschte all seine Überlegungen, ein einfacher Gedanke: *Ich kann einen Terroristen hinter Gitter bringen, aber meinem Sohn helfen kann ich nicht.*

Er ging durch das Dunkel und den Nebel der Ausgangssperre, eine Kapuze, die sich über den Ort gelegt hatte. Nicht eine Laterne, nicht ein Licht in den Fenstern. Plötzlich riss ein Blitz den Himmel auf. Ein Flugzeug. Ernesto warf sich instinktiv auf den Boden. An das Straßenpflaster geschmiegt, als wollte er damit verschmelzen, sah er, wie sich ein anderer Schatten auf den vereinbarten Treffpunkt zubewegte. Er schluckte Luft, denn Speichel hatte er keinen mehr, und schlich sich langsam heran. Da erkannte er Paganis lange Gestalt und fühlte sich besser.

«Beppo», flüsterte er.

«Spillo.»

Sie fassten sich beim Arm und drückten ihn. Die Namen auszusprechen, die sie sich selbst gegeben hatten, machte ihnen etwas Mut. Nach und nach trudelten auch René, Clericis Sohn und Roveda ein.

«Also», sagte Egidio leise und stellte sich in ihre Mitte. «Wir sind alle da. Wir machen es wie besprochen, klar? Keine Mätzchen, wir ziehen das ganz ruhig durch. Keine Panik, und falls sie uns erwischen, keine Namen. Alles klar?»

«Alles klar», flüsterten sie.

«Die Taschen habt ihr, ja?»

René zeigte auf seine.

«Gut. Jetzt weg mit den Schuhen.»

Hastig zogen sie sich die Schuhe aus und warfen sie alle durcheinander in einen Winkel. So leise wie möglich schlichen sie über das Pflaster zum Rathaus. Die Nacht war schwarz, nur eine helle Pfütze ließ ein Stück Straße aufglänzen. Kein Mensch unterwegs.

Pagani knackte die Tür mit einem Dietrich und beantwortete damit wortlos die Frage, die alle beschäftigt hatte: Wie kommen wir da bloß rein? Nach einem heftigen Wink mit dem Kopf schob er sie ins Innere. Sie schlossen die Tür hinter sich.

Der Palazzo lag ruhig und verlassen da. In einem kleinen Büro, das nicht auf die Straße hinausging, machte Egidio vorsichtig Licht, damit sie sich ungezwungener bewegen konnten, ohne aufzufallen. Clericis Sohn stand am Eingang Schmiere und spähte aus dem vergitterten Fensterchen neben der Tür auf die Straße. Die anderen rückten weiter vor. Der Schrank mit den Lebensmittelkarten stand wohlbehütet in der Kanzlei. Sie brachen ihn in Sekundenschnelle auf. Als seine beiden Metalltüren aufsprangen, blieb ihnen wie vor einem Gemälde oder einem unverhofften Lichtstrahl für einen Moment der Mund offen stehen.

Dann zischte Egidio: «Na los, macht schon, schnell!» Und sie griffen mit beiden Händen ins Papier. Sie füllten eine Tasche, dann noch eine, Renato stopfte sich sogar eine Handvoll in die Jackentasche. Die Aktion dauerte nur wenige Minuten. Als sie wieder draußen standen, war Ernesto von dem Adrenalinschub wie gelähmt. Sie hatten es geschafft. Sie hatten es geschafft! Er umklammerte seine Tasche fester.

«Und jetzt?»

«Jetzt gehen wir aufs Feld und verbrennen das alles.»

«Sofort?»

«Unbedingt. Wenn sie uns mit dem Zeug schnappen, knallen sie uns ab. Bewegt euren Hintern.»

Sie zogen sich die Schuhe wieder an – niemand hatte sie angerührt – und verteilten sich auf den Straßen im Zentrum. In dem weißen, feuchten Dunst fühlte sich Ernesto, der sich mehr aus dem Gedächtnis als mit den Augen orientierte, wie ein Ritter im Märchen. Kurzzeitig hatte er den Impuls, sich absichtlich zu verlaufen, eine Kreuzung zu verpassen und seine Schritte, so leicht, wie sie waren, in die Irre gehen zu lassen. Wahrscheinlich wurde ihm nun erst wirklich bewusst, was er getan hatte. Seine im Nebel entstandene Begeisterung schlug in nackte Panik um, und er wurde wieder zu einem einfachen jungen Mann, der nach einer Tat, die ihn das Leben kosten konnte, auf der Flucht war. Er war allein, und niemand würde ihm zu Hilfe kommen, und wofür das alles? Seine Entscheidungen erschienen ihm wie eine Kette unzusammenhängender Ereignisse, über die er keine Kontrolle hatte. Er war sich sicher, dass er Egidio Roveda nicht so sehr gefolgt war, weil er durch und durch von dem überzeugt war, was künftig geschehen sollte, sondern weil ihm – auch ihm, auch ihm – eine Geschichte erzählt worden war, die schöner war als alle, die er bis dahin gehört hatte: keine Schläge mehr, kein Leid mehr, wohl aber das Versprechen einer Zukunft, die nun, dessen war er sich gewiss, niemals kommen würde.

Die Panik verging so schnell, wie sie gekommen war, er wurde wieder ruhig. Er erkannte einzelne, aus dem Weiß auftauchende Fragmente des Ortes wieder: die kleine Madonna am Zeitungskiosk, das Schild des Lebensmittelhändlers Ballabio, einen verlassenen Palazzo. Sein Hinken war weniger stark als sonst. An der Bauernhütte orientierte er sich, indem er sich an einem Bombenkrater auf dem Feld entlangtastete, der vom letzten August stammte. Am Treffpunkt war er der erste. Keuchend wartete er an der Wegkreuzung kurz vor der

Zufahrt zur Hütte. Die Robinien neben ihm waren kaum sichtbare Tintenstriche. Einige Meter weiter konnte alles Mögliche sein, der Weg verschwand im Nichts. Da erklangen Stimmen, und er sprang auf, die Tasche fest an sich pressend. Es waren Pagani und René.

«Da seid ihr ja!»

«Da sind wir», antwortete René.

«Und die anderen?»

«Keine Ahnung. Die kommen hoffentlich noch.»

«Seid ihr jemandem begegnet?»

«Nein, keinem. Wir brauchten ein bisschen länger bei diesem Nebel.»

Kurz darauf weitere Stimmen. Roveda drängelte sich mit fuchtelnden Armen durch und brummte Clericis Sohn etwas zu. Ernesto fror.

«Hierher, na los», sagte Egidio, ohne sie eines Blickes zu würdigen. «Macht schon, hopphopp, verdammt noch mal.»

Sie bewegten sich durch die verbrannten Stoppeln. Ihre Füße traten auf Steine, aufgewühlte Erde und die schwärzlichen Reste von Maisstielen. Clericis Sohn stolperte und landete auf dem Boden. Seine Tasche sprang auf, und einige Blätter fielen heraus. Roveda zischte einen Fluch. «Bist du verrückt geworden? Heb das ja alles auf! Alles, verstanden?»

Noch ein paar Schritte, und sie erreichten eine weitere Baumgruppe. Dort steckte eine Schaufel, um deren Stiel ein weißes Taschentuch gebunden war, als Erkennungszeichen. Daneben eine frisch ausgehobene Grube und ein Häufchen Erde.

«Da rein, macht schon. Los, Jungs, dann haben wir's geschafft.»

Sie warfen die Papiere in die Grube, bis ihre Taschen rest-

los leer waren. Clericis Sohn zog sofort eine Schachtel Streichhölzer hervor und hielt sie Roveda verschämt hin, als wollte er sich für seinen Sturz kurz zuvor entschuldigen. «Du hast die Ehre, Odysseus.»

«Ich habe die Ehre, natürlich», wiederholte Odysseus-Roveda mit einem breiten Grinsen, beugte sich vor und riss ein Streichholz an. Ein Flämmchen leuchtete in der Nacht auf, und die jungen Männer schauten sich ins Gesicht. Sie atmeten heftig, ihre Augen schienen einzig ein schnelles Ende herbeizuflehen, die Rückkehr nach Hause und eine Umarmung, um «das reicht jetzt» zu sagen zu dieser Nacht und zu ihrer Soldatenrolle.

Egidio warf das Streichholz in die Grube.

20

ALS COLNAGHI VOR DER TRATTORIA EL BARBÌSS WARTETE, in einer Querstraße unweit des Naviglio Pavese, beobachtete er, wie ein Mann Drogen von einem Dealer aus der Conca kaufte. Er zwang sich, den Blick abzuwenden, hin zu einer verlotterten Dachrinne, zu einem Torweg, zum gelben Schild eines Friseurs.

Ein Gewitter hatte den Tag abgekühlt, und nun stand er, vom Wetterwechsel in Mitleidenschaft gezogen, kältesteif da und versuchte, sich mit einer Pfeife aufzuwärmen. Aus einer Straße weiter südlich drang das wirre Geschrei einer Schlägerei herüber. Letztlich war dies noch immer ein Elendsviertel, auch wenn es im Wandel begriffen war. Endlich tauchte Roberto Doni am Ende der Straße auf. Colnaghi winkte und ging ihm entgegen. Sie umarmten sich.

«Hallo!»

«Und, Giacomo?»

«Alles bestens. Alles bestens.»

«Das glaube ich gern. Übrigens herzlichen Glückwunsch nachträglich.»

«Es war gute Teamarbeit.» Colnaghi wies mit dem Daumen hinter sich. «Sag mal, wohin hast du mich denn hier verschleppt?»

«Gefällt es dir nicht? Ich dachte, du wolltest was Authentisches.»

«Nein, nein, alles gut. Ich nehm's mit Humor.»

Die Trattoria war nicht so schlimm, wie sie für Colnaghi

von außen aussah, im Gegenteil, sie wirkte sehr gemütlich. Die Kundschaft war gemischt: der eine oder andere leicht schräge Vierzigjährige mit Jackett und großer Plastikbrille, ein paar Jugendliche, fünf junge Frauen, die die Reste einer üppigen Käseplatte vertilgten, und zwei, drei Tische mit alten Leuten. Durch den unverhofft herbstlichen Abend erhielt die Holzdecke ein besonderes Flair. Sie bestellten fast alles, was der Wirt ihnen empfahl, und als die ersten Teller kamen, hob Colnaghi die Hand und unterbrach seinen Freund, der ihn mit Fragen über den Fall Vissani löcherte. «Sei so gut und genieße jetzt erst mal dieses königliche Mahl.»

Die Antipasti. Eine Keramikplatte mit blauem Rand voller Scheiben grober Salami, zarten Wellen aus rohem Schinken und einem unregelmäßigen Stück Parmesan. Die Frau des Wirtes kam mit einem Korb Grissini. Sie kosteten eine Stange. Sie war warm und knusprig, mit einem Hauch von Rosmarin.

Die beiden Staatsanwälte aßen schweigend und setzten ihr Gespräch erst fort, als der erste Hauptgang kam – eine Schale mit Safranreis, den die Frau des Wirtes persönlich in zwei gleiche Hälften teilte. Colnaghi applaudierte.

«Zum Glück hat sich die Luft abgekühlt», sagte Doni und stach mit der Gabel in den Reis. «Ich habe doch hoffentlich nichts falsch gemacht. Wie sagst du immer so schön? ‹Ausnahmen immer, Fehler nie.›»

«Genau.»

«Das hier ist aber doch eine Ausnahme, oder?»

«Eine der besten, Roberto.»

Colnaghi goss für sie beide Wein nach. Er war schon leicht beschwipst. Seine Welt war eine klare, gut strukturierte. Der Alkohol brachte eine unvorhergesehene Variable ins Spiel, die von Minute zu Minute ihre Vorzeichen wechselte. Mal fühlte er sich froh, glücklich und zufrieden, dort zu sein, mal holten ihn die schlimmsten Befürchtungen der letzten Monate wieder ein.

Sie schlangen den Reis hinunter wie ausgehungerte Teenager und sprachen fast kein Wort. Zum Schluss zerbröckelte Doni eine Grissino-Stange und ließ sich gegen die Stuhllehne fallen, lächelnd und bereits satt, während der Wirt schon das Steak in Aussicht stellte. Doch Colnaghi steckte gerade mitten in der düstersten Phase seiner Stimmungsschaukel.

«Woran denkst du?», fragte Doni.

«Was? An nichts. An die Arbeit, das Übliche eben.»

«Macht dir irgendwas besonders Sorgen?»

«Nein, nein.»

«Nimmst du Personenschutz in Anspruch?»

Auch Colnaghi nahm eine Grissino-Stange, er zerlegte sie in vier gleiche Teile. «Gerade neulich habe ich mit meinem Chef darüber gesprochen. Aber meine Antwort ist trotzdem nein.»

Doni hob die Hände. «Ich sage nichts weiter dazu und versuche auch nicht, dich umzustimmen.»

Colnaghi lächelte. Er zögerte einen Augenblick, dann sagte er: «Hör mal, mit dir kann ich doch darüber sprechen.»

«Worüber denn?»

«Ich meine, ich kann doch offen reden.»

«Natürlich, aber worüber denn nun?»

Colnaghi sah sich um und seufzte. «Ich weiß, dass dir dieses Thema nicht gefällt und du dich lieber auf Verfahrensabläufe und Fakten konzentrierst. Doch je länger ich mich mit dem bewaffneten Kampf befasse, umso größer wird mein Bedürfnis, zu verstehen, warum die das tun, diese jungen Leute.

Für mich ist es außerordentlich wichtig, die Gründe dafür herauszufinden.»

Doni beugte sich vor. «Giacomo, aber … Die *Gründe*? Machst du Witze?»

«Warte. Bitte warte, lass mich ausreden.» Er nahm sich wieder die Grissino-Stange vor, aus den vier Teilen wurden umgehend acht. Er schaute auf. «Weißt du, woran ich immer denken muss? An ihr Geschrei letztes Jahr, als Spataro bei Gericht einen Text zum Gedenken an Guido Galli verlas. Sie lachten! Sie hatten ihn ermordet und pfiffen und lachten und schrien. Wie kann ein Mensch sich nur so benehmen? Das ist schrecklich.» Er verzog das Gesicht. «Doch aus ihrer Sicht ist selbst das gerechtfertigt. Alles ist gerechtfertigt, weil sie behaupten, zum Wohle des Volkes zu handeln. Sie glauben wirklich, sie sind die Guten, verstehst du? Entweder wir nehmen diese Einstellung ernst, oder wir werden sie nie besiegen.»

Doni streckte sich wieder auf seinem Stuhl aus. Er kratzte sich an der Unterlippe. «Und weiter?», fragte er.

«Im Grunde ist ihre Argumentation ausgesprochen simpel, zumindest theoretisch betrachtet. Wenn es uns gelingt, dieses – sagen wir, diese Art von verzerrtem Ideal – zu ergründen und es aufzulösen, oder wenigstens seine Absurdität aufzuzeigen, wäre das Problem von Grund auf gelöst. Was wäre andernfalls die Alternative? Wir verhaften sie alle, sperren sie ein und dann? Dann kommen neue nach. Die vielleicht anders sind, vielleicht stärker, vielleicht auch nicht. Wir machen weiter mit unseren Ermittlungen, verhaften auch die und sperren sie ein. Na prima. Und dann kommen wieder andere und bringen wieder Leute um, und alle werden sagen: Und der Staat, was hat der getan? Was für ein Spiel wird hier gespielt? Und zack, sind wieder neue Gesetze parat, noch repressivere, mit noch mehr Polizeigewalt, und du weißt nur zu gut, wohin das in diesem Land führt. Der Unmut führt zu neuem Unmut und immer so weiter ... Nein, solange wir keine Lösung für den Hass gefunden haben, wird das nie wirklich aufhören.»

Der Wirt unterbrach sie mit zwei großen Tellern, auf denen die auf der knusprigen Oberfläche eingeschnittenen Steaks dampften. Daneben eine Handvoll grüner Salat und zwei frische, halbierte Tomaten. Colnaghi musste leicht aufstoßen, Säure stieg ihm in die Kehle. Er beschloss, den Kampf mit dem Fleisch gemächlich anzugehen.

«Was ich sagen will, ist, dass das Strafsystem seine Grenzen hat. Und das betrifft auch uns – als Staatsanwälte, meine ich. Wir müssen ...»

«Sag jetzt bloß nicht, wir müssen vergeben, bitte nicht. Ich bitte dich, ich *flehe* dich an, sag nicht so was, denn das ist der reine Blödsinn, und den glaubst du ja wohl selbst nicht.»

«Nicht doch. Vergebung ist was für die Seele, und darum kümmern wir uns nicht. Mich beschäftigt vielmehr die Art und Weise, wie wir alle denken, immerzu: Oh, wir sagen, sechs, sieben Jahre Gefängnis sind nicht genug. Also, wie viel geben wir ihnen? Zehn? Fünfzehn? Nein, die Wahrheit ist, dass es nie genug ist. Nie. Es ist nur eine verwaschene Form, um zu sagen: *lebenslänglich*. Ja, sogar: *Todesstrafe*! Und wie könnte man das auch als falsch bezeichnen? Hat ein Mann, der zwei Frauen vergewaltigt hat, ein Recht darauf, nach seiner Haftstrafe frei zu sein?»

«Giacomo ...»

«Und ein mehrfacher Mörder?», redete Colnaghi mit seiner Gabel fuchtelnd weiter. «Und ein Terrorist? Du weißt doch, was *die* gesagt haben, nachdem sie Coco ermordet hatten. Erinnerst du dich an die Rufe auf der Straße? ‹Coco, Coco, Coco! Das ist lang' noch nicht genug!› Gut. Also *wie viel* wäre denn genug, um all diese Wut zu besänftigen? Und umgekehrt, wie viele Jahre Gefängnis wären denn genug, um all die Trauer von jemandem zu lindern, der einen zum Mordopfer gewordenen Menschen verloren hat? Es gibt keinen Ausweg. Los, gieß mir noch mal ein.»

Doni nahm die Flasche. «Giacomo, noch einmal, das ist nicht unsere Aufgabe. Wenn wir anfangen, uns in solchen Gedankengängen zu verstricken, ist das das Ende – und anstatt an einem Gerichtsverfahren zu arbeiten, merkst du plötzlich, dass du darüber nachgrübelst, was gut ist und was böse, und dann gute Nacht!»

Colnaghi trank einen Schluck und schüttelte energisch den Kopf. «Aber reduziert sich denn für dich wirklich alles darauf? Den Bösen festzunehmen, ihn zu verurteilen, und schon ist ‹der Gerechtigkeit Genüge getan›?» Er schnitt ein Stück von seinem Steak ab. Er war erhitzt und durcheinander, die Ereignisse der letzten zwei Monate schwirrten ihm im Kopf herum. «Weißt du, mein Freund Mario – der Buchhändler, du erinnerst dich? – hat mir ein Buch geschenkt, das *Tagebuch eines Richters*. Ein gewisser Dante Troisi hat es geschrieben. Hast du es gelesen?»

«Ehrlich gesagt, lese ich nicht viel.»

«Also, es ist die Geschichte eines Richters in der Provinz in den fünfziger Jahren. An einer Stelle sagt er: ‹Meine Aufgabe besteht darin, das Zünglein zu kontrollieren, das das Gewicht der Menschen anzeigt, die auf unsere Waage geraten, und die Zahlen zu rufen.› Das habe ich im Kopf behalten, weil es mich so beeindruckt hat. Wir müssen unbedingt vermeiden, so zu sein, verstehst du, Roberto?» Er begann zu kauen, biss fest zu, um ein Stückchen Fett abzutrennen, griff es mit den Fingern und warf es auf den Teller. «Wenn wir anfangen, Zahlen zu rufen, ist es wirklich vorbei. Vielleicht erwarten die Leute genau das von uns, und ich schätze, die große Mehrheit der Richterschaft denkt im Grunde genauso. Aber dann ist alles gleich. Dann gibt es keinen Unterschied mehr. Alles hängt von dem Maßstab ab, den man anlegen will, von der Macht, die uns zu einem gegebenen Zeitpunkt beherrscht.» Er wischte sich die Hände an der Serviette ab. «Mit einem Richter oder Staatsanwalt darf es niemals dahin kommen. Wir sind die einzigen, die die Teile dessen, was zu Bruch gegangen ist, wieder zusammenfügen können. Ein Tod, ein Diebstahl, eine beliebige Gewalttat, auch die kleinste. Es liegt alles in unserer Verantwortung, Roberto. Wir müssen den Menschen helfen, dürfen sie nicht als Figuren im Spiel des Gerichtsverfahrens behandeln. Ausnahmen immer, Fehler nie.»

Doni lächelte. «Du bist ein Idealist, Giacomo. Das ist nicht weiter schlimm, im Gegenteil. Aber du bist ein Idealist. Und wahrscheinlich hast du auch schon einen Kleinen sitzen.»

«Ich bin ganz bei mir», erklärte Colnaghi und hob erneut das Glas.

«Das ist utopisch, glaub mir. Aber mit Utopien erreichen wir gar nichts.»

«Und das ist zynisch. Weißt du, vor ein paar Wochen habe ich eine von denen verhört. Offen gestanden, ich kam nicht mal dazu, überhaupt anzufangen. Als ich ihr eine Frage stellte, hat sie mich als Scheißspießer und was nicht noch alles beschimpft. Zum Schluss hat sie mich angespuckt.»

«Du lieber Himmel!»

Colnaghi zuckte mit den Schultern. «So was kommt vor. Was ich sagen will, ist, dass ich gedacht habe: Das alles bin ich nicht. Ich bin kein Feind des Proletariats, auch wenn ich den Kommunismus abscheulich finde. Ich stehe im Dienst des Staates, doch ich sehe deutlich, dass dieser Staat viel tun muss, um seine Glaubwürdigkeit wiederzuerlangen. Also, wer bin ich? Sieh mich an. Ich hätte alle Voraussetzungen: Der Vater Partisan, eine Kindheit in der Provinz ohne eine Lira, als Jugendlicher Berührung mit den Verlockungen der Politik und ein ungezügeltes Verlangen nach gesellschaftlicher Erneuerung. Warum bin ich kein fanatischer Revolutionär geworden? Warum gelangen zwei Menschen ähnlicher Herkunft an zwei komplett entgegengesetzte Punkte?»

«Was sind denn das für Reden! Weil wir nicht nur durch unseren Geburtsort oder die Familie, in der wir aufwachsen, geprägt sind. Weil wir frei sind, verdammt noch mal, und du dich frei dafür entschieden hast, ein besserer Mensch zu sein.»

Colnaghi sah ihn betroffen an, Doni schüttelte den Kopf. «Das ist der Unterschied zwischen uns. Du willst die um jeden Preis verstehen. Und außerdem bist du nun mal so. Du würdest sogar mit dem Teufel höchstpersönlich diskutieren, um ihn zu bekehren. Mich dagegen interessieren die Fakten. Nenn mich ruhig einen Zyniker, aber es ist doch so: Sind das Verbrecher? Ja, das sind sie. Ende der Diskussion. Was du da erzählst, ist was für Priester.»

Colnaghi schaute auf. «Was hast du gesagt?»

«Ich habe gesagt, du hättest lieber Priester werden sollen.»

Ein Lächeln. «Du wirst es nicht glauben, aber das habe ich schon mal gehört.»

«Na, und ob ich das glaube.»

«Meinst du, ich wäre ein guter Priester geworden?»

Doni fasste ihn am Arm. «Ein wunderbarer Priester. Ich hätte dir von morgens bis abends in den Hintern getreten.»

Colnaghi lachte, dann blinzelte er plötzlich, wie erstaunt. «Wie viel haben wir eigentlich getrunken?», fragte er.

«Na, schon ein paar Gläschen.»

«Wie viele Gläschen denn?»

«Genug.»

Colnaghi zündete sich eine Pfeife an und machte es sich auf dem Stuhl bequem. Seine gute Laune war zurückgekehrt.

«Jedenfalls brauchte ich das jetzt. Trinkst du oft?»

«Selten.»

«Ich fast nie. Aber jetzt brauchte ich das.»

«Mein Vater hat sich jeden Abend ein Glas genehmigt, wenn er von der Arbeit kam. Du weißt schon, das klassische Gläschen zur Entspannung.»

«Mein Großvater war ein ziemlicher Säufer.»

«Wirklich?»

«Ein schrecklicher Mann.»

Doni nickte knapp. Colnaghi spielte mit einem Zahnstocher und hatte die Pfeife nun fest zwischen den Zähnen. Einem Kellner fiel eine Karaffe Wein herunter, die auf dem Boden zersprang. Ein dunkler Fleck breitete sich bis zu ihrem Tisch aus. Sie hoben die Füße, um ihm auszuweichen. Der Kellner kam sofort mit einem Wischtuch zurück, der Wirt entschuldigte sich bei den Gästen und gab dem Jungen eins hinter die Ohren.

Nach einer Weile sagte Colnaghi: «Weißt du eigentlich, dass meine Mutter, als ich klein war, für mich und meine Schwester einen Tag der Vergebung eingeführt hat?»

«Der Vergebung?»

«Ehrlich gesagt, ich begehe ihn noch heute. Jedenfalls setzt man sich einmal im Jahr hin und macht eine sehr persönliche Liste von allen Gelegenheiten, bei denen man etwas falsch gemacht oder jemandem geschadet hat, dann bittet man Gott um Vergebung. Natürlich versucht man auch, sich bei dem gekränkten Menschen zu entschuldigen.»

«Das hast du mir nie erzählt.»

«Ich glaube, das habe ich überhaupt nie jemandem erzählt. Aber es ist eine interessante Sache, findest du nicht?»

«Nun ja.»

«Als wir klein waren, war das für mich und meine Schwester so eine Art Zwang. Unsere Mutter war es, die uns gesagt hat, wann und wie wir es machen sollen. Ich weiß eigentlich gar nicht, warum ich dir das erzähle. Aber es wäre doch schön, wenn alle sich wenigstens manchmal hinsetzen und in Ruhe ihre Verfehlungen auflisten würden, um dann darüber nachzudenken, wie man sie aus der Welt schaffen könnte. Nicht?»

Doni sah ihn verblüfft an. Der Wirt kam und erkundigte sich, ob alles zu ihrer Zufriedenheit sei, die zwei nickten mit Nachdruck. Colnaghi wedelte eine Rauchwolke fort. Ihm fiel auf, dass er ein bisschen zu viel geschwatzt hatte.

«Nun ja», sagte er, wobei er mit den Händen auf den Tisch schlug. «Hast du Fotos von deiner Kleinen dabei? Komm, zeig mir ein paar Bilder.»

Doni zog zwei Fotos aus seiner Brieftasche, einen Schnappschuss, auf dem seine Frau ihre Tochter auf einer Klippe umarmte, und ein Bild, auf dem sie zu Hause auf dem Sofa spielten. Das kleine Mädchen war Donis Frau Claudia wie aus dem Gesicht geschnitten, einer kleinen, bezaubernden Frau, die er schon seit geraumer Zeit nicht mehr gesehen hatte.

«Schön, oder?», sagte Doni lächelnd.

«Sie sind sich zum Verwechseln ähnlich. Zum Glück hat sie nichts von dir.»

«Ha, ha.»

«Wie alt ist sie jetzt?»

«Zwei.»

«Wie Giovanni.»

«Wir haben tolle Familien.»

«Ja», sagte Colnaghi und klopfte ihm auf die Schulter. «Wir sind zwei Glückspilze.»

Doni stimmte zu. Eine Weile schwiegen sie, von der Atmosphäre im Gastraum abgelenkt. Die wenigen Tische hatten sich gefüllt, und es herrschte ein lautes Stimmengewirr. Der Geruch von gebratenem Fleisch mischte sich mit dem von Zigaretten, und von Zeit zu Zeit kam etwas frische Luft herein, wenn jemand die Tür öffnete, um zu kommen, zu gehen oder einfach einen kleinen Schwatz am Eingang zu halten.

Der Wirt kam herbei und bot ihnen einen Amaro an. Colnaghi nickte, doch Doni protestierte. «Giacomo, nicht doch, ich muss noch fahren.»

«Ach, was. Ohne Amaro kann man ein Essen nicht beschließen. Jedenfalls *dieses* Essen nicht.»

«Na, meinetwegen.»

Sie tranken ihn in zwei Schlucken. Aufzustehen war schwieriger als gedacht. Am Tresen versuchten sie, sich gegenseitig einzuladen, einigten sich dann darauf, jeweils die Hälfte der Rechnung zu übernehmen, und am Ende erlaubte sich Colnaghi einen Witz aus der Jugendzeit, indem er Doni am Ausgang den Vortritt ließ, um ihm dann doch den Weg zu versperren. Das wiederholte er zweimal, bis sein Freund ihn schließlich lachend zur Seite schob.

«Die ganze Zeit habe nur ich geredet», sagte Colnaghi an der Tür. «Erzähl mir von dir. Erzähl mir von deinen Hoffnungen, deinen Träumen, von diesem phantastischen Umzug nach Gallarate.»

«Da gibt es nicht viel zu erzählen. Du weißt, dass ich nie viele Worte mache.»

«Aber ich habe die ganze Unterhaltung an mich gerissen.»

«Du hast auch den Wein an dich gerissen. Außerdem bist du der berühmte Staatsanwalt und nicht ich.»

Colnaghi brach in Gelächter aus. «Zum Teufel mit dir, Roberto.»

Die Straße war fast menschenleer. Einige Mücken hatten offenbar nur auf sie gewartet. Doni klatschte sich an den Hals.

Durch ein halb geöffnetes Hoftor drang ein Lachen, dann erschien der Kopf eines jungen Mädchens und ein Fahrradlenker. Sie und eine Freundin stürmten heraus.

Die beiden Männer gingen in Richtung Zentrum. Colnaghi sog die klare Nachtluft ein und hakte sich bei Doni unter. So spazierten sie beschwipst durch die zerstückelten Straßen des Viertels, vorbei an Studenten, an alten Leuten und an Katzen, die an einer Ecke hervorschossen, um gleich darauf durch ein Torgitter zu schlüpfen. Sie nahmen Kurs auf die U-Bahn-Station und auf ihre jeweiligen Leben, mit dem Versprechen, sich bald wiederzusehen und nun, da Roberto nach Gallarate ziehen würde, öfter zusammen essen zu gehen. Alles – von den Lichtflecken der Laternen bis zur Farbe des Straßenpflasters – verbündete sich, um Colnaghi sorgloser zu machen. Und als sie sich verabschiedeten, erschien ihm die ganze Stadt wie ein überaus freundlicher Ort.

21

ER SPÜRTE IHN HINTER SICH, hatte aber keine Zeit, sich umzudrehen. Er wusste, dass er allein schon durch die Bewegung seines Oberkörpers für einen Moment an Fahrt verlieren würde, das Wenige, was Mario genügt hätte, um ihn einzuholen oder sogar zu überholen. Radsport war die pure Quälerei. Doni hatte ihn einmal gefragt, was man an so einem Sport denn nur finden könnte. Ihm gefiel nicht einmal Fußball, doch den konnte er wenigstens verstehen – es gab eine Taktik, es gab ein abgegrenztes Spielfeld –, aber Radfahren! Colnaghi hatte gelächelt. Erklärungsversuche waren zwecklos, und noch zweckloser waren sie bei Doni.

Er biss die Zähne zusammen, bis er tief unten im Kiefer einen heftigen Schmerz spürte. Er schnappte nach Luft, in Höhe des Brustbeins blockierte jedoch etwas, sein Atem stockte. In der letzten Kurve sah er endlich die sich lichtenden Bäume und den kahlen Gipfel des Berges. Er setzte zu einem verzweifelten Ausfall an, indem er sich wild auf die Pedale stellte, und hätte sogar geschrien, wenn er noch Luft in den Lungen gehabt hätte. Ihm wurde weiß vor Augen, er schüttelte den Kopf, um dieses Weiß loszuwerden, und bewältigte die letzten zehn Meter.

Als er abstieg und sich auf den Boden fallen ließ, hörte er, wie Mario ihn von weitem als Bastard verfluchte. Er hatte gewonnen. Für einige Augenblicke blieb er auf dem Rücken liegen und schaute nach Atem ringend in den Himmel. Die Luft war frisch, und die Sonne noch stechender. Mario kam heran und brach keuchend neben ihm zusammen, das Gesicht im Gras vergraben.

«Scheiße», zischte er. «Scheiße, jetzt werden wir wirklich alt.»

Colnaghi stemmte die Ellbogen auf den Boden, richtete sich auf und warf auf die Unterarme gestützt einen Blick ins Tal. Die Farbpalette war begrenzt, doch intensiv. Das Grün der Voralpen kannte nur wenige Nuancen. Ein Stückchen See, ein kleiner, hellblauer Schwanz, betupfte nur schwach die linke Horizontseite. Beim Anblick dieser Landschaft empfand Colnaghi eine tiefe Dankbarkeit.

«Du bist besser bergauf gefahren als Mercx!», sagte Mario, der in seinem Rucksack wühlte und eine rote Plastikflasche zutage förderte. Er nahm einen tiefen Schluck und reichte sie seinem Freund. «Irgendwann habe ich dich gar nicht mehr gesehen. Besser als Mercx», wiederholte er.

«Du warst mir ja auch bis zum Schluss dicht auf den Fersen.»

«Nein, ich habe nur auf dem letzten Stück aufgeholt, weil du müde warst. Du musst lernen, dir deine Kräfte besser einzuteilen. Radsport ist Strategie.»

Colnaghi lachte, riss ein Grasbüschel aus und warf es ihm ins Gesicht. «Du hast doch verloren, du Stratege. Genieß lieber den Ausblick.»

Mario schnaufte und schwieg einige Minuten, unfähig, das zu sehen, was Colnaghi sah. Für ihn war die Natur stumm. Er nahm zwei Brötchen aus dem Rucksack und wickelte sie aus dem Butterbrotpapier. Colnaghi nahm eines und biss hinein – roher Schinken und Alpenkäse. Ihm war, als hätte er so etwas in seinem ganzen Leben noch nicht gegessen, etwas so Gutes.

«Und?», sagte er. «Gefällt dir dein Geburtstagsfest?»

«Es ist nicht übel. Aber natürlich hättest du ein paar Nachtklubtänzerinnen mitbringen können.»

«Dafür bin ich genau der Richtige.»

Die Brötchen waren aufgegessen. Colnaghi öffnete seinen Rucksack und fischte zwei grüne Äpfel heraus. Beim Hineinbeißen waren sie knackig und frisch und herb. Sie aßen schweigend, mit dem Blick nach Norden. Ein Baumfalke, oder vielleicht auch nur ein großer Rabe, flog über sie hinweg. Das Gras glühte und stach, so heiß war es.

«Hör mal», sagte Mario. «Hast du noch mal darüber nachgedacht, ob du mir diesen Gefallen tun willst?»

«Was für einen Gefallen?»

«Du weißt genau, was ich meine. In die Partei einzutreten und mich zu unterstützen.»

«Fängst du schon wieder damit an? Ich habe doch schon nein gesagt.»

«Giacomo, aber es ist wichtig! Und dich kostet das doch nichts. Als Geschenk für mich zum Geburtstag. Na?»

«Wichtig ist ja wohl vor allem dein Leben, Mario, und ich verstehe nicht, warum du es partout so vergeuden willst.»

Mario sah ihn erstaunt an. Vielleicht war ihm der Satz härter herausgerutscht, als er beabsichtigt hatte. Doch Colnaghi fühlte sich verpflichtet, diesen Ton beizubehalten.

«Ich meine, warum, zum Teufel, hörst du nicht auf mit diesen Querelen? Begreifst du denn nicht, dass das zu nichts führt? Finde einen Weg, glücklich zu sein und das zu tun, woran du wirklich glaubst, anstatt diesen Dumpfbacken hinterherzurennen. Sieh sie dir doch an. Sie sind all das, was wir immer gehasst haben. Grau, trostlos, finster. Eine Hand wäscht die andere. Tust du mir einen Gefallen, tue ich dir auch einen. Und außerdem haben sie dir nie verziehen.»

«Und du?»

«Was, ich?»

«Hast du mir verziehen?»

Colnaghi runzelte die Brauen. «Was meinst du?»

«Ach, nichts. Vielleicht hast du mir die Scheidung ja auch nie verziehen.»

«Das ist nicht wahr. Aber ich kann auch nicht behaupten, dass ich mit dem, was du da getan hast, einverstanden bin. Es verstößt gegen alle meine Prinzipien, aber das war's auch schon. Du bist du, und ich bin ich. Und ich würde so was nie machen, auch dann nicht, wenn Mirella mich betrügen würde.»

Mario ließ einen Pfiff ertönen. Colnaghi warf ihm noch eine Handvoll Gras ins Gesicht. Er wischte es weg. «Nein, du würdest das natürlich nie tun. Kein anständiger Christ würde so was tun, stimmt's? Darum kommst nicht mal du damit klar.» Er verzog das Gesicht. «Aber kein Mensch hat je verstanden, wie schwer das auch für mich war, und für sie. Wie entsetzlich das war und wie schuldig auch ich mich fühle.»

«Und ob ich das weiß! Ich war nämlich dabei, ich war bei dir, falls du dich erinnerst. Ich war es, der dir zugehört und dir geholfen hat, auch wenn ich dir am liebsten bloß in den Hintern getreten hätte.»

«Schon gut, schon gut.»

«Ich fasse es einfach nicht, dass wir immer noch über diese Geschichte reden.»

«Ich hab mich da in eine Braut verliebt», sagte Mario.

«Was?»

«Ich habe mich verliebt. In irgend so eine Braut. Cristina

heißt sie, aus Mailand, aus Porta Volta, genauer gesagt. Sie ist Rechtsanwaltsgehilfin in einer Kanzlei im Zentrum. Ziemlich hübsch, weißt du. Achtundzwanzig Jahre alt. Blond. *Und die holde Blonde, nein, die will ich niiiicht*», trällerte er.

«Mario ...»

«Kann sein, dass sie eine dumme Tussi ist. Doch wie es aussieht, bleiben mir nur die Tussis.» Er lächelte. «Giacomino, du hast ja recht. Ich bin wirklich ein Idiot und habe mein Leben weggeschmissen, und je mehr ich darüber nachdenke, umso weniger verstehe ich es. Weißt du noch, wie toll wir vor fünfzehn Jahren aussahen? Scheiße, sahen wir toll aus! Voller Träume, voller Leidenschaft ... Und darum feiere ich meinen Geburtstag auch mit dir und nicht mit ihr. Denn sie ist eine Tussi, aber du bist mein bester Freund.»

Colnaghi sagte nichts, er lächelte nur zurück und zuckte mit den Schultern. Wie viele Jahre kannten sie sich jetzt? Ihm war, als hätte er ihn schon immer an seiner Seite gehabt: als sie in der Grundschule Maiskolben vom Feld klauten, als sie in der Mittelschule Maisgriffel rauchten und als sie mit zwanzig von ihrer moralischen Revolution träumten.

Er sah zu, wie eine Ameise langsam an seiner rechten Hand hochkrabbelte. Er hob den Arm und pustete sie auf den Boden. Der Schweiß war getrocknet. Er nahm noch einen Schluck Wasser aus der Trinkflasche.

«Ich muss mit Mirella nach London.»

«Wieso denn?»

«Sie macht sich Sorgen, und sie hat ja nicht ganz unrecht. Also muss ich mit ihr nach London fahren. Ich habe es ihr versprochen. Was meinst du, wie viel kostet wohl so ein Flug?»

«So einiges, denke ich.»

«Ich muss mich mal erkundigen.»

«Da siehst du's mal wieder. Nichts als Ärger mit den Frauen. Selbst wenn man so ein toller, hochanständiger Prachtkerl ist wie du.»

«Ach, geh doch zum Teufel!»

Mario stand auf, klopfte sich das Gras von den Hosen und streckte sich in der Sonne.

«Also», sagte Colnaghi, der ihm zusah. «Fahren wir wieder runter, oder schnappst du immer noch nach Luft?»

«Ich bin so weit. Und was ist mir dir, du halbes Hemd? Hat dir der Sieg die Beine weggehauen?»

«Ich hau dir gleich die Beine weg!»

«Na großartig. Mal sehen, wer diesmal erster ist?»

«Du hast keine Chance. Du weißt doch, am Ende hast du wieder Angst und bremst in den Kurven. Du kannst dich einfach nicht gehenlassen.»

«Aha. Wollen wir wetten?»

Colnaghi grinste und streckte ihm seine Hand hin, die Mario ergriff. Er zog sich hoch und sprang auf die Füße.

«Wetten, dass», sagte er.

An diesem Punkt verschwimmt die Geschichte, Quellen gibt es keine mehr, oder sie sind aus dritter oder vierter Hand, und es ist, als hätte man das Ende des Ganzen in ein unübersichtliches Gebiet abgedrängt, in eine dunkle Zone, die niemand je ganz wird erhellen können. Colnaghi hatte man diese Geschichte manchmal so erzählt, manchmal abgetönt, manchmal dagegen in den glühendsten Farben, je nachdem, ob seine Mutter einen verantwortungslosen Ehemann haben wollte oder einen zumindest etwas heldenhaften und ob die Freunde mehr oder weniger erhitzt waren, wenn sie über diesen Mann sprachen, dem alle etwas zu verdanken hatten. Dies ist also eine Version von vielen, mehr oder weniger wahr, mehr oder weniger glaubwürdig. Aber was spielt das schon für eine Rolle? An ihrem Ende wird sich nie etwas ändern.

Fünf Tage nach der Aktion mit den Lebensmittelkarten griffen sie Ernesto, Pagani und Michelino Brusaferri auf der Straße auf. Die Soldaten ließen ihnen keine Zeit, um sich zu verteidigen, um etwas zu sagen, um nach Hause zu gehen und sich von ihren Familien zu verabschieden, um den Passanten zu erklären, was vor sich ging. Sie nahmen sie mit und basta, die Pistolen fest an ihre Schläfen gedrückt.

Die Fahrt war kurz. In der Kaserne von Mozzate ließ man sie aussteigen. Keiner von ihnen schien sich widersetzen zu wollen. Nur Pagani sah sie feindselig an und spuckte verächtlich aus. Der kaum sechzehnjährige Michelino war von Ent-

setzen gepackt, und Ernesto hielt ihn am Arm, um ihm Mut zu machen.

Sie betraten die Kaserne. Sie war sauber und fast leer. Hinten im Raum hing ein Bild des Duce, und an der Seite stand ein Schreibtisch, an dem ein Unteroffizier saß. Die Soldaten befahlen den dreien, mit erhobenen Händen stehenzubleiben. Der Unteroffizier hustete und stand auf. Vollkommen ausdruckslos machte er vier betont langsame Schritte, dann packte er Pagani an den Haaren und zog heftig daran. «Na, was ist, du Sauhund?»

Pagani antwortete nicht. Ernesto sah, dass sich dessen Hals dehnte wie eine Saite, doch er antwortete nicht.

«Wir wissen, wer du bist, du Sauhund. Man hört wirklich schöne Geschichten über dich, weißt du das? Über dich und deine reizenden Freunde da. Na los, zeig uns, dass du einer von den Guten bist. Sieh den Duce an und leiste den Eid. Zeig uns, dass du einer von uns bist.»

Pagani schwieg.

«Ich habe gesagt, du sollst schwören! Schwöre auf die Republik, du verdammter Mistkerl!»

Schweigen. Da kam der erste Hieb mit dem Schlagstock, auf die Knie. Pagani fiel um und rollte auf die Seite.

«Na, wollt ihr auch mal? Hier kommt ihr nicht mehr lebend raus, kapiert?»

«Fahrt zur Hölle, ihr Schweine!», schrie Ernesto, selbst überrascht von seinem Schrei. Der Gewehrkolben traf ihn am Mund. Er fuhr mit den Händen zu seinem Gesicht und landete auf den Knien, der Unteroffizier schickte ihn mit einem Fußtritt zu Boden.

«Lasst sie in Ruhe, wir haben nichts getan!», bat Michelino mit dünner Stimme. Er war der einzige von den dreien, der

nichts damit zu tun hatte. Er hatte nur ein paar Mal mitgestreikt und Ernestos Reden gern zugehört, doch er hatte immer abseits gestanden.

«Wer hat dich denn gefragt?», sagte der Unteroffizier. «Na, sag schon. Wer hat dir erlaubt zu sprechen, du erbärmliches Stück Scheiße?»

«Wir haben nichts getan!», jammerte Michelino. Er hob die Hand. «Aufhören, bitte», sagte er und schwor. Er leistete den Eid auf den Duce und versicherte, für ihn gebe es nur die eine Republik, er liebe Italien, er würde alles tun, wenn sie ihn bitte nur in Ruhe ließen.

«So ist es recht», sagte der Unteroffizier zufrieden. «Und was ist mit euch beiden Scheißkerlen?»

Nein, Ernesto und Pagani nicht. Sie steckten fünf weitere Schläge auf die Beine ein, doch nichts. Der Unteroffizier nahm sie mit fast trauriger Miene beiseite. «Wir bringen euch um», sagte er.

Pagani schwieg weiter. Ernesto dachte an die Maulbeeren, die sie unterwegs gesehen hatten, verfaulte Maulbeeren auf dem Damm neben der Straße. An ihre Farbe, an ihren herben Geschmack, wenn man sie aß. Daran dachte er, an nichts weiter.

«Wir bringen euch um», wiederholte der Unteroffizier, und diesmal war es keine Drohung mehr.

Das Urteil war gesprochen. Nun wirkten alle ruhiger. Ernesto kniff die Augen zusammen. Ach, im Vergleich hierzu war alles Bisherige leicht gewesen. In der Fabrik war es leicht gewesen, mit Egidio Roveda an der Seite war es leicht gewesen, und sogar die Lebensmittelkarten zu stehlen und zu verbrennen war leicht gewesen. Doch nur für diesen einen Moment jetzt würde ihn die Welt für einen aufrechten Mann halten.

Er stand auf. Zitterte.

Was dann geschah, ist nahezu unmöglich, und Colnaghi war sich dessen bewusst. Schließlich war er der einzige Hüter dieses Unmöglichen.

Vielleicht ließen die Soldaten sie für eine halbe Minute allein. Vielleicht gelang es Ernesto, bis zum Schreibtisch zu kommen. Er stahl einen Zettel, tauchte in fliegender Eile die Feder ins Tintenfass und schrieb das erste auf, was ihm in den Sinn kam. Vielleicht war es so, doch wahrscheinlicher ist, dass er den Zettel schon früher geschrieben und ihn immer bei sich getragen hatte. Wer weiß. Es bleibt ein Geheimnis, und Geheimnisse muss man respektieren. Das einzig Sichere bleibt dieser Zettel, auf dem geschrieben stand: Gib Giacomo einen Kuss von mir. *Nichts weiter. Hastig steckte er ihn Michelino zu und sagte ihm, kurz bevor die Faschisten zurückkamen, was er damit tun solle. Michelino nahm ihn und streckte die andere Hand aus, um Ernesto zu umarmen, doch der drehte sich weg.*

Die Soldaten trennten sie. Ernesto und Pagani gingen in die eine Richtung, Michelino in die andere. Alles geschah sehr schnell. Ernesto sah ihn durch die Tür verschwinden, im weißen Winterlicht. Sie werden ihm nichts tun, sagte er sich. Sie werden ihm nichts tun, er wird nach Hause gehen, wird Lucia den Zettel geben, und alles ist gut. Er ist noch ein halbes Kind, sie werden ihm nichts tun, er weiß nichts, er wird nichts sagen, alles wird gut, alles wird gut, alles wird gut.

Fünf Minuten später sperrten sie Ernesto und Pagani in eine Zelle. Ein blonder Soldat begann sie mit Fußtritten zu bearbeiten. Dann kamen die anderen und fingen wieder mit den Stockschlägen an. Ernesto stiegen vor Schmerz die Tränen in die Augen, und er biss sich auf die Zunge, um nicht zu schreien, später schrie er, um nicht zu ersticken. Pagani jedoch blieb unverändert still. Nur als sie eine Zigarette auf seinem Hals ausdrückten, zischte er etwas.

«Was hast du gesagt, du Scheißkerl?», fragte einer von ihnen.

«Ich habe gesagt, deine Mutter ist eine räudige Hündin», antwortete Pagani ruhig. Sie verpassten ihm einen Fußtritt, so dass er zwei Zähne verlor. Dann bearbeiteten sie seinen Kopf mit dem Gewehrkolben.

Mindestens eine Stunde lang lagen sie auf dem Boden. Ernesto verlor das Bewusstsein, kam wieder zu sich und wurde erneut ohnmächtig. Irgendwann half ihnen jemand auf und brachte sie hinaus auf den Hof und dann weiter auf den Kasernenvorplatz. Dort wartete ein Mannschaftswagen mit laufendem Motor auf sie.

«Was ist mit denen?», fragte der Fahrer.

«Die müssen auch weg», sagte der blonde Soldat.

Der Fahrer sah sie an, sein Gesicht wurde traurig. Dafür war Ernesto ihm dankbar, denn er zitterte vor Entsetzen, und das traurige Gesicht kam ihm wie ein riesiges Geschenk vor, sein letztes Geschenk auf dieser Welt. Ihm war kalt. Nebel hing tief über den Feldern.

«Na los!», schrie der Blonde und stieß ihn mit dem Gewehrkolben vorwärts.

Pagani stieg als erster auf, dann Ernesto, und dort war Schluss.

Dort war Schluss. Er war bei keiner anderen Aktion mehr dabei, war kein Held der Wälder, kein Kommandant, der in die Geschichtsbücher einging. Er erlebte weder den Bombenangriff der Alliierten auf das Pulvermagazin von Ceriano Laghetto noch den 25. April, und er sang auch nicht die Inter-

nationale mit Egidio Roveda. Er umarmte nicht den Freund, der als Anhänger von Marschall Badoglio nach drei Tagen Fußmarsch und großer Übelkeit, weil er in vergorenem Heu geschlafen hatte, vom Schlachtfeld bei San Giorgio di Mantova zurückgekehrt war, und auch nicht den, der, in Como verraten und vom Dampfschiff mit den Gefangenen entkommen, das letzte Kriegsjahr im Keller eines alten Schweizer Dienstmädchens verbracht hatte, oder die beiden Vermissten, die aus Deutschland geflohen waren, klapperdürr, und dann in Piemont geblieben waren, um dort in einer örtlichen Partisaneneinheit zu kämpfen. Er sah keinen von denen wieder, die aus Russland, von der Gotenstellung oder aus Libyen heimkehrten, wie Paganis Bruder. Er winkte nicht der Staffette Teresa, die am ersten Mai auf den vordersten Wagen der Amerikaner sprang, und schüttelte auch Professor Meroni nicht die Hand, der im Lokalblatt eine Artikelserie mit dem Titel «Die Trümmer wegräumen» veröffentlichte. Er sah die Frühlingssonne nicht, die das Getreide jenes Jahres überfluten sollte, und er sah weder Lucia noch Angela wieder und auch seinen kleinen, geliebten Giacomino nicht. Dort, vor der Kaserne von Mozzate, war Schluss, für immer.

Und dann?

Dann sprang er vielleicht nach drei Kurven ab, rollte auf den Boden und wollte in ein Brombeergestrüpp flüchten, doch eine Kugel traf ihn ins Bein, eine zweite in den Rücken und dann noch weitere, während er schrie und versuchte, zu entkommen, nach Hause zurückzukehren, wieder von vorn anzufangen und zu kämpfen. Und sein mit Raureif überzogener Leichnam wurde erst am folgenden Tag geborgen, von einem Bauern, der Mitleid mit ihm hatte. Er kehrte in einem Jutesack ins Dorf zurück, während die Leute ängstlich schwie-

gen oder den Hut abnahmen, und sein Schwiegervater sagte, er sei für nichts gestorben, und seine Freunde sagten unter Tränen, er sei für Italien gestorben, für die Sache, für die Freiheit.

Doch Colnaghi gefiel an den langen Abenden seiner Jugendzeit der Gedanke, sein Vater sei einfach gestorben, weil er seinen Sohn geliebt hatte.

22

AN DER BRÜCKE DER VIA PALMANOVA spielten einige Leute Würfel. Manche hockten auf den Fersen, andere schlenderten zwischen den drei oder vier Partien umher, die im Gange waren, und sahen den rollenden Würfeln zu. Es war der übliche Zeitvertreib der Arbeitslosen im Viertel. Colnaghi betrachtete sie von einer Bank gegenüber der Piazza Sire Raul aus. Seit der Verhaftung Meraviglias waren zehn Tage vergangen. Der Staatsanwalt hob eine Zehnliremünze vom Boden auf und drehte sie in den Händen. Er befühlte ihre Riffelung, steckte sie in die Tasche und schaute auf. Der Himmel war wie Grauputz und von einem Gewirr elektrischer Leitungen durchzogen. Neben ihm im Gras turtelten zwei scheckige Tauben.

Von der anderen Straßenseite drang ein Hallo herüber, es kam von Giovanni Ferri, dem Straßenbahner aus der Bar. Colnaghi lächelte. Ferri überquerte die Straße. Unter dem karierten Hemd zeichnete sich sein dicker Bauch ab, und auf dem Kopf trug er trotz der Hitze die übliche Dienstmütze. Seine Hosen waren schmutzig und reichten bis zu den Schuhsohlen.

«Hallo, Dottore», sagte er.

«Hallo», antwortete Colnaghi und stand auf.

Ferri zündete sich eine Zigarette an und bot dem Staatsanwalt auch eine an. Der lehnte ab und zog seine Pfeife aus der Tasche. «Ich habe die hier.» Doch das Feuerzeug nahm er, dann paffte er ein paar Züge. Die bläulichen Rauchschwaden der beiden, die einen dichter, die anderen feiner, vermischten sich.

«Wie geht es Ihnen?», fragte er Ferri.

Der seufzte. «Durchwachsen, ein bisschen Kummer in der Familie.»

«Was ist denn los?»

«Ach, es ist eine merkwürdige Zeit. Erstens gehe ich in zwei Tagen in Rente. Und zweitens macht mir meine Enkelin jede Menge Sorgen. Drogen, verstehen Sie.» Er senkte die Stimme. «Heroin.»

Colnaghi fuhr sich mit der Hand zum Mund.

«Das tut mir leid», sagte er.

Ferri zuckte mit den Schultern. «Sechzehn Jahre alt. Können Sie sich das vorstellen? Dabei war sie schon in einem Therapiezentrum, doch nichts, nichts ... Wir waren immer eine anständige Familie. Haben immer gearbeitet, immer jeden respektiert. Mein Sohn wird ungefähr in Ihrem Alter sein. Bei ihrer Geburt war er noch jung, sie war zu Hause immer die Prinzessin. Und nichts hat gereicht. Die Erziehung, die Schule, die Ersparnisse ... Nichts hat gereicht.»

Colnaghi war erstaunt über die plötzliche Offenheit dieses Mannes. Da lag nun dessen Geschichte, über die er mehr als ein Jahr gerätselt hatte, direkt vor ihm.

«Das tut mir leid», wiederholte er. «Wie furchtbar. Aber vielleicht, wenn man eine andere Einrichtung sucht ...»

«Vielleicht, wir werden sehen», schnitt Ferri ihm das Wort ab. Er hatte zu seinem gewohnten herzlichen Ton zurückgefunden. Er lächelte. «Wissen Sie, ich bin auf dem Weg zum Depot. Zwar habe ich keine Schicht, doch es wird langsam Zeit für meine Abschiedsrunde. Sie wissen ja, wie das ist.»

«Natürlich. Der Ruhestand ... Ich habe ja noch eine ganze Weile vor mir.»

«Bloß keine Eile», riet ihm Ferri. «Wenn einem die Arbeit gefällt, muss man sie bis zur Neige auskosten. Gefällt Ihnen Ihre Arbeit? Ich nenne Sie ‹Dottore›, weil ich gehört habe, dass unser Barmann Sie so anspricht, aber ich weiß gar nicht, was Sie beruflich machen.»

«Ich ... ich bin Lehrer.»

«Ach, wie schön. Und was unterrichten Sie?»

«Englisch. An der Mittelschule.»

«Donnerwetter.» Er stieß einen Pfiff aus. «Ich kann keine drei Wörter auf Englisch.»

«Ja, es ist eine schwere Sprache.»

«Aber Ihnen gefällt Ihr Beruf doch, oder?»

«Ja, sehr», sagte Colnaghi. Er hatte Ferri unwillkürlich angelogen. Er wollte ihn keinesfalls enttäuschen und ihm nicht unsympathisch werden. Er wollte nicht, dass diese Geschichte sofort wieder vorbei war.

«Na, dann haben Sie ja wohl keine Eile.» Ferri rückte seine Mütze zurecht. «Ja, also, hätten Sie Lust mitzukommen?»

«Ins Depot?»

«Aber ja doch. Ich kann Sie herumführen, wenn Sie nichts Besseres vorhaben.»

Colnaghi holte tief Luft und überlegte, ob er Lust darauf hatte oder nicht. Schließlich willigte er ein. «Warum eigentlich nicht?» Letzten Endes hatte er tatsächlich nichts Besseres vor.

Sie gingen die Via Teodosio unter den Platanen entlang. Es war noch sehr heiß, Ferri fächelte sich mit der rechten Hand unaufhörlich Luft zu. Das Depot der Mailänder Verkehrsbetriebe lag an der Kreuzung zur Via Casoretto, nicht weit von Colnaghis Wohnung entfernt. Doch natürlich war er noch nie dort gewesen. Ferri ging zu einem jungen Mann mit pechschwarzen Locken und erklärte ihm leise, dass er einen Gast «zu einer Besichtigung» mitgebracht habe. Der Junge lachte und bat Colnaghi, sich in einem Buch einzutragen.

Lionello heiße er, erzählte Ferri, als sie an den Gleisen den Eingang passierten. «Ein feiner Kerl, aus Umbrien. Ein bisschen verrückt. Er spielt Trompete.» Mit zappelnden Fingern ahmte er in der Luft das Instrument nach. «Ich kenne alle hier, wissen Sie. Die Jüngeren sind für mich inzwischen wie meine eigenen Kinder.»

Das Depot war eine riesige Halle mit großen Fensterbögen aus Rauchglas. Von Zeit zu Zeit kreischten die Räder von Wagen auf, die umgesetzt oder abgestellt wurden. Überall roch es nach Eisen und Öl, was Colnaghi sofort an Don Lucianos Werkstatt unter der Treppe erinnerte.

Sie gingen weiter hinein, während Ferri seine Kollegen begrüßte. Hin und wieder blieb er stehen, um mit jemandem zu reden, und stellte Colnaghi jedes Mal als einen Lehrer vor, «der uns einen Besuch abstatten will». Dafür erntete er lächelnde oder auch gleichgültige Gesichter. In einer Ecke entdeckte Colnaghi einen Metallbehälter voller Schraubenbolzen, und seine Hand fuhr ganz von allein hinein. Er strich zärtlich über die Gewinde und dachte an die vielen Arbeiten, die der Priester ihm und den anderen Jungen vor so vielen Jahren gezeigt hatte.

Ihm war es schon immer leichtgefallen, Dinge zu reparieren und die Schönheit eines gut verzahnten Räderwerks zu erkennen, eines entschlossen eingeschlagenen Nagels oder eines Scharniers, das perfekt funktionierte – genauso wie in der Justiz. Harmonie, Mühe, Freude: die Entschädigung für etwas, das kaputtgegangen war und wieder in Ordnung gebracht werden konnte.

«Haben Sie was übrig für Eisenwaren?», fragte ihn einer der Straßenbahner lachend.

«Die erinnern mich an meine Jugend», sagte Colnaghi nur.

Ferri ließ ihn in einen Wagen einsteigen und zeigte ihm, wie er das Warnsignal auslösen konnte. «Na los, probieren Sie doch mal!», rief er und so auch die anderen, und am Ende saß Colnaghi wie ein kleines Kind im Führerhäuschen einer stehenden Straßenbahn und ließ ausgelassen ein wildes *Klingelingeling* ertönen.

Ferri war ein begeisterter Fremdenführer. Er zeigte ihm die kastenförmigen Reparatursenken, erläuterte den Ablauf der Schichten und bis wohin sich die Linien erstreckten und erzählte von so manchem schönen Streik. Es war nicht zu übersehen, dass ihm der Abschied von diesem Ort schwerfiel. «Wir bewegen die Stadt, sehen Sie? Ich sehe das immer. Ein Haufen Leute, die einsteigen, und ich kutschiere sie durch die Gegend. Wie viele Kilometer ich wohl gefahren bin? Tausende. Ohne je irgendwohin gereist zu sein. Nur einmal war ich am Meer. Aber das ist schon in Ordnung so, für mich ist es, als hätte ich die ganze Welt gesehen. Sie glauben gar nicht, wie gut man in der Straßenbahn die Menschen kennenlernt. Gute und schlechte, versteht sich. Manchmal musste ich auch schreien und irgendwelche Ganoven rausschmeißen, ist ja klar. Aber ich würde es wieder tun.» Er stützte die Hände in die Hüften und betrachtete das viele Metall, mit dem er ein ganzes Leben verbracht hatte.

Draußen, im rosigen Abendlicht, wurde Ferri melancholisch. Sie setzten sich auf eine Bank auf dem Gehsteig vor dem Depot, und keiner schlug dem anderen vor, in die Bar zu gehen. Es lag etwas Sonderbares in dieser Begegnung, und sie fürchteten, den Zauber zu zerstören.

«Sie wohnen hier ganz in der Nähe, oder?», fragte der Straßenbahner.

«Ja, gleich da vorn. Doch ich komme aus der Provinz.»

«Und woher?»

«Aus Saronno.»

«Stimmt ja. Das hatten sie mal erwähnt … Ich habe einen Kollegen aus Saronno. Und einen aus Cogliate. Anständige Leute, ausgezeichnete Arbeiter.»

«Das freut mich.»

Sie schwiegen. Ferri zündete sich wieder eine Zigarette an, sagte, damit hätte er vor mindestens fünfzehn Jahren aufhören sollen, dann verfinsterte sich sein Gesicht vollends, und er starrte auf seine Schuhspitzen. Zwei alte Frauen mit ihren Einkaufstaschen kamen vorüber, ein junges Mädchen mit Hund, ein Radfahrer.

Colnaghi hatte das Bedürfnis, es zu sagen, und so sagte er es schließlich, nachdem er sich geräuspert hatte. «Hören Sie, was Ihre Enkelin angeht … Kann ich irgendetwas für Sie tun?»

«Wie bitte?»

«Ich meine, ob … Also, vielleicht kann ich Ihnen helfen, eine bessere Einrichtung für Ihre Enkelin zu finden. Ich kenne einen Priester bei mir oben in Saronno, der Ihnen vielleicht weiterhelfen kann. Oder auch … Ich weiß nicht. Irgendwas.»

Ferri sah ihn erstaunt an, dann schüttelte er energisch den

Kopf. «Aber nein! Nicht doch, was sagen Sie denn da, ich bitte Sie. Es geht schon.»

«Wirklich? Es wäre kein Problem für mich.»

«Das könnte ich niemals annehmen. Aber danke.» Er drückte Colnaghi den Arm, wie auch die Witwe Vissani es getan hatte und wie er es auch schon bei vielen anderen Gelegenheiten erlebt hatte. Immer die gleiche Geste, hier nur etwas stärker und männlicher. «Sie sind sehr freundlich.»

Da wurde ihm plötzlich klar, warum er sich in jungen Jahren für diesen Weg entschieden hatte. Es war so einfach, und es ging wie immer um den Schmerz – nicht um Gerechtigkeit oder um irgendeine Utopie, auch nicht um imaginäre Waagschalen, die ausgeglichen werden mussten: Nein, letztlich reduzierte sich alles einzig und allein auf den Schmerz.

Während ihres Studiums hatte Doni ihm einmal erzählt, irgendeinem Erzketzer zufolge sei Judas von Gott zum Verräter auserkoren worden, weil er der *Beste* unter den Aposteln war. So eine Rolle konnte nur jemandem zukommen, der in der Lage war, die Last des Verrats zu ertragen, den Schrecken der Verdammnis und vor allem die Beschmutzung des eigenen Namens bis in alle Ewigkeit: ein Unschuldiger, der für die Geschichte zum Schuldigen gemacht wird. Gab es ein schlimmeres Schicksal? Trotzdem hatte er sich gern geopfert. Es war einer von Donis üblichen Versuchen, Colnaghis Glauben herabzuwürdigen. Und natürlich schien das eine schreckliche Abweichung zu sein, doch wie jede Abweichung enthielt sie ein Lichtfünkchen, das der Strenggläubigkeit verloren gegangen war. Daran klammerte sich Colnaghi und dachte, dass die mutigsten Menschen im Grunde nicht zwangsläufig die beliebtesten waren, nicht immer erhielten sie, was ihnen zustand. War das etwa gerecht?

Wohl eher nicht, doch es war eine bessere Mahnung als viele andere.

Wäre es ihm möglich gewesen, hätte er alle gerettet, vom ersten bis zum letzten. *Sterben in nicht richtender Liebe*, wie die Theologieprofessorin an jenem Winternachmittag vor vielen Jahren zitiert hatte. Schon allein das Vorhandensein des Bösen konnte er nicht ertragen. Er konnte es nicht akzeptieren. Für ihn war es auch angesichts der Möglichkeiten des Glaubens eine Abscheulichkeit. Hätte es in seiner Macht gestanden, hätte er bei Gott Berufung eingelegt, mit stichhaltigen Argumenten, wie es seine Spezialität war – mit seiner messerscharfen Logik, mit der perfekten Verkettung von Fakten und Beweisen – und er hätte bekommen, was er wollte. Er hätte jeden gerettet. Doch wer hätte ihn gerettet?

Ferri streckte die Beine aus, seine Stimmung schien sich plötzlich aufzuhellen. Er warf die Zigarette weit weg auf den Gehsteig und wischte sich den Schweiß von der Stirn. Am Himmel war der unvollendete Kreis des weißen Mondes zu sehen, und eine neue Farbe legte sich über das Viertel. Auch Colnaghi streckte die Beine aus, und Frieden umfing die beiden Männer.

Ferri schaute sich um und atmete tief durch, dann sagte er: «Na, immerhin ist es ein schöner Abend. Nicht wahr?»

«Ja», sagte Colnaghi lächelnd. «Ja, das ist wirklich ein schöner Abend.»

23

AM MORGEN DES 29. JULI 1981 um sieben Uhr fünfundvierzig verließ Staatsanwalt Giacomo Colnaghi, siebenunddreißig Jahre alt, die Kaffeebar Pandolfi in der Via Casoretto. Er war schnell hineingegangen, um Tabak zu kaufen, und hatte bei der Gelegenheit noch einen zweiten Kaffee getrunken und zerstreut die ersten Seiten des «Corriere della Sera» gelesen. In England fand die Hochzeit von Lady Diana statt, und beim Hinausgehen dachte er lächelnd an seine Frau, die gebannt vor dem Fernseher saß und sich die ganze Zeremonie ansah. Er nahm sich vor, sie anzurufen, um seinen Kommentar dazu abzugeben.

Draußen war es schon heiß, der Staatsanwalt hatte die Hemdsärmel bis zu den Ellbogen hochgekrempelt. Als er sein Fahrradschloss von der Ampel abnahm, hörte er eine Stimme hinter sich. «Dottor Colnaghi?»

Mit dem Schlüssel des Schlosses noch in der Hand drehte er sich um: Es waren zwei Männer, die Gesichter mit einem Baumwolltuch verhüllt. Die Schüsse fielen einer nach dem anderen, und während ihn die Wucht zurückschleuderte, bewegte er die Arme kaum. Blut. Er hob den Blick, senkte ihn wieder und fiel zu Boden, ohne seinen Kopf vor dem Aufprall schützen zu können, ohne überhaupt noch irgendeinen Einfluss auf seinen Körper zu haben.

Er hatte angenommen, dass es wehtun würde. Hatte sogar gehofft, sich auf den physischen Schmerz konzentrieren zu können, vielleicht aus einem Wunsch nach Sühne heraus.

Doch der Schmerz blieb aus. Und gerade das war das Entsetzliche. Nach dem Schuss, nach dem Feuer war alles weg – der Atem, jede Wahrnehmung, die Welt. So war das also: so einfach, und es gab keine Berufung. Er fühlte sich einsam. Stammelte ein Gebet, doch es gelang ihm nicht recht. Und überhaupt kam ihm das Ganze – jetzt, an diesem Punkt – profan vor. Nun ging es nicht mehr um Anrufungen, sondern um Glauben.

Wie ein Schiffbrüchiger erhaschte er seinen letzten Atemzug und versank in den Wassern seines Todes. Er versuchte noch zu reagieren, sich auf das wenige, das noch blieb, zu konzentrieren. Der Schrecken war gewaltig und hatte seinen ganzen Widerstand gebrochen. Er wollte nicht sterben, er wollte nicht sterben. Und doch musste er da durch. Der Große Tag der Vergebung war, am Ende, gekommen.

Er dachte also an Daniele, an Giovanni, an Mirella. Er bat sie um Verzeihung, denn er liebte sie, und nichts auf dieser Welt war je wichtiger gewesen. Er dachte an seine Mutter, die sich nun gegen einen neuen, großen Schmerz wappnen musste, noch einmal, und für sie fand er kein einziges Wort. Von Schuldgefühlen erdrückt, konzentrierte er sich auf Mario und auf die Geschichten, die er im Laufe der Jahre noch verkaufen würde, auf die vielen Bücher, die er, Colnaghi, abends gern noch gelesen hätte, in einem Zugabteil der Nordbahn, während über den Maisfeldern die Himmel der Provinz auf den Horizont zuliefen. Er dachte an den Griesgram Roberto Doni und dessen Töchterchen, das zum Glück nach der Mutter kam, dachte an Micillo und an die hakennasige Caterina Franz, daran, wie sie ihn am frühen Morgen im Polizeipräsidium umarmt hatte, dann an Don Luciano, an die alte Kleinstadtclique und an jeden weiteren Menschen, der ihm in seinem Leben begegnet war und ihn mit dem raren Geschenk der Freundschaft gewärmt hatte.

Und so kam er schließlich zu seinem Vater Ernesto, dem Mann, den er nie kennengelernt hatte, dem jungen Burschen, der ihm einen Zettel mit seinem Kuss hinterlassen hatte. Ciao, Papà, ich kann es kaum erwarten, dir zu begegnen; ich weiß, dass ich nicht auf diese grausame Weise hätte sterben und die Mamma alleinlassen dürfen, doch es ist nun mal geschehen. Habe ich richtig gehandelt? Bist du stolz auf mich? Auf dich bin ich immer stolz gewesen, denn obwohl wir nie miteinander gesprochen haben, hast du ... Als jede Form verschwand, wusste Colnaghi, dass seine letzte Stunde gekommen war. Kein Krankenwagen der Welt würde noch rechtzeitig eintreffen. Niemand würde ihn retten. Sein Ende war das gleiche wie das vieler anderer gewesen war. Ihn überfiel das Verlangen, jeden zu verfluchen, doch so sollte man nicht sterben; er würde kein Mann des Zorns sein.

Und doch durchfuhr ihn unversehens ein Blitz von Kopf bis Fuß: ein letztes, unerträgliches Bedauern wegen des Lebens, das er noch hätte leben können, und wegen der Wünsche, die er noch hatte, winterliche Sonnenuntergänge entlang der Schienen, einen Elfmeter von Daniele halten, Mario erneut beim Radrennen besiegen, mit Doni Risotto essen, mit Mirella nach London fliegen und alles wieder in Ordnung bringen, und endlich der Mann sein, der zu werden er sich stets bemüht hatte – nein, nein, nein, er brauchte noch Zeit, ja Zeit! Der unbeugsame, optimistische, unrettbare Colnaghi. Doch Zeit war da keine mehr.

NACHBEMERKUNG DES AUTORS

Dieses Buch bildet ein gedankliches Diptychon mit seinem Vorgänger, *Im Namen des Gesetzes* (*Per legge superiore*, Sellerio 2010). Die beiden Romane sind jeweils eigenständige Werke, bewegen sich jedoch im selben erzählerischen Kontext. Giacomo Colnaghi und Roberto Doni tauchen auch dort wieder auf, wo sie keine Protagonisten sind. Der erste übergibt mit seinem Tod ein Erbe, der zweite greift es im reifen Alter auf.

Tod eines glücklichen Menschen entstand zwischen den ersten Monaten 2012 und dem Winter 2013/2014 und profitierte sehr von einigen abgeschiedenen Aufenthalten im Haus meines Onkels in den Bergen (danke). Die Gestalt des Giacomo Colnaghi ist frei erfunden, jedoch zum Teil von zwei moralisch hochgeschätzten Vertretern der demokratischen Richterschaft inspiriert, die beide von Prima Linea ermordet wurden: Staatsanwalt Emilio Alessandrini und Untersuchungsrichter Guido Galli. Das ganze Buch ist vom Blick des Protagonisten geprägt und vermischt historische Fakten mit reiner Fiktion (der Mord an Vissani, die erwähnte Splittergruppe der Roten Brigaden etc.).

Ich habe zahlreiche Texte zu Rate gezogen, darunter *Toghe rosso sangue* von Paride Leporace (Città del Sole Edizioni 2012), *Come mi batte forte il tuo cuore* von Benedetta Tobagi (Einaudi 2009), *Figli della notte* von Giovanni Bianconi (Dalai 2012), *Una vita in prima linea* von Sergio Segio (Rizzoli

2006), *Il silenzio degli innocenti* von Giovanni Fasanella und Antonella Grippo (Rizzoli 2006), *L'orda d'oro* von Nanni Balestrini und Primo Moroni (Feltrinelli 2003, deutsch: «Die goldene Horde: Arbeiterautonomie, Jugendrevolte, bewaffneter Kampf in Italien»), *Milano e gli anni del terrorismo* von Antonio Iosa und Giorgio Paolo Bazzega (Fondazione Carlo Perini 2010), das Interview von Rossana Rossanda und Carla Mosca mit Mario Moretti, *Brigate rosse. Una storia italiana* (Mondadori 2007; deutsch: «Brigate Rosse. Eine italienische Geschichte») und *Aula 309* von Renzo Agasso (Sironi 2013). Sehr hilfreich waren auch die Archive von «Lotta Continua», die auf Fondazionerrideluca.com einsehbar sind, und das Bildmaterial von Lastoriasiamonoi.rai.it. Und schließlich entsprechen die Gedanken von Frau Professor Borghi zum Gesetz der Vergeltung in der Bibel denen, die Eugen Wiesnet in seinem wunderbaren Buch *Pena e retribuzione: la riconciliazione tradita* (Giuffrè 1987, deutsch: «Die verratene Versöhnung. Zum Verhältnis von Christentum und Strafe») dargelegt hat.

Den Seiten, die Colnaghis Vater gewidmet sind, lagen zwei Werke zugrunde: *Fuori dall'officina. La resistenza nel saronnese* von Giuseppe Nigro (Grafiche Trotti 2005) und *La Resistenza e i saronnesi*, herausgegeben von Nino Villa (Editrice Monti 1995). Weitere Geschichten habe ich aus mündlichen Überlieferungen zusammengetragen, um diese womöglich noch wenig bekannte Geschichte der Resistenza zu bewahren. Auch hier sind alle Figuren frei erfunden, doch habe ich einige wahre Begebenheiten (wie den Diebstahl der Lebensmittelkarten) in meiner Erzählung verarbeitet.

Zum Schluss möchte ich einigen Menschen für ihre Unterstützung danken, für die Geschichten, die sie mir erzählt haben, und für die Kritik, die die ersten Fassungen dieses Buches verbesserte: meinen Eltern und meinem Großvater Giuseppe, Francesca Attanasio, Benedetta Tobagi, Federica Manzon, Barbara Bernardini, Danilo Deninotti, Claudia Durastanti, Marco Missiroli, Gigi Campi und Armando Spataro.

G. F.

INHALT